KB058981

The Low Tier Character
"TOMOZAKI-kun";
Level.4

약캐 토모자키 군

Lv.4

야쿠 유우키 지음
Yuki Yaku Presents

플라이 일러스트
Illustration Fly

이승원 옮김

콘노
에리카
그룹

히나미
아오이
그룹

─────구기대회의 막이, 올랐다.

"어떻게 할래?"

나카무라는 딱히 초조해하지도 않으면서, 퉁명한 어조로 그렇게 말했다.

"이이미······"

The Low Tier Character
"TOMOZAKI-kun"; Level.4

CONTENTS

나리타 츠구미

Design Yuko Mucadeya + Caiko Monma
⟨musicagographics⟩

약캐 토모자키 군
4

야쿠 유우키 지음 | **플라이** 일러스트 | **이승원** 옮김

커버·권두·본문 일러스트 | **플라이**

약캐 모캐 토자키 굴

야쿠 유우키 지음
Yuki Yaku Presents

플라이 일러스트
Illustration Fly

The Low Tier Character
"TOMOZAKI-kun"
Level.4

Lv.4

캐릭터 소개

토모자키 후미야
고교 2학년. 약캐.

히나미 아오이
고교 2학년. 학교의 퍼펙트 히로인.

나나미 미나미
고교 2학년. 무드메이커.

나츠바야시 하나비
고교 2학년. 조그맣다.

이즈미 유즈
고교 2학년. 잘 나가는 여자애.

키쿠치 후카
고교 2학년. 책을 좋아한다.

미즈사와 타카히로
고교 2학년. 미용사 지망.

나카무라 슈지
고교 2학년. 반의 보스 격.

타케이
고교 2학년. 덩치가 좋다.

나리타 츠구미
고교 1학년. 여러모로 프리덤.

콘노 에리카
고교 2학년. 반의 여왕

11

1 통상공격의 위력이 올라가면 모험이 엄청 편해진다.

여름 방학은 끝났지만, 그래도 늦더위가 기승을 부리는 9월 1일.

약간 낡은 느낌의 교실에서 오래간만에 일찍 일어난 바람에 하품을 하고 있는 나와, 눈을 크게 뜨고 바른 자세로 정면을 쳐다보고 있는 히나미가 마주보며 의자에 앉아 있었다.

즉, 나와 히나미는 거의 한 달 만에 제2피복실에서 회의를 하고 있었다.

"자아, 그럼 앞으로 어떻게 할지를 정하기 전에, 우선 확인을 좀 할게."

히나미는 평소와 마찬가지로 효율을 중시하며 말을 이어나갔다.

"확인?"

나는 그렇게 말하면서 교실을 둘러보았다.

이곳에 올 때마다 먼지를 털고, 이야기를 나누기 편하도록 책상과 의자를 옮겼기 때문인지, 처음 왔을 때에 비해 삭막한 분위기가 옅어지고 체온이 느껴지는 듯한 공간이 되었다. 그런 이곳에서 예전과 전혀 달라지지 않은 것은 이 녀석의 담담한 태도뿐일 것이다.

"여름 방학 동안 아르바이트 연수를 끝냈다면서? 경과는 어때?"

히나미는 윤기 넘치는 머리카락을 귀 뒤편으로 넘기면서 유창하고 귓속으로 쏙쏙 들어오는 목소리로 그렇게 말했다.

"아, 아르바이트 말이구나. ……닷새 동안 두 시간씩 점장님이나 직원에게 일을 배우기만 했지, 딱히 별일은 없었어. 미즈사와와 마주친 적은 있지만, 딱히 이야기를 나누지도 않았지."

"그래. 즉, 그 후로 상황에 변화는 없는 거구나. ……응. 그럼 오늘 정해야 할 것은 2학기부터 시작할 새로운 목표네."

"흠."

그리고 우리가 정할 것은 역시 『목표』다.

여름방학에 참가했던 나카무라와 이즈미 이어주기 작전이나, 키쿠치 양과의 교류. 그리고 히나미와의 관계 복원. 그런 어려운 일들을 극복한 끝에, 다시 일상이 되돌아온 것이다. 이렇게 우리가 논의를 하며 추구하는 방향 또한 예전과 다르지 않았다.

"뭐, 연수를 닷새나 하니까, 자주적으로 특훈을 해주기를 바랐지만…… 너무 기대가 컸나 보네."

"예이, 잘못했사옵니다. 뭐, 나도 그러고 싶긴 했는데……."

"흐음, 나한테 반항하느라 모든 힘을 소진하기라도 했어?"

"윽……."

"여전히 정곡을 찔렸다는 게 얼굴에 확 드러난다니깐."

"시끄러워. 나도 알고 있단 말이야."

그리고 자신을 성장시키는 것을 전제로 한 대화와 그 과정에서 발생하는 한심한 논쟁, 그런 익숙한 분위기 또한 평소와 다름없었다.

하지만——.

"뭐, 좋아. 그럼 앞으로의 목표 말인데……."

"응."

그런 와중에 딱 하나.

"지난번의 『작은 목표』인 『나 이외의 여자애와 단둘이서 외출하기』를 달성했으니까…… 다음 목표는 『여자애와 서로의 비밀을 공유하기』로 할까?"

히나미는 말을 잠시 멈추면서 내 시선을 피하더니, 퉁명스러운 어조로 말을 이었다.

그렇다. 딱 하나. 아주 약간 달라진 점이 있었다.

"……이 목표에는, 딱히 문제가 없지?"

그것은 바로, 히나미가 『목표』에 문제가 없는지 나에게 확인을 한다는 점이다.

"으음——."

나는 히나미의 말과 내 감정을 고려하며 잠시 생각에 잠긴 후, 입을 열었다.

"그 목표를 달성하기 위해 누군가에게 과제 삼아 고백을 하거나, 마음에도 없는 대사를 입에 담아야 하는 게 아니라면 나는 문제없어. 그러니까, 그 목표에 대해 좀 더 상세하게 이야기해줘."

그리고 나 또한 히나미가 준『목표』에 관해, 자신이 하고 싶은 일에 근거한 의견을 당당하게 말하고 있었다.

히나미는 내 거침없는 말을 듣고 놀란 것처럼 입을 살짝 벌리더니, 곧 평소처럼 냉정한 표정을 지었다.

"뭐, 말 그대로야. 비밀을 공유한다는 행위를 통해 서로를 특별한 존재라는 인상을 가지기 쉬우며, 신뢰관계의 증명이라고도 할 수 있어. 이걸 달성하면 중간 목표, 그러니까『3학년이 되기 전에 애인을 만들기』라는 목표를 달성하기 위한 큰 한 걸음이 될 거야."

"그, 그렇구나."

"서로, 라는 게 중요한 부분이야. 일방적으로 비밀을 이야기하거나, 일방적으로 듣기만 하면 안 돼. 중요한 것은 서로가 서로를 특별하게 생각하며, 마음을 연다는 점이거든."

비밀을 공유한다, 라는 말을 듣고 키쿠치 양의『소설을 쓰고 있다』라는 비밀이 머릿속에 떠올랐지만, 그것은『서로』의 비밀을 공유한 게 아니다. 하지만 내가 키쿠치 양에게 비밀을 알려준다면 목표를 달성했다고 할 수 있을 것이다.

내가 생각에 잠겨 있자, 히나미는 완벽하기 그지없는 표정으로 나를 올려다보더니, 어리광을 부리듯 입술을 살며시 벌렸다.

"나와 네가 이렇게 비밀스러운 관계인 것처럼…… 말이야."

"뭐……."

그 기습에 나는 얼굴이 뜨거워졌지만, 히나미는 장난스럽게 웃으면서 나를 쳐다보았다.

"왜 그래?"

그리고 히나미는 더욱 공세를 펼치듯 그 커다란 눈동자로 내 얼굴을 들여다보았다.

"아, 아무 것도 아냐……."

"흐음~?"

내가 완전히 말문이 막히자, 히나미는 만족한 것처럼 웃었다. 그리고 다시 마음을 다잡듯 차가운 표정을 짓더니 나를 손가락으로 가리켰다.

"뭐, 그리고 이럴 때의 방어력을 높일 필요도 있을 것 같아. 리얼충 여자애는 자연스럽게 상대방에게 다가가는 게 능숙하니까, 사사건건 당황했다간 얕보일 거야."

"이, 인마……."

여전히 평소처럼 말을 잇는 히나미에게 휘둘리면서도, 나는 어찌어찌 멘탈을 유지했다. 제, 젠장, 이럴 때의 방어력은 아직 제로에 가깝기 때문에 제대로 한 방 먹었다. 하지만 질 수야 없지.

"그리고 당연한 소리지만, 하루하루의 과제를 소화하는 데 전력을 다해. 물론 작은 목표도 중간 목표도 계속 유념하도록 해. 마지막으로 가장 중요한 건……."

히나미는 그렇게 계속 지시를 내렸다. 나는 그런 히나미에게 복수하듯, 그녀의 말을 끊으며 「알았어」 하고 말했다.

"내가 나름대로 생각해볼 때, 도전하는 편이 경험치가 될 것 같은 상황을 발견하면 적극적으로 나서라…… 그 말이지?"

히나미는 그 말을 듣더니 눈을 두 번 깜빡였다.

"……알고 있으면 됐어."

"그래."

나는 한쪽 눈썹을 치켜들면서, 으스대는 듯한 표정을 지었다. 얼마 전의 나라면 지을 줄 몰랐을 표정이다. 좋다. 이걸로 한 방 제대로 먹인 것 같은 느낌이 들었다.

그러자 히나미는 불만을 표시하듯 입을 꾹 다물었지만, 곧 씨익 웃었다.

"자기 자신을 어떻게 육성해야 할지 파악한 다음부터는, 빠르게 성장하고 있네."

나는 그 말이 가리키는 의미를, 완벽하게는 아니지만 감각적으로 이해했다.

"그럴……지도 몰라."

나는 고개를 끄덕이면서 히나미의 말에 납득했다.

"응."

히나미는 고개를 끄덕이는 나를 만족스럽다는 듯이 쳐다보고 있었다. 그런 그녀의 표정을 보니, 나는 역시 이 녀석의 손바닥 위에서 놀아나고 있을 뿐이라는 생각이 들었다. 아니, 그건 사실일 것이다. 역시 이 녀석은 아직 당해낼 수가 없다.

하지만 계속 지기만 하는 것도 좀 분한데다 좀 반격을 하고 싶어졌기에, 나는 또 이런 말을 입에 담아봤다.

"뭐, 그리고 나를 육성하는 방법을 안 다음부터는…… **즐겁기도 하거든.**"

히나미는 의아하다는 듯이 눈썹을 찌푸리면서 흐음, 하는 소리를 냈다.

"즐거워?"

미심쩍어 하는 듯한 히나미의 시선이 내 발끝에서 머리 끝까지 훑고 지나갔다.

"응."

그래서 나는 힘차게 고개를 끄덕였다.

"나는 그게 가장 중요하거든."

나는 그렇게 말하며 씨익 웃었다.

──역 플랫폼에서 사이가 틀어진 후……. 그녀와 다시 만났던, 이 모든 일이 시작된 장소에서…….

나는 이 녀석에게 딱 잘라 말했다.

자신의 행동을 결정하는데 있어서 가장 중요한 기준은, 자기가 『진짜로 하고 싶은 것』이다.

그리고 나에게 있어 『진짜로 하고 싶은 것』은 게임의 『캐릭터』가 되는 것, 즉 좋아하는 게임에 진심으로 몰입해서 진심으로 즐기는 것이다.

바로 그 『진짜로 하고 싶은 것』은 『일시적인 착각』도 『단순한 환상』도 아니라── 진짜로 존재하는 것이다.

그것은 아직 근거도, 증거도 없는, 그야말로 엉망진창인 이론이다.

그래도 나는 과감히 밀어붙였다.

그러니 나는 언젠가 그 근거를, 증거를, 이 녀석에게 제시할 필요가 있다. 언제 그럴 수 있을지는 모르지만 말이다.

그런 생각을 하다 보니 미소에 어려 있던 여유가 사라지면서『어쩌지……』같은 생각이 샘솟았다. 그리고 이 미소 자체도 그런 불안을 얼버무리기 위해 실실 웃고 있기만 한 듯한 느낌이 들었다. 으음, 이제부터 어떻게 하지?

바로 그때, 히나미는 그런 내 마음을 꿰뚫어본 것처럼 가학적인 눈길로 나를 쳐다보았다.

"현재 너 앞에 존재하는 어마어마한 난관, 불가능하다고 해도 과언이 아닌 그 증명이라는 숙제…… 내가 그 대답을 고대하고 있는 건 알고 있지?"

"으, 응……."

히나미가 다짐을 받듯 입에 담은 말에 나는 그대로 고개를 끄덕일 수밖에 없었다.

히나미 님께서는 여전히 애매모호함을 용납하지 않으시는 군요. 정말 빈틈이 없어요.

"그래도 지금 중요한 건……."

히나미는 화제를 바꾸듯 그렇게 말했다.

"알아."

나는 고개를 끄덕였다.

"오늘 과제 말이지?"

내가 그렇게 말하자, 히나미는 숨을 내쉬며 가볍게 웃었다.

"그래. 한동안은 교실 안을 관찰하도록 해."

"교실 안을 관찰하라고?"

히나미는 고개를 끄덕였다.

"너는 지금까지 표정과 말투 같은 기초능력의 향상, 집단의 분위기를 움직이기 위한 기초적인 룰의 연습 등을 해왔어. 그리고 개인과 대등하거나 이상의 관계를 만들기 위한 기초 훈련도 해왔잖아?"

"그래."

얼굴 근육과 엉덩이 근육을 단련하고, 그런 행동을 습관화시켰다. 나카무라의 선물을 사러 갔을 때『자신의 의견』을 통과시키는 특훈도 했으며, 미미미의 학생회 연설 때 그 경험도 활용했다. 미즈사와와 나카무라를 놀리는 특훈을 통해 허물없는 대화를 실천하기도 했다. 그러고 보니 나도 꽤 이것저것 해봤네.

"그럼 네가 다음에 해야 할 것은 그런 기초를 활용한 응용편이야."

"흐음, 응용편……."

무슨 말이 하고 싶은 건지는 알겠다.

"하지만…… 그걸 위해 필요한 게『관찰』인 거야?"

히나미는 그래, 하고 말하며 또 고개를 끄덕였다.

"능력을 갈고 닦으면서 기초적인 룰도 알았어. 그리고 그걸 통한 기초적인 스킬도 어느 정도 몸에 익힌 데다 실천하기도 했지. 즉, 이제 기본적인 기술 자체는 얼추 갖춰진 거야."

"그게 정말이야?"

내가 그렇게 묻자, 히나미는 「뭐, 아직 정밀도는 떨어지지만 말이야」 하고 덧붙이면서 이야기를 이어갔다.

"뭐든 다 마찬가지지만, 습득한 기초를 응용하기 위해선 다른 기초를 습득해야만 해. 습득한 기초를 더욱 정밀하면서도 복합적으로 사용하는 것이 응용의 본질이거든. 그러니 이제부터는 네가 배운 기초의 정밀도를 반복연습을 통해 갈고 닦는 것과, 어떤 상황에서 어떤 스킬을 사용하면 좋을지 판단하는 힘을 기르는 게 중요해져. ……너도 이해되지?"

"뭐……."

나는 어패를 떠올리며 대답했다.

"네가 하고 싶은 말이 뭔지는 알겠어."

어패도 마찬가지다. 전반적인 조작방법을 알면, 그 다음에는 각양각색의 기술을 각양각색의 상황에서 자유롭게 사용할 수 있도록 조작의 정밀도를 갈고닦는다. 또한 어떤 상황에서 어떤 기술을 사용하면 되느냐를 알기 위한 판단력을 기르다보면 자연스럽게 실력이 붙는다. 그것을 스킬로서 일반화시킨 것을, 사람들은 콤보나 정석이라고 부른다.

"반복연습과 상황판단. 그 두 요소 중 반복연습은 이제 꾸준히 계속하는 수밖에 없어. 하지만 상황 판단력을 기르는 것은 네가 계속 의식하기만 하면 어느 정도까지 기를 수 있지 않겠어?"

나는 잠시 생각에 잠긴 후, 납득했다.

"아, 그래. 그래서 관찰을 하라는 거구나."

히나미는 그 말을 긍정하듯 씨익 웃었다.

"그래. 누가 어떤 상황에서 어떤 발언을 하며, 그 의도는 무엇인가. 교실 안에서 어떤 인간관계가 존재하며, 그것을 결정짓는 것은 무엇인가. 집단이 커다란 의지에 따라 움직일 때, 그 요인은 무엇인가. 그런 것을 제대로 관찰하고, 분석해서, 말로 표현하는 거야."

"뭐, 간단하게 말해 인간관찰…… 아니, 집단관찰, 이구나. 우리 반을 잘~ 관찰하면서 상황 판단력을 기르라는 거지?"

내가 그렇게 말하자, 히나미는 의자에서 일어나더니 내 곁으로 다가왔다. 그리고 내 귀에 입술을 대더니, 숨결을 토하면서 작은 목소리로…….

"귀정."

"으윽?!"

내가 얼굴을 새빨갛게 붉히면서 벌떡 일어서자, 히나미는 만족한 것처럼 가학적인 웃음을 흘렸다.

"뭐, 아무튼 그런 거야. 그리고 리얼충들이 사용하는 스킬을 분석해서, 구체적이면서 유용한 형태로 네 것으로 만든다면 베스트야."

그리고 아무 일도 없었다는 듯이, 마치 내가 과잉반응을 했다는 듯이 그렇게 말했다. 이 쿨하면서 사디스틱한 방식도 히나미 아오이답다는 생각이 들었다.

*　*　*

"안녕, 후미야."

내가 히나미와 시간차를 두며 제2피복실을 나선 후, 교실로 향했다. 그러자 나카무라, 타케이와 함께 교실 뒤편 창가에서 이야기를 나누고 있던 미즈사와가 손을 가볍게 들어 올리면서 상큼한 목소리로 나에게 말을 걸었다.

"아, 미즈사와."

나는 그런 미즈사와의 행동을 흉내 내듯 가볍게 미소를 지으면서 가능한 한 멋진 느낌으로 손을 들어 올리면서 인사를 건넸다. 이미 미즈사와는 내가 자기 흉내를 낸다는 걸 알고 있으니, 그냥 대놓고 흉내를 내고 있었다. 뭐, 미즈사와만큼은 아니지만 나도 처음에 비해서는 이런 행동이 몸에 익었다고 생각한다. 아니, 정확하게 말하자면 그렇게 생각하고 싶다.

나는 교실 뒤편을 천천히 걸으면서 앞으로 어떻게 행동

할지 생각했다.

자아, 어떻게 한다.

내가 고민하고 있는 것은 이대로 미즈사와에게 다가가서 나카무라 군단과 합류할 것인가 말 것인가, 이다. 경험치를 조금이라도 벌기 위해서는 합류하는 편이 나을 것이며, 나도 가능한 한 레벨업이 하고 싶으니 이대로 다가가고 싶다. 하지만 합숙 때 같이 지냈다고 해서 학교에서도 다가가도 되는 건지, 그리고 『합숙을 같이 가기는 했죠. 하지만 그것과 이건 별개거든요?』 같은 식으로 다가가면 안 될 것 같은 느낌도 들었다. 나는 그런 점들이 신경이 쓰였다. 나란 녀석은 정말 못 말린다니깐.

그래서 나는 생각할 시간을 벌기 위해 보폭을 줄이면서 천천히 걸어갔다. 짧은 시간 안에 앞으로 어떻게 행동할지 검토해야만 한다.

내가 그런 식으로 꼴사납게 발버둥을 치고 있을 때, 타케이가 나를 손가락으로 가리키며 즐거운 듯한 어조로 이렇게 말했다.

"뚝돌이는 걸음이 정말 느리네~! 너, 펭귄이냐?!"

"시, 시끄러워!"

나는 그 말을 듣자마자 반사적으로 딴죽을 날렸다. 너무 놀림만 당하는 것도 좋지 않다는 걸 히나미에게 배운데다, 실전을 통해서도 몇 번이나 배웠던 것이다. 이런 건 반복 연습을 해두는 편이 좋을 것이다. 그리고 타케이는 목소리가 남들보다 크기 때문에 「시끄러워」라는 말이 자연스럽게 나왔다. 타케이의 시끄러운 목소리에 감사해야겠다. 하지만 뚝돌이라는 말을 큰 소리로 외치지는 말아줬으면 좋겠다.

그러나 반사적으로 딴죽을 날리고 안심한 나를 향해 리얼충 파상공격은 계속됐다. 나카무라가 나를 바보 취급하는 듯한 표정을 지으며 입을 연 것이다.

"뭐, 느림보인 후민답기는 하네."

나는 그 말을 듣고 뭐라고 대답할지 고민했지만, 이 상황에서는 발언의 내용보다 빠른 답변과 톤이 더 중요할 거라는 결론에 도달한 후, 숨을 들이마셨다.

"누가 느림보라는 거야!"

"응? 그야 후민이 느림보라는 거지."

내 딴죽에 바로 반격이 날아왔다. 나, 나카무라는 엄청나네. 내 허용범위를 아득히 초월하는 연속 공격을 아무렇지 않게 날린다.

하지만 이대로 입을 다물면 안 된다. 아슬아슬하게 성공할 듯 말 듯 한 상황이야말로 도전할 가치가 있는 것이다. 오히려 경험치를 벌어서 나이스라고 생각하자.

나는 그렇게 다시 한 번, 가능한 한 목소리 톤을 낮추려고 의식하면서도 너무 뜸을 들이지 않으려고 유의하면서 입을 열려고 한—— 바로 그때였다.

나카무라는 퉁명하면서도 별것 아니라는 듯이, 셋이서

둘러선 채 이야기를 나누던 위치에서 한 걸음 옆으로 물러섰다. 그러자…….

한 사람 더 들어갈 자리가 생겼다.

마치, 누군가에게 이 자리에 끼라고 권하는 듯한 동작이었다.

"……어."

이건…….

하지만 다들 별다른 언급 없이 당연하다는 듯이 대화를 이어나갔다.

나는 너무 놀란 나머지 나카무라의 놀림에 대꾸하지 못했지만, 이윽고 다시 평소처럼 걸음을 옮기면서 허둥지둥 그 세 사람에게 다가갔다. 그리고…….

그리고 나는 그 빈 공간에 들어갔다.

그렇게 만들어진 새로운 굴레에는 나카무라와, 미즈사와와, 타케이와—— 나.

왠지 언밸런스한 네 사람이 둘러서 있었다.

바로 그때, 뭔가가 허리에 닿았다. 고개를 돌려보자, 미즈사와가 놀리는 듯한 표정을 지으면서 즐거운 듯이 눈썹을 살짝 치켜들더니, 주먹으로 내 허리를 톡톡 두드리고 있었다. 나를 놀리는 듯한 미소였지만, 나는 그 표정을 보고도 기분이 나쁘다기보다 오히려 유쾌했다.

나는 다시 다른 세 사람을 둘러보았다. 미즈사와와, 나카무라와, 타케이, 이 세 사람이 나를 쳐다보는 시선에는 나를 놀리는 듯한 느낌이…… 뭐, 담겨 있기는 했다. 그래도 나를 배제하려는 듯한 날카로운 악의는 담겨 있지 않은 듯한 느낌이 들었다.

나는 지금까지 외톨이로 지내왔지만, 어쩌면…….

이렇게 집단에 소속되어 있는 편이 학교생활을 평화로우면서도 즐겁게, 그리고 유쾌하게 보낼 수 있을지도 모른다. 나는 멍한 머릿속으로 그런 생각을 했다.

바로 그때, 옆에서 찰칵, 하는 소리가 들렸다. 나는 그 소리를 듣고 정신을 차렸다.

고개를 돌려보니, 화려한 형태의 빨간색 케이스에 들어 있는 스마트폰의 카메라가 나를 향하고 있었다.

"……좋았어! 뚝돌이의 얼간이 표정 촬영 완료~! Twitter에 올려야지!"

"어, 어이, 잠깐만!"

그리고 나는 곧, 하나도 평화롭지 않잖아, 하고 생각했다.

＊＊＊

그리고 몇 분 후, 필사적인 설득을 통해 Twitter에 사진이 업로드되는 것을 저지하는데 성공한 나는 그대로 넷이서 교실을 나섰다. 그리고 놀림을 당하거나 반론을 하다, 때때로 열심히 놀리기도 하면서 복도를 걸어간 우리는 곧 체육관에 도착했다. 그리고 우리는 흩어져서 키 순서로 줄을 섰고, 곧 시작된 개학식은 조용히 끝났다. 참고로 그 후에 교실로 돌아갈 때는 혼자서 이동했는데, 그 점은 양해해줬으면 한다. 특훈에도 휴식이 필요하다고요.

그리고 1교시가 시작되기 전에 교실로 돌아간 내가 자리에 앉자, 옆에서 「야호」하는 목소리가 들려왔다.

고개를 돌려보니, 이즈미가 가슴에 살짝 손을 댄 채 장난기 섞인 미소를 짓고 있었다. 그 친근한 표정과 행동이 그녀의 내면에 존재하는 뛰어난 커뮤니케이션 능력을 드러내고 있었다.

"……아, 이즈미. 오래간만이야."

내가 그 기습에 어찌어찌 대응하면서 인사를 건넸다. 나는 입가를 살짝 치켜들면서 자연스러운 미소를 짓기 위해 노력했다.

"오래간만! 합숙 이후로 처음 보네~."

이즈미는 그렇게 말하더니 「앗」하고 말하는 듯한 표정을 지으면서 부끄러워하듯 한순간 시선을 피했다. 어? 나는 그 리액션의 의미를 몰라 잠시 당황했지만…… 아, 그래. 이즈미와 나카무라를 이어주기 위한 합숙이라서 저런 반응을 보이는 거구나.

담력시험 후에 나카무라는 이즈미에게 데이트 신청을 하는 형태로 합숙은 끝이 났다. 히나미의 말에 따르면, 그 후에 이즈미에게만 그 합숙이 두 사람을 이어주기 위한 것이었다는 사실을 알려줬다고 한다. 이즈미는 그 말을 듣고 부끄러워하면서도 진심으로 고마워했다고 한다. 참고로 나카무라에게는 아직도 비밀로 하고 있었다. 내 생각에도 그 편이 나을 것 같다.

"으음, 그러네~."

나는 나름대로 머리를 굴려봤다. 이즈미는 약간 빈틈을 보였다. 그럼 이 타이밍에 내가 그녀를『놀릴 방법』은 없을까. 평소 내 힘으로는 이즈미를 놀리는 게 힘들지만, 이렇게 빈틈을 드러낸 상황에서라면 아무리 무뎌진 칼도 맨살은 벨 수 있듯, 내 어설픈 기술도 통할 것 같은 느낌이 들었다. 뭐, 무기 자체가 약해빠져서 베기도 전에 부러져버릴 가능성에서는 눈을 돌리고 싶다.

아무튼 나는 머릿속에 존재하는 이즈미의 정보를 떠올렸고, 말을 고른 후, 톤을 유의하며 입을 열었다.

"그런데 나카무라와는 결국 어떻게 됐어?"

"뭐?! 으, 으음~."

내가 다른 학생들에게 들리지 않도록 낮은 목소리로 묻자, 이즈미는 얼굴을 붉히면서 주위를 둘러보았다. 오오, 먹혔어. 상대의 약점을 기습적으로 노린다고 하는 매우 유리할 뿐만 아니라 비열하기 그지없는 상황에서라면, 내 놀림도 다소 먹히는 걸까.

"그, 그게, 슈지는 여름방학 동안 집에 일이 좀 있어서 바빴거든. 그래서 아직 데이트를 못했어……."

"그, 그랬구나."

그리고 우리는 평범하게 이야기를 이어나갔다.

"맞아. ……하지만, 말이야."

"으, 응?"

이즈미는 저기, 하고 말하면서 고개를 살며시 숙이더니…….

"다음 주 주말에…… 둘이서 쇼핑을 하러 가기로 했어."

……곱씹는 듯한 어조로 그렇게 말했다.

"오오! 그렇구나!"

나는 두 사람의 관계가 진전됐다는 사실이 진심으로 기뻤다. 그래서 표정과 목소리 톤이라는 『스킬』을 사용해서 그 감정을 가능한 한 있는 그대로 표현했다. 진심을 드러내기 위해 스킬을 사용한다. 이것이 내 진심과 스킬의 하이브리드 스타일이다.

"응……. 그래."

그건 그렇고, 여름 방학에 하기로 약속했던 데이트를 9월 둘째 주에 하는 거냐. 여전히 소처럼 느려터진 이 두 사람 때문에 쓴웃음을 지을 뻔 했지만, 그래도 나카무라와 이즈미가 드디어 단둘이서 외출을 하게 됐다. 이건 기뻐할 일이다. 이 두 사람은 확 깨져 버려라, 같은 생각이 눈곱만큼도 들지 않았다.

"해냈구나!"

"응. ……여기까지 왔으니까, 최선을 다해볼래."

이즈미가 천천히 고개를 끄덕이며 작게 중얼거린 말은

나에게 건넸다기보다 자기 자신을 향해 말한 것처럼 느껴졌다.

"그래……. 응. 잘해봐."

이즈미가 그렇게 말하자, 나는 가볍게 느껴지지 않도록 진심어린 목소리로 답했다.

하지만 내가 약간 구구절절한 감정에 사로잡혀 있을 때, 기습이 날아왔다.

"그것보다! 토모자키는 어때?"

"어, 나, 나? 뭐, 뭐가 말이야?"

"뭐긴 뭐야! 요즘 연애틱한 거 하고 있지?! 그렇지?!"

"으, 으음……."

그 말을 듣고…… 머릿속에 한순간 누군가의 얼굴이 떠오르긴 했지만, 그걸 이즈미에게 전할 수 있을 만큼 나는 배짱이 좋지는 않기에, 잠시 동안 시선을 피하다…….

"따, 딱히 없는데……."

"으음, 방금 뜸들인 걸 보니 좀 수상한데 말이야!"

"그, 그렇지는……."

"흐음~? 수상해~."

이즈미는 여전히 사랑 이야기 같은 것을 할 때면 눈이 반짝였다. 그건 그렇고, 요즘 연애틱한 걸 하고 있다는 말은 대체 어떤 의미인 걸까요…….

"두 분, 무슨 이야기를 나누고 있는 거지요?! 혹시, 야한 이야기?!"

갑자기 뒤편에서 지나치게 활기찬 목소리가 들렸다. 그 목소리만 듣고도 누가 한 말인지 짐작이 되었지만, 그래도 예의상 고개를 돌려보니 역시 미미미의 모습이 눈에 들어왔다.

"미미미, 내 말 좀 들어봐! 실은 토모자키가 말이지……."

"됐어, 이즈미! 설명하지 마!"

"어이쿠~?! 역시 야한 이야기를 했던 거구나?!"

"그런 게 아냐!"

그런 식으로 시끌벅적하게 떠들고 있을 때, 교실 앞쪽에서「그만 좀 해!」하는 목소리가 들려왔다. 고개를 돌려보니, 타마 양이 멀찍이서 미미미를 손가락으로 가리키고 있었다.

오오, 오래간만에 타마 양을 보네. 여전히 조그마하고, 밤색 머리카락이 반짝이고 있었다. 그녀가 앞쪽에 앉아있는 것은 아마 몸집이 작기 때문일 것이다.

"여자애가 그런 말은 큰 소리로 하면 안 돼!"

몸집이 작아서 고함을 질러도 전혀 박력이 느껴지지 않았지만, 미미미를 가리키고 있는 손짓은 매서웠다. 그 모습을 본 미미미는 왠지 행복해 하는 것처럼 몸을 부르르 떨었다.

"오오……. 타마에게 꾸중을 들으니 기운이 날 것만 같아……!"

"남에게 주의를 듣고 기운 내지 좀 마!"

연이어 주의를 주고 있는 타마 양은 왠지 활기가 넘치는 것 같았으며, 그 모습을 보고 있으니 왠지 나도 마음이 즐거워졌다. 참고로 미미미는 타마 양의 수십 배는 활기가 넘쳐 보였다. 이 두 사람은 대체 어떻게 되어먹은 걸까.

"타마 성분 부족, 보충!!"

미미미는 그렇게 말하면서 타마 양을 향해 몸을 날리더니, 그대로 그녀를 꼭 끌어안았다. 음, 평소와 다름없네.

"앗, 바보! 밈미!"

타마 양은 저항했지만, 미미미는 행복한 표정으로 타마 양의 목덜미에 얼굴을 묻었다.

이윽고 미미미는 천천히 고개를 들었다. 그런 그녀는 묘하게 진지한 표정으로 타마 양의 얼굴을 지그시 쳐다보았다.

"저, 저기, 타마……."

미미미는 뭔가를 확인하듯 손가락으로 자신의 코를 만져보더니, 고개를 살며시 숙였다.

"……응?"

"혹시……."

미미미의 목소리에는 안타까움이 어려 있었다. 그녀의 시선은 왠지 불안에 사로잡힌 것처럼 떨리고 있었으며, 살며시 벌어진 입술은 무슨 말을 할지 말지 고민하고 있는 것처럼 보였다. 미, 미미미가 왜 저러는 거지.

"왜…… 왜 그래?"

타마 양이 긴장한 듯한 어조로 묻자, 미미미는 다시 그녀와 시선을 맞추며 천천히 입을 열었다.

"——보디 샴푸, 바꿨어?"

미미미가 진지하면서도 쓸쓸한 톤으로 그렇게 묻자, 타마 양은 말문이 막힌 것처럼 몇 초 동안 침묵했다. 그리고 얼굴을 새빨갛게 붉히더니, 미미미를 손가락으로 가리키며 딱 잘라 말했다.

"남의 체취를 멋대로 외우지 마!!"

"에헷!"

미미미는 정확하게 「에헷」이라고 발음하면서 화사한 미소를 지으며 혀를 쏙 내밀었다. 뭐랄까, 미미미의 변태 수치가 날이 갈수록 상승하고 있는 것처럼 느껴지는 것은 기분 탓이려나요. 내버려뒀다간 완전 폭주해버릴 것 같아서 한순간도 방심할 수가 없다.

뭐, 그런 느낌으로 난리법석을 떤 후, 두 사람은 평소처럼 주의를 주고받으면서 즐겁게 잡담을 시작했다. 휴, 휴우. 이걸로 내 주위의 소동이 가라앉으면서 평온한 일상이 되돌아왔다——고 생각했지만…….

고개를 돌려보니, 이즈미가 눈을 반짝이며 나를 쳐다보고 있었다.

"그건 그렇고…… 토모자키는 연애를 하고 있지?! 그렇지?!"

"아, 아니, 그게…….."

이즈미도 이런 이야기를 끝까지 물고 늘어지니까, 역시 방심할 수가 없다.

***

한동안 이즈미의 추궁에 저항하고 있을 때, 수업 시작을 알리는 벨이 울렸다.

그와 동시에 담임인 카와무라 선생님이 교실에 들어오자, 이즈미는 「쳇~」하고 말하면서도 왠지 만족한 듯한 표정을 지으며 나와의 대화를 중단했다. 뭐랄까, 진상을 못 들어도 그런 이야기를 한 것만으로 만족~, 같은 느낌이 들었다.

"벨 울렸으니까 자리에 앉아~."

카와무라 선생님은 심지가 굳은 여성 느낌이 물씬 나는 어조로 그렇게 말했다. 다들 그 목소리를 듣고 잡담을 멈추더니, 자신의 자리로 돌아갔다.

이렇게 시작된 2학기 첫 수업은 학급회의였다. 카와무라 선생님은 A4 절반 정도 사이즈의 종이 다발을 교탁에 놓더니, 진지한 목소리로 이렇게 말했다.

"……자아, 너희는 아직 2학년이지만, 그래도 수험은 이제 남의 일이 아냐. 여름 방학에도 각자가 자율적으로 학업에 힘썼을 거라고 생각하지만, 슬슬 학교 측도 본격적으로 수험 대책을 위한 수업에 들어갈 거야. 그러니 오늘은

최종 진로 조사 및 앞으로의 선택 수업에 관한 설명을 할
까 해."

카와무라 선생님은 자신감이 넘쳐나는 목소리로 그렇게
말하더니, 각 줄의 가장 앞자리에 있는 학생에게 프린트
다발을 나눠줬다. 건네받은 프린트에는 거의 『진학』만을
전제로 한 듯한 앙케트가 인쇄되어 있었으며, 그것을 통해
이 학교의 방향성을 명확하게 드러내고 있었다. 뭐, 이 학
교는 사이타마 현에 있지만, 그래도 진학고이긴 하니까 말
이다.

"우선 각자의 수험 과목에 맞춰 수업을 선택한 다음……."

설명에 따르면 앞으로의 수업은 지도 과정보다 수험에
맞춘 구체적인 대책이 메인이 된다고 한다. 그러기 위해
몇 개의 수업은 선택식으로 교실을 나누며, 수험 과목에
관한 집중적인 수업이 이뤄진다는 설명을 들었다.

뭐, 약 1년 후면 우리도 수험을 치러야만 한다. 나는 공
부를 싫어하지 않지만, 구체적으로 어떻게 할지는 아직 결
정하지 않았다. 슬슬 진지하게 진로에 대해 생각할 시기
일지도 모르겠다. 지금까지는 공부 좀 해서 진학하자는 생
각밖에 하지 않았다.

설명이 끝나고 잠시 프린트에 기입하는 시간을 가진 후,
다들 앙케트를 제출했다.

카와무라 선생님은 프린트를 확인하더니, 부드러운 표
정을 지었다.

"……으음, 그럼 시간도 남았으니 그것도 정해버릴까. 3주 후에 열리는 구기대회에 관한 것들 말이야."

그 말을 들은 타케이가 「기다리고 있었습니다!」 하고 힘차게 말하자, 반 곳곳에서 낮은 웃음소리가 들려왔다. 오오, 말 한 마디로 이렇게 웃음을 자아냈구나. 쓸모가 있을 것 같은 스킬이라면 훔쳐야지 —— 하고 생각했지만, 내가 이걸 흉내 내는 것은 어려워 보였다. 그것도 그럴 것이, 내가 이 자리에서 「기다리고 있었습니다!」 하고 말한다면 다들 뚱딴지같은 소리를 들은 듯한 반응을 보일 게 뻔하니까 말이다. 아마 이 스킬은 클래스메이트들의 마음속에 축적되어 있는 사용자의 캐릭터성에 따라 성공 여부가 갈릴 것이다. 일단 나는 눈에 띄지 않는 그림자 캐릭터, 일 것이다. 슬프네. 뭐, 일단 히나미가 말한 것처럼 열심히 관찰을 해봐야겠다.

"흐음, 타케이는 구기대회를 고대했나 보구나. 뭐, 그래도 지금 정할 수 있는 거라고 해봤자…… 남녀 캡틴 정도겠지."

카와무라 선생님은 칠판에 『캡틴』이라는 글자를 적었다.

"주로 할 일은 캡틴 회의에 참석하는 거야. 각 반의 캡틴이 모여서 어느 학년이 어떤 종목을 할지, 그리고 코트의 스케줄 등을 짜는 거지. 그리고 당일에 코트와 공 준비 같은 걸 돕고, 시합 중에는 캡틴으로서 지휘를 하는 등, 여러모로 실무적인 역할이야. 그럼 남녀 한 명씩 뽑을 건데, 입후보할 사람 있어?"

"제가 할게요~!"

선생님이 말을 끝까지 잇기도 전에 타케이가 손을 번쩍 들면서 그렇게 말했다. 그러자 또 클래스메이트들이 웃음을 터뜨렸다. 타케이의 이런 건 스킬이라기보다 재능이 아닐까 싶다. 마치 게임의 캐릭터별 특성 같은 느낌이다. 아마 타케이의 특성은 『단순』이 아닐까?

"좋아. 다른 입후보자가 없으면 남자 쪽은 타케이로 정하겠어~."

"좋았어! 축구를 쟁취하고야 말테다!"

타케이는 사명감을 불태우면서 주먹을 치켜들었다. 나카무라가 「너, 작년에도 그래놓고 가위 바위 보에서 져서 배구를 했었잖아」 하고 야유를 던지자, 또 웃음이 터져 나왔다. 타케이, 작년에도 입후보했었구나…….

하지만 나는 방금 야유를 던진 나카무라를 관찰하면서 곰곰이 생각에 잠겼다.

방금 그것을 스킬로 체계화한다면 『놀림』이라는 스킬의 응용편일 것이다. 『놀림』을 단일 개체에게 사용하고, 그 결과를 집단에게 보여줘서 웃음을 유발하는 방식이리라.

놀림에 대해서는 나도 특훈을 했으니 도전해볼 여지는 있을지도 모른다. 문제는 그것을 실행에 옮길 용기의 유무, 그리고 내가 했다가 이상한 느낌이 될지도 모른다는 가능성이다. ……으음, 너무 위험하니까 좀 더 관찰과 연습을 한 다음에 해보는 편이 좋을 것 같았다.

"지나간 일 가지고 너무 그러지 말라고! 그리고 아오이!
내 파트너는 바로 너야!"

타케이는 히나미를 향해 힘차게 팔을 뻗었다.

"응~? 아마 나는 안 될걸? 선생님, 그렇죠?"

히나미는 고개를 갸웃거리면서 타케이를 향해 소악마
같은 미소를 지은 후, 선생님을 쳐다보았다. 그러자 타케
이는 화들짝 놀란 표정을 지으며 히나미에게서 시선을
떼지 못했다. 우와 이 엄청난 기술은 뭐야? 남자의 두근두
근 포인트를 정확하게 찌르는 기술은 말을 타고 달리며 활
을 쏴서 과녁을 맞히는 경지에 이른 것만 같았다. 그런 히
나미의 특성은 정의하자면 『자유자재』라 할 수 있으리라.

"아~, 맞아. 히나미는 이번 학기부터 학생회장으로서
활동해야 하니까, 구기대회 캡틴까지 맡는 건 아쉽게도 무
리야."

"뭐~?! 아오이가 입후보할 줄 알고 손들었는데?!"

클래스메이트들은 타케이의 그 말을 듣고 또 웃음을 터
뜨렸다. 본심이 그대로 드러내는 이 느낌이 웃음을 자아내
고 있는 것일까. 자신의 생각을 그대로 말하는 것은 나도
특기지만, 이렇게 코미컬하게 표현하는 스킬은 아직 없다.
이걸 흉내 내기 위해서는 즐거운 톤으로 말하는 연습을 해
야 할 것이다.

그건 그렇고 타케이는 히나미를 엄청 마음에 들어 하는

구나. 합숙 때도 히나미와 팀을 짜서 탁구를 하려고 했었
잖아. 뭐, 타케이뿐만 아니라 다들 히나미를 좋아하는 것
뿐일지도 모르지만 말이야.

"하하하. 히나미를 포기하는 수밖에 없어. 뭐, 너도 관
둘래?"

"아뇨! 하겠습니다! 맡겨만 달라고요!"

타케이는 힘차게 주먹을 치켜들며 그렇게 말했다.

"하하하. 그래? 그럼 타케이만 믿을게. 그럼 남자 쪽 캡
틴은 정해졌고…… 여자 쪽은 어때? 할 사람 없어~?"

카와무라 선생님은 반 전체를 둘러보았다. 하지만 여학
생들은 다른 이들이 어쩌는지 훑어보고만 있을 뿐, 적극적
인 반응을 보이지 않았다.

나는 그 시선과 분위기를 유심히 관찰하려 했다. 이번에
는 개개인의 스킬을 관찰하는 게 아니라 『분위기』 전체를
관찰하는 것이다.

그러자 아까 타케이의 발언 덕분에 훈훈해졌던 반 내부
의 온도가 서서히 내려가고 있다는 사실을 알게 되었다.
뭐, 캡틴 같은 건 다들 하고 싶어 하지 않을 것이다. 아까
카와무라 선생님이 해준 설명을 듣자하니 즐거운 일이라
기보다 성가신 일 같았다. 단순히 타케이가 특이한 케이스
인 걸지도 모른다.

타케이와 비슷한 느낌으로 미미미가 손을 번쩍 들지도
모른다고 생각했지만, 그녀는 입후보하지 않았다. 뭐, 미미

미는 저래 봬도 여러모로 생각이 많은 타입이니까 말이다. 그나저나 이런저런 생각을 하다보니 반의 분위기가 가라앉고 있었다.

바로 그때, 이 침묵을 찢으려는 것처럼 미즈사와가 과장스럽게 한숨을 내쉬더니, 타케이를 향해 고개를 돌렸다.

"다들 너와 같이 캡틴을 하는 게 싫나 보네. 뭐, 그래도 힘내라고."

"어?! 그런 거야~?!"

타케이가 당황한 것 같으면서도 왠지 안타까운 듯한 톤으로 그렇게 외쳤다. 그 열띤 리액션 덕분에 이 반의 남학생들이 웃음을 터뜨렸다. 오오, 이것도 아까 나카무라가 했던 『놀림』을 집단에게 보여주는 방식이구나. 게다가 그 톤과 표정이 너무 완벽해서 역시 미즈사와는 대단하다는 생각이 들었다.

그런 와중에 여자애들을 관찰해보니…… 절반 정도는 웃고 있었지만, 남은 절반은 쓴웃음을 짓듯 치아를 살짝 드러내고만 있었다.

아하, 이렇게 되는구나. 딱히 심각한 이야기는 아닌데도, 자기가 캡틴이 될 가능성이 남아 있는 상황이기에 마음 놓고 웃을 수 없는 것이다. 다들 귀찮은 일은 피하고 싶을 테니까 말이다.

그럼 이 반의 여왕인 콘노 에리카는 어쩌고 있나 싶어서 고개를 돌려보니, 심심하다는 듯이 머리카락을 만지작거리며 무표정한 얼굴로 나른하다는 듯이 등받이에 체중을 맡긴 채 당당히 다리를 꼬고 있었다. 오오, 역시 압도적인 품격이 느껴지는걸. 특성은 틀림없이 『여왕의 위엄』일 것이다. 눈이 마주치면 성가신 일이 벌어질 테니, 나는 서둘러 고개를 돌렸다.

"으음~, 여자 쪽은 캡틴을 할 사람이 없는 거야~?"

당연히 그 말에는 누구도 대답하지 않았다.

"……흠, 그럼 다음에 정해야겠네~. 뭐, 구기대회는 3주 후에 열리니까, 캡틴이 본격적으로 활동하는 건…… 다음 주 이후겠네. 그때까지 하고 싶은 사람이 있으면 자원하도록 해. 그럼……."

카와무라 선생님이 그렇게 말하면서 이 이야기를 마치려고 한 순간…….

"──그냥 유즈가 하지 그래?"

여왕의 목소리가 울려 퍼졌다.

"어. 으음, 나?"

지명을 당한 이즈미는 허를 찔린 것처럼 당황했다.

"그러고 보니 유즈는 1학년 때 2반에서 캡틴을 했었지?"

"아~, 응. ……하긴, 했어."

이즈미는 자신의 목덜미 언저리를 손으로 매만지면서 머뭇머뭇 그렇게 대답했다.

"역시 그랬구나! 경험 있으니까 잘할 거 아냐."

"아~, 으음……."

콘노는 그 『경험이 있다』는 적절한 이유를 이용해 자신의 주장을 관철하려는 것처럼 목소리의 톤을 높였고, 이즈미는 대답을 보류하려는 것처럼 말끝을 흐렸다.

으음, 이건 그거네.

1학기 때 나는 이즈미에게서 『분위기에 맞춰주고 만다』는 고민을 들었다. 즉, 이즈미가 작년에도 캡틴을 했던 것은 분위기에 휘둘린 결과일 것이다.

그렇다면 이대로 간다면 『분위기』를 자신의 뜻대로 능숙하게 조종하는 콘노 에리카에 의해, 또 캡틴을 맡게 될 것이다——.

나는 그렇게 생각했지만…….

"아, 하지만……."

"왜?"

이즈미는 약간 긴장한 것처럼 불안정하게 흔들리는 시선을 띤 채…….

"나, 올해는 캡틴을 맡고 싶지 않아……."

작은 목소리로 자신의 의견을 주장했다.

나는 그런 그녀를 보고 적지 않게 놀랐다.

이즈미의 눈빛은 단호한 의지가 어려 있지는 않았지만, 그래도 콘노 에리카의 상대를 억압하는 언짢은 시선에 정면에서 맞서고 있었다. 1학기, 이즈미의 방에서 들었던

『무심코 분위기에 맞춰주고 마는 자기 자신을 바꾸고 싶다』
는 진심을 조금이나마 실천하고 있는 듯한 그 행동에 나는
눈길을 빼앗겼다.

　남들이 보기에는 부질없어 보일 만큼 미약한 저항이다.
하지만 그 안에는 앞으로 나아가려 하는 의지가 명확하게
존재하고 있는 것이 내 눈에는 보였다.

　잠시 동안 침묵한 후, 콘노 에리카는 성가시다는 듯이
이즈미에게서 시선을 떼더니⋯⋯.

　"그래? 그럼 됐어."

　내뱉듯이 그렇게 말하면서 다시 턱을 괬다.

　이즈미는 휴우 하고 작게 한숨을 내쉬더니, 어깨에 들어
가 있던 힘을 뺐다. 그녀의 눈가가 희미하게 젖어 있는 걸
보면, 역시 무리를 한 것 같았다. 분명 까딱 했으면 졌을
만큼 긴박한 싸움을 벌인 것이리라. 잘 버텼어, 이즈미.

　그리고 나도, 그리고 그 외 대다수의 클래스메이트들도
그 긴박한 분위기에서 해방된 덕분에 몸에서 힘이 빠졌다.
그건 그렇고, 말과 시선만으로 이렇게 긴박한 분위기를 자
아내는 콘노 에리카는 역시 분위기를 좌지우지하는 압도
적인 지배자라는 느낌이 들었다. 나는 느슨해진 분위기 속
에서 이 파워는 대체 어떻게 만들어지는 것인지 곰곰이 생
각해봤다.

　하지만 내가 그렇게 안심하고 있을 때, 콘노 에리카가
턱을 괜 채 귀찮다는 듯이 손가락으로 자신의 머리카락을

만지작거리면서 또 입을 열었다.

"그럼~, 히라바야시가 하지 그래~?"

"……어?"

당황한 듯한 목소리로 그렇게 말한 사람은 느닷없이 지명을 당한 히라바야시 양이었다. 앞 머리카락을 단정하게 자른 흑발 롱헤어의 클래스메이트이며, 반 안에서는 꽤 조용한 편인 여자애다. 친구와 같이 있을 때도 있지만 기본적으로는 혼자 행동하는, 외톨이 타입의 여자애다. 대체 왜 이 타이밍에 히라바야시 양의 이름을 언급한 걸까. 나는 그 이유를 생각해봤지만, 답을 찾을 수가 없었다.

"히라바야시가 해~. 준비 같은 게 특기잖아~."

콘노 에리카는 그렇게 말하더니 비웃는 듯한 톤으로 짧게 웃음을 흘렸다. 『준비』라는 단어와 그 다음에 이어진 웃음소리에서는 상대를 수수하고 바보 같은 애로 취급하려는 의도가 느껴졌다.

그리고 그런 콘노 에리카의 선동에 동참하듯, 콘노 그룹의 구성원들이 한 마디씩 입에 담았다.

"뭐, 확실히 준비틱해."

"준비틱하다는 게 대체 무슨 소리야? 아하하."

"해주면 참 좋겠네~."

강요하는 듯한 표현을 피하면서도 입후보를 종용하는 듯한 그 말과, 그 이면에 존재하는 상대를 얕잡아보는 시선……. 이것이야말로 『분위기』를 이용한 보이지 않는 폭력이라는 느낌이 들었다. 무심코 비명을 지를 뻔 했다.

"뭐, 어차피 누가 하든 해야 하잖아~."

"맞아! 그럼 잘하는 사람이 하면 되겠네."

"그런데 준비가 특기라는 게 대체 무슨 소리야? 아하하."

콘노 에리카는 거만한 표정으로 이상한 화제를 가지고 떠들어대는 자신의 들러리들을 쳐다보고 있었다.

——『분위기』란 『집단에서의 선악의 기준』이라고 히나미가 말했다. 그래서 나는 히나미가 가르쳐준 『룰』에 따라 상황을 관찰하면서 나름대로 생각해봤다.

콘노 에리카가 하는 짓은 아마 매우 단순할 것이다. 이 반에 애초부터 존재하던 『분위기』를 무기로 이용하며, 히라바야시 양을 공격하고 있는 것이다.

아마 이 반에는 『수수하다는 것은 악이다』라는 『분위기』가 조성되어 있다. 수수한 인간은 화려한 인간보다 신분이 낮다. 그런 선악의 기준이 말이다.

콘노는 그런 분위기를 이용해 『준비가 특기』라는 말로 상대에게 『수수하다』라는 딱지를 붙여서 경멸한 후, 상하 관계를 확실시 하고 있는 것이다.

그리고 『신분이 낮다』는 딱지가 붙은 히라바야시 양에게 성가신 역할을 떠넘긴다.

뭐, 이렇게 생각을 정리하고 보니, 이런 분위기는 그다지 유쾌하지 않았다.

그래서 나는 관찰을 계속하면서 생각했다. 이 상황에서

자신이 지닌 스킬을 어떻게 활용하면, 이『분위기』속에서 자신의 의지를 개입시킬 수 있을 것인가. 즉,『분위기』를 바꿀 수 있을 것인가.

나는 지금까지 얻은 스킬, 그리고 지금까지 관찰을 하면서 알아낸 결과를 총동원해서, 어떻게 하면 이 상황을 바꿀 수 있을지 모색했다. ──하지만…….

생각하면 할수록 내 스킬로는 어찌할 수 있는 상황이 아니라는 것만 깨닫게 됐다. 아니, 평범한 상황에서도 반의 분위기를 컨트롤해본 적이 없는데, 이런 하드 모드에서 컨트롤할 수 있을 리가 없다.

나는 분하지만, 그저 지켜보기로 했다. 나만 피해를 입는다면 차라리 괜찮겠지만, 나 때문에 히라바야시 양이 더 나쁜 상황에 처할 수도 있다고 생각하니 멋대로 행동할 수가 없었다.

"어떻게 할 거야, 히라바야시~. 할 거야, 말 거야? 안 할 거면 안 할 거라고 딱 잘라 말해~."

이대로 분위기를 고정시키려는 건지, 콘노 에리카는 재촉하듯 그런 말을 늘어놓았다. 그러자 그녀의 들러리들이「맞아~ 맞아~」하고 외치며 부추겼다. 그런 상황에서 콘노 그룹 중 유일하게 이즈미만이 아무 말 없이 걱정스러운 표정으로 히라바야시 양을 쳐다보고 있었다.

히라바야시 양은 잠시 동안 어떻게 할지 고민했지만, 곧 체념한 것처럼, 그리고 자기 자신을 납득시키려는 듯이 작게 웃었다. 그리고 겨드랑이와 팔꿈치를 접으면서 손을 들더니…….

"그럼…… 제가 하겠어요."

카와무라 선생님을 향해, 그렇게 말했다.

"……히라바야시. 이건 억지로 할 일이 아냐. 그리고 오늘 꼭 정할 필요도 없단다."

선생님은 진지한 어조로 타이르듯 그렇게 말했지만, 히라바야시 양은 고개를 저었다.

"으음…… 저기…… 괜찮아요."

히라바야시 양은 또 거북한 심정을 떨쳐내려는 것처럼 옅은 미소를 지었다.

"……그래."

선생님은 납득하지 않은 것 같지만, 본인이 저렇게 말하니 더는 아무 말도 할 수 없는 건지 눈썹을 찌푸리면서 히라바야시 양의 말을 받아들였다.

"으음, 그럼 이번 구기대회의 캡틴은 타케이와 히라바야시로 정하겠어."

"예! 미유키, 잘 부탁해~!"

"아, 으, 으음, 응……. 나도 잘 부탁해."

그리고 기세 하나만큼은 끝내주는 타케이가 그렇게 외치자, 히라바야시 양은 그제야 자연스러운 미소를 지었다.

그런 느낌으로 2학기 첫날의 학급회의가 끝났다. 과제를 수행하기 위해 나름대로 열심히 관찰을 했지만, 마음속이 영 찝찝했다. 역시 집단의 분위기 컨트롤이라는 건 리얼충 스킬을 이용한 복싱처럼 느껴졌다. 저 정도면 그야말로 체술이군. 솔직히 말해 내키지는 않지만, 인생을 공략하기 위해서는 그런 기술도 필요한 것 같다.

그래도 같은 반 여자애의 이름까지 전부 외우고 있는 데다 친근하게 말을 거는 타케이의 친화력 같은 것만큼은 본받아야겠다고 생각했다. 저렇게 바보인데도 리얼충일 수 있는 것은 저런 미워할 수 없는 면을 가졌기 때문일 것이다. 복싱의 라운드와 라운드 사이에 링에 올라오는 마스코트 캐릭터 같은 포지션이라고나 할까? 타케이, 나는 널 응원한다고.

***

1교시, 캡틴을 정하기 위한 회의가 끝난 후의 쉬는 시간.

벨이 울리고 인사가 끝나자, 학생들은 자리에서 일어나 친분이 있는 이들끼리 모였다. 그런 와중에 옆을 바라보니, 이즈미는 가라앉은 표정으로 의자에 앉아서 책상을 지그시 쳐다보고 있었다. 나는 그런 그녀가 신경 쓰였기에—— 말을 걸어보자고 생각했다. 요즘은 특훈과 내가 하고 싶은 일이 서서히 뒤섞이고 있는 듯한 느낌이 들었다.

"……이즈미?"

"어? ……아, 토모자키."

화들짝 놀라며 나를 향해 고개를 돌린 이즈미는 미소를 지었다. 나는 그런 이즈미를 놀릴 생각은 없지만 그에 가까운 느낌으로 그녀의 마음에 파고들듯 말을 건넸다.

"아까…… 히라바야시 양 때문에 그러는 거야?"

"으음…… 그, 그래."

표정이 가라앉은 이즈미가 그렇게 말하면서 웃음을 흘렸다.

"……얼굴에 드러났어?"

"으, 응."

내가 긍정하자, 이즈미는 표정을 굳히면서 한숨을 내쉰 후, 목소리 톤을 살짝 낮추면서 말했다.

"뭐랄까…… 좀 망설였다고나 할까……?"

"으음, 뭘 말이야?"

내가 되묻자, 이즈미는 콘노 에리카 쪽을 힐끔 쳐다보며 쓴웃음을 지었다.

"어떻게 하는 편이 좋았을까?"

"……아."

나는 그 말과 시선을 보고 눈치챘다. 이즈미는 아까 그 상황에서 히라바야시 양을 도와주고 싶어 머리를 썼지만, 결국 아무 것도 하지 못한 것을 분하게 여기고 있는 것이다. 나도 비슷한 생각을 했었다.

"어렵네. 아까 같은 상황에서는 어찌할 방법이 없긴 했어."

이즈미는 고개를 끄덕였다.

"맞아……. 에리카도 남이 「그만해!」 하고 딱 잘라 말할 만큼 나쁜 짓을 한 것도 아니잖아……."

"……그래."

나는 납득하면서 고개를 끄덕였다.

이즈미가 말한 것처럼, 콘노 에리카와 그녀의 들러리들은 히라바야시 양에게 캡틴을 하라고 권하기만 했다. 딱히 강요하거나 협박을 하진 않은 것이다. 게다가 그녀들이 떠넘긴 것도 그저 『구기대회의 캡틴』에 불과했다. 솔직히 말해 좀 귀찮기는 해도, 그렇게 어려운 일은 아니다. 그걸 떠넘기는 게 나쁜 행동으로 여긴다면, 자기 의지로 그걸 하겠다고 선언한 타케이에게도 문제가 있다는 게 된다. 즉, 타케이가 바보라는 결론으로 이어지는 것이다.

"콘노가 억지로 강요한 건 아니니까 말이지."

"맞아……."

그게 명확한 협박이라면 단죄할 수도 있겠지만, 최종적으로는 히라바야시 양이 하게 된 가장 큰 이유는 자기 입으로 하겠다고 선언했기 때문이다. 『분위기』를 이용한 눈에 보이지 않는 강제력이 작용했다고는 해도, 눈에 보이지 않으니 그걸 단죄하는 건 어렵다.

"너무 나쁘게만 생각하지 말고, 지켜보는 수밖에 없을 거야."

"그렇기는, 한데……."

이즈미는 말을 이으면서 고개를 살며시 숙이더니, 가라앉은 미소를 흘렸다.

"……하지만 말이야."

"……응?"

이즈미는 으음, 하고 작게 신음을 흘린 후, 말을 이었다.

"실은 내가 대신해주면 전부 해결될지도 모른다고 생각했어."

"……그랬구나."

확실히 그러면 히라바야시 양을 구해줄 수는 있을 것이다.

"하지만 생각해보니 그러면 안 되겠다는 생각이 들지 뭐야~."

"으음…… 왜 안 되는 건데?"

나는 그 말에 담긴 의미를 파악하지 못했기 때문에, 되물었다.

"뭐, 내가 캡틴을 대신해주는 건 간단하지만……."

"……하지만?"

이즈미는 한순간 입을 꼭 다물더니, 다시 입을 열었다.

"그렇게 되면 결국 에리카가 시킨 대로 하는 거잖아."

나는 그 말을 듣고 납득했다. 나는 이즈미의 방에서 들었던 말을 또 떠올렸다.

"……그래."

이즈미는 분위기에 휘둘리는 자신이 싫다고 말했다.

"그런 자신을 바꾸고 싶어서…… 그래서 그때도 좀 노력을 해본 거야."

이즈미는 약간 멋쩍어 하면서 애매모호한 말을 입에 담았다. 그때, 란 아마 나와 나카무라가 구교사의 교장실에서 어패 대전을 했을 때를 말하는 것이리라. 나카무라를 비난하는 콘노 군단에게, 어설프게나마 반기를 들던 이즈미의 모습이 뇌리를 스쳤다.

내가 「그렇구나……」 하고 구구절절한 목소리로 중얼거리자, 이즈미는 목소리를 약간 낮추면서 말했다.

"그리고 오늘도…… 좀, 노력해봤거든? 캡틴이 하기 싫다고 말해봤어. 뭐, 에리카가 엄청 무섭기는 했지만 말이야! 시선이 완전 무시무시하지 않았어?!"

"실은 나도 가슴이 철렁했어."

"그렇지?! 그럴 줄 알았어!"

그리고 우리는 낮은 목소리로 웃음을 흘렸다. 오오, 왠지 평범하게 웃음을 흘렸어. 무의식적으로 웃는 건 좀 기분 좋네. 그리고 이렇게 몰래 이야기를 나누는 것도 좀 기분이 좋은걸. ……나, 지금 무슨 소리를 하는 거지?

"나, 그걸 견뎌냈잖아? 대단하지? 칭찬해줘!"

"자, 자기 입으로 그런 소리를 하지 말라고! 그리고 눈빛은 엄청 흔들렸잖아!"

"어, 너무해! 하지만 그럴 때의 에리카는 진짜 무섭단 말이야!"

그런 식으로 이즈미를 놀리며 기분 좋게 대화를 이어나가던 나는 문득 떠올렸다.

매일 허둥지둥 발버둥 치면서 앞으로 나아가려 하는 건 약캐인 나만이 아니라 이즈미도 마찬가지인 것이다.

"하지만…… 그래. 이즈미도 조금씩 변하고 있구나……."

"어?! 그, 그래……?"

내가 무심코 본심을 털어놓자, 이즈미는 눈동자를 반짝이면서 내 얼굴을 뚫어져라 쳐다보았다. 어, 어이, 너무 가깝잖아. 그리고 리얼충 특유의 달콤하면서도 생기 넘치는 향기 같은 것에 나는 아직 익숙하지 않다고. 마법 방어력은 거의 제로나 마찬가지란 말이다.

"으, 응."

내가 허둥대면서 대답하자, 이즈미는「응, 그렇구나……」하고 말하면서 뭔가를 확인하듯 자신의 손바닥을 쳐다보았다.

"토모자키가 말했잖아? 이제부터라도 바꿀 수 있다고 말이야."

"……응."

분위기에 져서 휘둘리기만 하는 자신이 싫지만 이제 와서 자기 자신을 바꾸는 건 무리가 아닐까, 라는 고민을 이즈미가 나에게 털어놓았을 때 나는 분명 그렇게 말했다.

"그래서 때때로~ 노력해보고 있어."

"……그랬, 구나."

이즈미는 고개를 끄덕이더니, 나를 향해 장난기 섞인 미소를 지었다.

"게다가…… 에리카에게 그렇게 맞섰던 토모자키가 한 말이잖아? 그렇게 멋진 모습을 봤는데, 나도 가만히 있을 수는 없잖아!"

"어, 으, 응."

이즈미가 방금 입에 담은 『멋진 모습』이라는 말을 듣고 마음이 흔들렸지만, 나는 어찌어찌 맞장구를 쳤다. 이런 걸 기습적으로 날릴 수 있다니, 역시 리얼충은 대단했다. 특히 깊은 의미가 담겨 있지 않다는 걸 알지만, 그래도 나 같은 약캐에게는 엄청 효과적인 한 마디다. 효과가 정말 끝내줬다.

"응. ……그러니까 아까 내가 캡틴을 맡겠다고 나섰다면 결국 예전의 나와 다름없다는 생각이 들었어. 어쩌면 그렇게 되고 싶지 않았던 걸지도 몰라."

"……그렇구나."

이즈미가 방금 말한 것처럼, 캡틴을 히라바야시 양이 떠맡을 것 같은 분위기 속에서 콘노 에리카의 압정에 굴해 그 역할을 이즈미가 맡아버린다면, 그것은 분위기에 굴복한 것이나 다름없다. 이즈미도 그러고 싶지 않다고 생각했다면 역시 그래서는 안 된다.

이즈미는 「그래」 하고 작게 중얼거리더니, 피곤이 묻어나는 한숨을 토했다.

"……역시 집단이라는 건 어렵네."

나는 그 말을 듣고 화들짝 놀랐다. 그리고 지금까지 히나미가 내줬던, 혹은 이제부터 내줄 과제를 통한 여러 고생이 주마등처럼 머릿속을 스치더니, 무심코 이렇게 말했다.

"그래……. 정말, 정말, 어려워……."

"왜, 왠지 엄청 구구절절하게 들리는데?"

내가 최근 몇 달 동안 실감해온 감정을 담아서 그렇게 말하자, 이즈미는 약간 질린 듯한 눈빛으로 나를 쳐다보았다.

***

방과 후. 2학기 첫날이기에 오늘은 오전 수업만 했다.

오늘은 방과 후에 따로 모이는 것이 힘들 거라고 히나미가 말했기에, 오늘은 회의를 하지 않기로 했다. 미미미 일행과 함께 점심을 먹기로 했기 때문에, 따로 나와 만나는 것은 어려울 거라고 한다. 그런 엄청 사무적인 내용만이 담긴 LINE이 쉬는 시간에 히나미에게서 왔다.

그러니 나는 가능한 한 빨리 집에 돌아가서 남는 시간 동안 어패 연습을 하자——고 생각했지만, 그로부터 수십 분 후의 나는 어찌된 영문인지 역 근처의 게임센터에 있었다.

"우와~! 뚝돌이, 정말 세네~!"

내가 조작하는 게임 화면을 뒤편에서 보던 타케이가 환호성을 질렀다. 맞은편 기기 앞에 앉아서 나와 대전하고 있는 이는 나카무라이며, 그의 뒤편에는 미즈사와가 서있었다.

즉, 나는 방과 후에 돌아갈 준비를 하다 나카무라가 파견한 셔틀 타케이에게 잡혔고, 이렇게 담배냄새가 나는 게임 센터 『크루즈』로 납치되고 말았다.

"움직임이 완전 기분 나빠~!"

"타케이, 시끄러워."

"뚜, 뚝돌이, 너무해~."

나는 타케이에게 딴죽을 날리면서도 또 승리를 거뒀다. 타케이에게 주저 없이 딴죽을 날릴 수 있게 됐다. 역시 바보 타케이라고 해야 할까, 이 녀석한테는 세게 나가도 될 것 같다는 느낌이 드니까 말이다. 여러모로 연습 상대로 딱 좋은 녀석이다. 땡큐, 트레이닝 모드 타케이.

눈앞에 있는 게임기기의 화면이 바뀌자, 나는 한숨 돌리면서 주위를 둘러보았다. 이곳은 내가 때때로 가는 오미야의 게임센터와 다르게, 개인영업점 같은 분위기가 감도는 조그마한 점포다. 인근 고교에서 좀 논다는 녀석들이 모이는 집합소 같은 공간이며, 솔직히 나와는 어울리지 않았다.

"……하아. 인마, 너무 세잖아. 완전 기분 나……쁘지는 않네."

나카무라는 분한지 머리를 긁적이면서 자리에서 일어나더니, 미즈사와와 함께 내 쪽으로 걸어왔다. 대전을 해보니 나만큼은 아니지만 나카무라도 이 대전 게임『투견4』를 꽤 연습한 것 같았다.

그래서 그런지 오늘은 나한테 지고도 그렇게 날 선 태도를 취하지 않았다. 기분 나쁘지는 않다, 라는 말을 들은 것만으로도 엄청난 진보다. 기분 나쁘지 않다는 말만으로도 『엄청난 진보』라 여기게 되는 전제 자체가 슬프다는 점은 그냥 넘어가줬으면 한다.

발소리를 내며 다가온 나카무라는 내 옆에 툭 앉았다. 낡은 게임센터의 낡은 의자가 삐걱거렸다. 그리고 나카무라는 다리를 벌리면서 내 공간을 빼앗았다. 오오, 이렇게 당연한 듯이 횡포를 부리니 무심코 다리를 오므릴 뻔 했네. 나는 그의 압박에 움츠러들 뻔 하면서도, 가능한 한 태연한 어조로 말했다.

"일단 꽤 연습을 했거든……."

"흐음, 그래?"

나카무라는 나를 쳐다보지 않으며 그렇게 말했다. 옆에 있던 미즈사와는 감탄한 것처럼 고개를 끄덕이더니, 게임화면을 쳐다보았다.

"후미야는 어패 말고도 잘하는 구나."

"뭐, 뭐어, 이건 유명한 게임이잖아."

아까 둘러보니, 이곳에는 하나같이 유명한 게임만 있었다. 점포가 작으니 인기 있는 게임만 둔 것이리라. 이곳에 있는 그 어떤 게임으로도 남들에게 지지 않을 자신이 있었다. 혼자서 엄청 연습했거든. 훗훗훗.

"쳇. 여기서 게임하는 녀석들한테는 안 지는데 말이야. 너, 게임 연습만 너무 하는 거 아냐? 좀 집밖에서 놀라고."

나카무라는 위압적인 어조로 그렇게 말했다. 여전히 무섭네.

하지만 이런 상황에서도 과제인『관찰』을 해보니, 방금 나카무라가 말한『집밖에서 놀라고』같은 언동에도 오늘 콘노 에리카가 입에 담았던『준비 같은 게 특기잖아?』라는 발언과 비슷한 구조가 담겨 있다는 사실을 눈치챘다.

콘노 에리카는『수수하다는 것은 악이다』라는 분위기를 이용해『준비가 특기』라는 딱지로 상대를 수수한 애로 여겼고, 자신보다 뒤떨어지는 애로 만들었다.

그와 마찬가지로, 나카무라 또한『집밖에서 놀라고』라는 말로 나를 수수한 애로 여기며, 콘노처럼 분위기로 나를 자신보다 뒤떨어지는 애로 만들려는 것처럼 여겨졌다. 뭐, 나카무라는 내가 게임을 잘한다는 것은 인정하고 있기에 콘노 에리카에 비하면 꽤 마일드하지만, 구조 자체는 동일했다. 분명 리얼충에게 있어 이런 것은 정석이나 다름없으리라.

"돼, 됐어. 나는 밖에서 노는 것보다 게임을 좋아하거든."

히나미에게 도움을 받으며 리얼충이 되려하는 내가 이런 인도어 선언을 해도 될까 싶지만, 실제로 그렇게 생각하니 어쩔 수 없다. 나는 이런 태도로 계속 밀어붙일 거다. 좋아하는 게임을 포기하지도 않을 것이고, 게이머로서 이 『인생』을 공략해서 즐기고 말겠다.

"흐음. 뭐, 좋아. 후민, 다음에는 저걸 하자고."

"으, 응."

"후미야도 고생이 많네."

"힘내, 뚝돌이."

그런 식으로 내 게이머 선언은 가볍게 무시당했고, 그 후로도 나는 나카무라의 대전 상대로서 한동안 휘둘렸다.

＊＊＊

도중에 근처에 있는 패밀리 레스토랑에서 점심을 먹으며 휴식을 취하고 게임센터에서 대전을 계속하다보니, 어느새 오후 여섯 시가 되었다. 즉ㅇ. 다섯 시간 가량이나 게임을 한 것이다. 맙소사.

"슈지. 너, 언제까지 게임을 할 거야?"

미즈사와가 쓴웃음을 지으면서 그렇게 말했다.

"어이, 슈지~. 이제 슬슬 돌아가자고."

타케이도 약간 난처한 듯한 톤으로 나에게 말했다.

"아~. ……그럼 너희는 먼저 돌아가. 나는 조금만 더 있다 갈게."

"으음, 나도 돌아가고 싶은데……."

왠지 나카무라는 『토모자키는 좀 더 자기와 연습을 해줄 거다』라는 전제로 이야기를 하는 것 같았기에, 나도 내 의지를 밝혔다. 게임센터에서 더 시간을 보내는 건 부모님에게 미안할 것 같았다.

"아, 그래? 그럼 잘 가."

"으, 응."

뜻밖에도 나카무라는 나를 그냥 보내줬다. 너는 남아, 같은 소리를 할 거라고 생각했는데 말이다. 뭐, 잘됐다.

그런 나카무라를 본 미즈사와는 뭔가를 눈치챈 것처럼 한숨을 내쉬더니, 「그럼 가자」 하고 말하면서 게임센터의 출구를 향해 앞장서서 걸음을 옮겼다. 나는 그런 그의 뒤를 따르다, 문득 뒤편을 쳐다보았다.

나카무라는 게임기 앞에 앉은 채, 무표정한 얼굴로 팔짱을 끼고 있었다. 20세기 느낌이 나는 어둑어둑한 게임센터에서 게임 화면의 빛에 비친 나카무라의 표정에는 애수 같은 것이 흐르고 있었다.

나는 미즈사와, 타케이와 함께 역을 향해 걸었다. 낮에는 아직 더웠지만, 이 시간이 되자 더위가 한풀 꺾이면서 뜨뜻미지근하면서도 기분 좋은 바람이 온몸을 훑고 지나갔다.

그리고 역으로 향하던 도중에 미즈사와는 또 하아 하고 한숨을 내쉬었다.

"슈지는…… 아무래도 또 **그거**인 것 같네."

타케이는 그 말을 듣고 미즈사와를 향해 고개를 돌리더니, 동의를 한다는 듯이 그의 얼굴을 손가락으로 가리켰다.

"역시 그렇지?! 싸운 걸까?"

아무래도 꽤 의미심장한 대화였다.

"시간이 흐르기를 기다릴 수밖에 없겠어. 요시코는 꽤 무시무시한 상대잖아."

"한동안은 또 이런 느낌일지도 모르겠네."

나는 두 사람의 대화를 듣다, 방금 들린 귀에 익지 않은 단어에 대해 물어보기로 했다.

"으음, 요시코가 누구야?"

우리 반에는 요시코라는 이름의 여자애가 없지, 아마? 아니, 설령 있더라도 그 이름이 왜 이 타이밍에 나온 걸까.

"뭐, 슈지네 집은 좀 문제가 있어. 엄마가 엄청 과보호를 한다고나 할까, 슈지한테 엄청 공부를 시키거든. 그래서 슈지의 성적이 떨어지거나, 너무 놀기만 하거나, 혹은 늦게 귀가를 하면 불같이 화를 내. 요시코는 진짜 무시무시하다고."

"그, 그렇구나."

요시코는 나카무라의 어머니구나. 친구 부모님을 이름으로 막 부르는 것도 리얼충에게 있어서는 자연스러운 행동인가요.

그러고 보니 우리 집에서 커플 만들기 작전에 대한 회의를 했을 때도 나카무라의 어머니는 무서운 사람이라는 이야기를 들었던 것 같다.

"그러니까, 아마 요시코와 싸운 걸 거야."

미즈사와는 스마트폰으로 열차 도착 시각을 확인하면서 그렇게 말했다.

"그렇구나……. 그렇다면 일찍 집에 돌아가야 하는 거 아냐?"

내가 그렇게 묻자, 미즈사와는 또 웃음을 터뜨렸다.

"너도 그렇게 생각하지? 그래서 슈지는 골 때린다니깐."

그리고 타케이도 호쾌하게 웃음을 터뜨렸다. 술 단지를 통째로 들이킬 것 같은 느낌으로 말이다.

"으음, 골 때린다는 게 무슨 소리야?"

"그게 말이지."

미즈사와는 웃음을 터뜨리며 말을 이었다.

"슈지는 이런 상황에서 절대 집에 들어가지 않아."

나는 그 말을 듣고 쓴웃음을 지었다.

"즉…… 싸웠기 때문에 부모님과 마주치기 싫다던가, 부모님을 난처하게 만들려는 거야?"

"딩동댕~."

미즈사와는 나를 손가락으로 가리키면서 가벼운 톤으로 그렇게 말했다. 나는 그 말을 듣고 반사적으로 한숨을 내쉬었다.

아니, 하는 행동이 딱 그거잖아. 솔직하게 말해서…….

"어린애냐……."

"하하하! 맞아."

미즈사와도 밝은 목소리로 웃음을 터뜨렸다.

"뭐, 친구 집에 묵거나, 밤늦게 돌아가서 부모님과 마주치지 않으려고 하는 것 같아."

"지, 진짜 애네……."

하지만 나카무라답기는 하네……. 나는 약간 어이없어하면서 이마를 짚었다. 타케이도 내 말에 동의한다는 듯이 웃음을 터뜨렸다.

"맞다니깐~! 슈지는 골 때릴 정도로 어린애라고~!"

나는 그런 타케이를 향해…….

"타케이는 그런 소리 할 자격이 없을 것 같은데?"

"어이! 너무하잖아!"

……놀리는 듯한 톤을 자연스럽게 자아내면서, 내 생각을 솔직하게 말했다. 반복해서 하다 보니 자연스러우면서도 매끄럽게 이런 말을 할 수 있게 됐다. 이게 반복연습의 성과일 것이다. 점프해서 접근하는 상대에게 승룡권을 반사적으로 날릴 수 있게 된 느낌이다.

"뚝돌이 너, 오늘 나한테 너무 매몰찬 거 아냐?!"

"하하하. 그래도 네가 할 말이 아니긴 해."

"타카히로, 너까지 그런 소리를 하는 거야?!"

이렇게 시끌벅적하게 이야기하며 하교하는 것도, 확실히 기분 나쁘지는 않았다.

**

두 사람과 헤어진 후, 나는 집에 도착했다. 네가 웬일로 이렇게 늦게 귀가한 거냐고 어머니가 잔소리하듯 말했지만, 나는 그 말을 한 귀로 흘리며 저녁식사를 마친 후, 욕실로 향했다.

그리고 욕조에 몸을 담근 채, 생각에 잠겼다.

오늘은 방과 후에 리얼충들과 함께 게임센터에 가서 저녁때까지 함께 놀았다.

유심히 관찰을 하기는 했지만, 딱히 무리한 행동을 하지도 않았다. 그런데도 자연스럽게 시끌벅적한 학교생활을 해냈다는 사실이 묘한 감각을 자아내고 있었다.

몇 달 전의 나라면 상상도 하지 못할 만큼 크나큰 변화이며, 과거의 원형이 존재하지 않는 듯한 이 커다란 변화 속에 작은 필연이 쌓여있다는 사실을 누구보다 내가 실감하고 있었다.

즉, 나는 다시 태어난 것도, 치트를 사용한 것도, 중간 과정을 생략한 것도 아니다.

그저 매일같이 앞을 바라보며 조금씩 나아가다 어느 날 우연히 뒤편을 돌아보니, 출발지점에서 한참 멀어져 있었을 뿐인 것이다.

하지만, 그렇다면…….

나는, 내가 있는 곳보다 훨씬 먼 곳에 도달한 한 사람을 떠올렸다.

그 녀석은—— 히나미 아오이는 대체 언제부터, 얼마나 꾸준히 노력을 해온 것일까.

지금 그 녀석이 있는 곳이 너무나도 멀기 때문에 상상하는 것도 어렵지만…….

지금 내가 있는 『이 지점』을, 히나미 아오이 또한 분명 거쳐 갔을 것이다.

지금 지면을 살펴본들 발자국조차 남아있지 않을 만큼, 먼 옛날의 일이겠지만 말이다.

그래도 그 녀석은 『이 지점』에서 더 먼 곳으로 워프를 한 것도, 마법을 쓴 것도 아니다. 그저 나와 마찬가지로 우직하게, 하나하나의 필연을 쌓아나가면서 앞으로 나아갔을 뿐이다.

하지만…….

나와 히나미 사이에 명백하게 다른 점이 존재하는 것처럼 느껴졌다.

그것은—— 나는 한 걸음 한 걸음 나아가고 있는 이 여정이, 발바닥을 통해 느껴지는 지면의 감촉이, 그리고 눈앞에 펼쳐지는 새로운 경치가, 눈부시고 즐겁게 느껴졌다.

그래서 더욱 나아갈 수 있는 것이다.

하지만 그 녀석은―― 히나미 아오이는…….

마치 앞으로 나아가는 것만이 목적인 것처럼, 한 걸음 한 걸음을 즐기지도 않고, 새로운 경치를 살펴보지도 않고, 출발지점을 돌아보지도 않으며…….

그저 머나먼 곳만을 바라보며, 우직하게 나아가고 있다.

내 눈에는, 그렇게 보였다.

그렇다면――.

그 녀석은 어째서, 그렇게까지 나아갈 수 있는 것일까.

나는 그런 생각을 했다.

2 정보수집 파트가 지겹지 않은 게임은 명작.

"으음, 괜찮은 경향이네."

다음날, 제2피복실.

나는 히나미에게 어제 방과 후에 타케이를 별 무리 없이 놀렸다는 걸 보고했다.

"괜찮은 경향?"

내가 되묻자, 히나미는 태연한 표정으로 「그래」 하고 말하며 고개를 끄덕였다. 그러고 보니 이 녀석은 이곳에 오기 전에 매번 육상부 아침 훈련을 하는구나. 그런데도 전혀 피곤해 보이지 않는데다 땀 냄새는 고사하고 좋은 향기가 났다. 대체 이 녀석은 어떻게 되어먹은 거야?

"무의식적으로 놀리거나, 딴죽을 날리거나, 대화를 나눌 수 있었던 거지?"

"그래."

"뭐, 너도 알고 있겠지만, 그건 반복연습을 통해 의식해야만 할 수 있었던 것들이 무의식적으로 할 수 있게 됐다는 증거야. 그야말로 『스킬이 몸에 익은』 상태인 거지."

나는 그 말을 곱씹듯이 고개를 끄덕였다.

"……그래. 그렇게 된 거구나."

사실 나도 어느 정도 실감을 하기는 했다. 실전에서도 스킬을 자연스럽게 쓸 수 있게 된 감각 말이다.

"그런데 관찰 쪽은 어떻게 되어가? 뭔가 발견한 건 있어?"

"아, 그게 말이야……."

그리고 나는 구기대회 캡틴을 정할 때의 『분위기』의 흉포함에 대해 이야기했다. 『수수함』을 나쁜 것으로 여기는 분위기와, 『준비가 특기』라는 딱지를 이용한 콘노 에리카의 행동에 관해서 말이다. 그리고 그와 비슷한 구조를 『집 밖에서 놀라고』라는 나카무라의 말에서도 느꼈다는 이야기를 했다.

"——그래서, 그런 게 리얼충의 방식이라고 느껴졌어."

내가 그렇게 말하자, 히나미는 왠지 기쁜 표정을 지으면서 내 눈을 쳐다보았다.

"응. 역시 nanashi야."

"뭐?"

히나미는 만족한 것처럼 웃으면서 고개를 몇 번이나 끄덕였다.

"『분위기』라는 추상적인 것이라도 제대로 정의만 내린다면 어느 정도 수준까지는 분석할 수 있구나. 그리고 룰을 안다면, 리얼충이 아니라는 핸디캡을 안고 있더라도 그 이면에 숨어있는 구조까지 직접 찾아낼 수 있잖아. ……응. 역시 nanashi야."

"어, 어……?"

어찌된 영문인지 히나미에게 칭찬을 받았다. 리얼충이 아니라는 핸디캡, 이라는 말이 좀 걸리기는 하지만, 그래도 사실이니 딴죽을 걸지는 말자. 더 언급했다간 마음에 상처를 입을 것 같으니까 말이다.

"잘 들어. 그 감각은 기존의 룰에 삼켜지지 않고, 룰을 외부에서 차분히 관찰할 수 있는 인간만이 지닐 수 있는 특권이야."

"외부?"

"그래. 역시 이런저런 일이 있기는 했지만, 너도 본질은……."

이쪽 사람이네, 하고 히나미는 작은 목소리로 중얼거렸다. 그리고 내가 그 말에 반응하기도 전에, 「자아」 하고 말하면서 다음 이야기를 시작했다. 오오, 자유로운걸.

"네 분석은 얼추 정확해. 수수하다는 것과 얌전하다는 것을 나쁜 것으로 여기는 『분위기』가 조성된 공간에서 화려하게 행동한다. 그럼으로써 자신의 지위를 확립시킨다. 그리고 상대에게 『수수하다』, 『얌전하다』라는 딱지를 붙여서 지위를 떨어뜨린 후, 주종관계를 형성한다. 뭐, 어느 집단이던 존재하는 전통적인 『분위기』의 풍습이야."

노골적으로, 그리고 무덤덤하면서도 논리적으로, 또한 일상적으로 교실에서 이뤄지고 있는 일에 대해 히나미는 말했다. 나는 그 말을 듣고 고개를 끄덕였다.

"뭐, 그 정도로 명확하게 분석한 건 아니지만, 나도 그런 『분위기』가 싫어서 외톨이로 지내오기도 했어. ……앞으로는 맞서볼 생각이지만 말이야."

나는 사기를 높이면서 그렇게 말했다. 『인생』에서 싸워

나가기 위해서는, 그리고 즐기기 위해서는, 그『분위기』라는 룰에 따를 필요가 있다는 것을 나는 알고 있다. 그리고 그『룰』에 따를 가치가 있는지 없는지 판단하면 된다. 그 룰을 파괴, 혹은 무시할 수 있는 무언가를 손에 넣지 않는 한, 일단 그 룰에 따라볼 수밖에 없는 것이다. 적어도 그것이 굿겜이라면 말이다.

"그래. 도망치지 않고 룰에 맞서려는 의지야말로『게이머』에게 필요한 거야."

나는 히나미의 말에 납득했다.

"뭐, 그래. 정해진 룰이 존재하는 상황을, 직접 컨트롤러를 쥐고 개척한다. 그것이 바로『게이머』의 방식이지."

히나미는 내 말을 듣더니 기뻐하며 고개를 끄덕였다.

"……응. 맞아."

이런 이야기에 바로 공감해줄 수 있는 것은, 우리가 게이머이기 때문이리라.

"……그런데 이번 과제는 뭐야?"

내가 화제를 바꾸며 그렇게 묻자, 히나미는 의아하다는 듯이 나를 쳐다보았다.

"……흐음? 앞으로는 과제가 뭔지 나한테 물어보기로 한 거야?"

"뭐?"

나는 그 말을 듣고 눈치챘다. 그러고 보니 나는 어제도 히나미에게 과제가 뭔지 물어봤었다.

"아, 그런 건 아닌데…… 뭐, 단순히 의욕이 있는 것뿐이야."

확실히 예전의 나는 과제가 뭔지 캐묻지 않았다.

그렇다고 반강제적으로 해온 것은 아니며, 나름 자주적으로 행동하기도 했다. 하지만 소극적인 부분도 있었다고나 할까, 등을 떠밀려서 한 듯한 느낌도 분명 들었다. 처음에는 엉덩이를 움켜잡힌 느낌도 들었다. 물리적으로 말이다.

하지만 지금은 내 마음속의 시야가 환해진 느낌이 존재하며, 과제를 수행할수록 의욕이 강해지고 있는 것이 느껴졌다.

그 이유를 내 마음속에서 찾아보니, 답을 간단히 찾을 수 있었다.

"뭐, 일전에…… 너와 있었던 일 덕분일 거야."

"흐음……. 그래서 의욕이 난 거구나?"

히나미는 납득이 되지 않은 듯한 표정을 지었다.

"아니, 뭐랄까…… 노력해야 할 이유가 명확해졌다고나 할까? 가장 큰 목표를 찾은 느낌이 들어. 좋아하는 게임을 진심으로 몰입해서, 진심으로 즐기는 거지."

"……그게 네가 『진짜로 하고 싶은 것』이구나."

히나미는 미심쩍다는 듯이 눈썹을 살짝 찌푸리며 말했다.

"그래. 내가 마음속으로 그것에 납득했기 때문에, 망설임 없이 행동할 수 있다고나 할까?"

히나미는 내 말을 듣더니 감정이 어려 있지 않은 눈동자로 나를 똑바로 쳐다보며…….

"잘, 모르겠네."

……하고 중얼거렸다.

"……그래?"

히나미는 내 말에 『납득하지 못했다』기 보다, 『전혀 이해하지 못했다』는 느낌이었으며, 그래서 나도 약간 당황했다. 그리고 내가 더 자세하게 설명하지 못하자, 히나미는 「뭐, 좋아」 하고 말하면서 이야기를 이어나갔다.

"오늘…… 아니, 한동안 네가 해야 할 과제는 바로 네가 방금 말한 『분위기』에 관한 특훈이야."

"응? 아, 으음, 분위기 말이구나."

나는 히나미의 말을 이해하려고 노력하며 과제에 대해 생각해보려 했다.

흐음, 다음 과제는 『분위기』구나. 뭐, 앞으로의 일을 고려해볼 때 그건 매우 중요한 의미를 지닐 것 같기는 했다.

"리얼충이 되기 위해서는 집단에서 다른 사람보다 강한 『발언력』과 『권리』를 지닌 인간이 되어야 한다는 것은 직감적으로 눈치챘지?"

"아, 맞아. 전에 나카무라의 선물을 사러 갈 때의 과제 때도 비슷한 이야기를 했었잖아."

히나미는 그래, 하고 말하면서 고개를 끄덕였다.

"그때도 이야기했다시피, 이때 또 중요한 것은 『책임』 문제야. 원래라면 자신의 권리는 자신이 책임을 질 수 있는 범위 안에서만 발생해. 이것은 집단을 컨트롤하는 데 있어서의 대원칙이야. 그리고 자신이 책임을 질 수 있는 범위를 넓히기 위해 필요한 것은 바로 능력의 향상이지. 그러니까 하루아침에 해낼 수 있는 게 아냐."

"흐음."

뭐, 이해가 되는 이야기였다. 자기 이외의 사람을 컨트롤할 권리를 가지고 싶다면 책임 또한 질 수 있게 되어야 하는 것이다. 그러나 그것은 매우 어려운 일이다.

"하지만 이미 가지고 있는 권리를 사용하는 게 아니라, 그 자리에서 집단을 잘 조종해서 『발언력』과 『권리』를 얻는 수단도 있어. 그러기 위해 필요한 것이 바로……."

"『분위기를 조종하는 힘』이구나."

내가 히나미의 말을 끊으면서 그렇게 말하자, 그녀는 언짢은 표정을 지으며 나를 한동안 노려보았다. 그리고 한숨을 쉬더니, 「뭐, 귀정이긴 해」 하고 중얼거렸다. 왜 목소리가 그렇게 작은 건데.

"즉, 집단이라는 것은 『분위기』에 따르는 거야. 그러니까 현재는 그 집단을 조종할 『권리』를 지니지 못한 인간이라도 『분위기를 조종하는 힘』만 가지고 있다면 그 집단의 실권을 쥘 수 있어. 그걸 항상 할 수 있게 된다면, 점점 권리가 커져 갈 것이며—— 그와 동시에 리얼충에 다가서는 거야."

"······그렇구나."

집단을 조종하는 권리를 지닌 인간, 즉 보스 격이 되기 위해서는 그런 능력을 기르는 게 중요한 것이다. 전에 했던 이야기와 같다.

"그럼 오늘부터는『분위기를 조종하는 힘』을 기르기 위한 트레이닝을 해줘야겠어."

"좋아~. 뭐든 해주겠어."

내가 의욕에 찬 목소리로 그렇게 말하자, 히나미는 검지를 치켜들면서 입을 열었다.

"그럼 구체적인 이야기를 하자면······ 곧 구기대회가 열리잖아?"

"응. 그래."

"오늘부터의 과제는, 그 구기대회에──."

그리고 히나미는 약간 뜸을 들인 후, 이런 말을 했다.

"콘노 에리카 그룹이 의욕적으로 참가하게 하는 거야."

나는 그 과제를 듣고── 말 자체의 의미는 이해했지만, 구체적인 이미지가 떠오르지 않았기에 당황하고 말았다.

"······으음. 뭐, 확실히 의욕이 없어 보이기는 하던데······."

"솔직히 말해 구체적으로 어떤 행동을 하면 될지 생각이 안 나지?"

"아, 응."

히나미가 내 머릿속의 의문을 정확하게 맞추자, 나는 고개를 끄덕였다.

"하지만 그걸로 괜찮아. 즉—— 이번 과제의 중점적인 부분은 바로 그거야."

"뭐?"

그리고 나는 히나미가 한 말을 또 이해하지 못했다.

"잘 들어. 지금까지 내준 과제는『여자애에게 말을 건다』,『나카무라를 놀린다』처럼 구체적으로 어떤 행동을 하면 되는지 명확했잖아?"

"그래."

"그건 그 과제의 목적이『기초능력을 향상시킨다』였기 때문이야. 실천만 하면 스킬이 향상되는 과제를 내준 거지."

"흠."

즉, 지금까지는 아무 생각 없이 실행만 하면 자연스럽게 『기초능력의 향상』이라는 목적을 달성할 수 있는 과제를 내줬던 것이다.

"하지만 지금 성장시켜야 하는『분위기를 조종하는 능력』이라는 것은 좀 더 복합적이면서 유연한 사고력이 필요한 기술이야. 그러니 그것을 성장시키기 위해서는 실전적인 트레이닝이 필요해."

"……그게『구기대회에 콘노 에리카 그룹이 의욕적으로 참가하게 한다』는 거야?"

히나미는 응, 하고 말하면서 고개를 끄덕였다.

"콘노 에리카 그룹이 의욕을 가지게 하기 위해서는 시행착오가 필요하다는 건 알지? 그리고 그 시행착오가 그대로 실전적인 트레이닝으로 이어질 거야."

"……그렇구나."

나는 납득을 하며 고개를 끄덕였다. 아무 생각 없이 실행하기만 하면 되는 과제에서, 머리를 쓸 필요가 있는 응용 과제로 변경됐다. 그리고 그것이 『분위기를 조종하는 능력』으로 이어지는 것이다.

"즉, 그 시행착오의 내용을 생각하는 것도 트레이닝의 일환이라는 거구나."

내가 그렇게 묻자, 히나미는 그래, 하고 말하며 고개를 끄덕였다. 그리고 또 의미심장한 어조로 말을 이었다.

"하지만…… 너는 이미 이 과제에 필요한 것 중 하나를 실행하고 있지?"

"뭐?"

"어머, 눈치 못 챈 거야?"

내가 그 말의 의미를 이해하지 못한 채 당황하자, 히나미는 「그건 말이지」 하고 즐거운 듯한 어조로 말했다.

"——관찰, 이야."

히나미는 그렇게 말하면서 가학적인 미소를 지었다. 그 말을 듣고 어제 그런 과제를 내준 이유를 이해했다.

"……아, 그렇게 된 거구나."

나는 쓴웃음을 지으며 그렇게 말했다. 어제 히나미는
『집단 관찰』이라는 과제를 내줬다. 그것이 이번에 매우 중
요한 의미를 지닌다. 즉, 히나미는 어제부터 이번 과제를
고려한 과제를 내준 것이다. 역시 효율 귀신이라니깐.

"응. 그럼 오늘부터『콘노 에리카 그룹이 의욕적으로 구
기대회에 참가하게 한다』는 목표를 달성하기 위한 관찰과
분석을 나름대로 해봐."

"진짜 용의주도하네……."

하지만 듣고 보니 단순한 이야기였다. 어패에 비유하자
면, 콤보와 세세한 조작 테크닉 연습이 어느 정도 손에 익
었다. 그러니 다음은 시합 형식의 연습을 통해 실력을 상
승시키자, 같은 것이다.

"하지만 관찰만으로는 잘 풀리지 않을 테니, 그럴 때는
네 뜻대로 움직여도 돼. ……이번 과제는 지금까지 내준
것 중에서 가장 게임에 가까울지도 모르겠네."

"……게임에 가깝다……."

히나미는 그래, 하고 말하면서 의미심장한 웃음을 흘
렸다.

"뭐, 아직 시간적으로 여유가 있으니, 어느 정도 장기적
인 안목으로 진행해줬으면 하는 과제네. 일단 2주 정도는
별다른 행동을 하지 않으며 상황을 지켜보기만 해도 돼."

"그렇구나. ……알았어."

일단 과제에 대해서는 이해했으니, 나는 그걸 달성하기

위해 내가 취할 행동에 대해 생각해봤다. 하지만 좀처럼 머릿속에 떠오르는 생각이 없었기에 머리를 감싸 쥐었다.

"……이거, 과제의 난이도가 꽤 올라갔는걸."

내가 난처한 표정을 짓자, 히나미는 즐거워 보이는 표정으로 나를 쳐다보았다. 성격 한 번 정말 끝내주는군요.

***

제2피복실을 나온 나는 조례 전에 교실로 향했다.

교실에서 주위를 둘러본 나는 평소와 뭔가 다르다는 사실을 눈치챘다. 나는 교실 창가에서 타케이와 이야기를 나누고 있는 미즈사와에게 다가갔다.

"나카무라, 아직 안 온 것 같네."

그는 이 시간이면 교실에 와있었다. 미즈사와는 나를 돌아보더니, 그래, 하고 말했다.

"아무래도 오늘은 학교에 안 올 것 같아."

"……흐음."

뭐, 그런 날도 있을 것이다. 아직 날씨가 덥기는 하지만 환절기니 감기에 걸리기 딱 좋은 시기다.

"아마 꾀병으로 결석하는 게 틀림없어!"

타케이는 즐거운 어조로 그렇게 말했다. 나는 「어, 그래?」하고 되물었다.

"어제 요시코 이야기를 해줬지? 아마 그 일 때문에 학교를 안 오는 거야~."

"그, 그렇구나."

나는 당황하면서도 맞장구를 쳤다. 부모와 싸워서 학교를 빼먹는 건가. 하는 짓이 대담하면서도 왠지 어린애 같았다.

"뭐, 슈지는 학교에 오고 싶어지면 다시 나올 거야."

"그, 그래?"

두 사람이 가벼운 어조로 이렇게 말하는 걸 보면, 나카무라가 이런 행동을 취하는 건 그렇게 드문 일이 아닌 것 같았다. 뭐랄까, 역시 자기가 하고 싶은 대로 사는 것 같았다. 그건 그렇고 나는 예전에 나카무라가 학교를 빼먹은 걸 전혀 인식하지 못했다. 나는 그 정도로 교실 안을 살피지 않았던 것이다. 교실 안을 조금이라도 살폈다면 바로 눈치챘을 텐데 말이다.

바로 그때, 우리 반의 리얼충이 다가왔다. 검은색 단발머리에 키가 크며, 스포츠맨 같은 느낌의 남학생이었다. 우와, 예측하지 못한 사태가 발생했어. 으음, 이름이 타치바나였던가. 어느 부인지는 모르겠지만 농구부 같은 인상을 지닌 것 같았다.

"슈지는 학교 안 오는 거야?"

타치바나가 그렇게 묻자. 미즈사와는 약간 익살스러운 표정을 지으며 대답했다.

"그래. 아마 또 부모님과 싸운 거 같아."

"아~. 또야?"

타치바나는 하하하 하고 웃었다. 아무래도 요시코는 꽤 나 유명한 것 같았다.

그건 그렇고, 한 번도 이야기를 나누지 않은 이가 이 자리에 있으니 정신적인 압박감이 강해졌다. 그래도 나카무라와 미즈사와, 타케이와 같이 있는데 익숙해진 덕분에 신선한 경험치를 벌 기회를 얻었다는 느낌이 들었다.

좋아. 그럼 좀 적극적으로 이 대화에 참가해보도록 할까. 우선 내가 이야깃거리를 제시해보자.

그렇게 생각한 나는 약간 불안을 느끼면서도 가벼운 톤으로 입을 열었다.

"저기, 나카무라는 자주 부모님과 싸우는 거야?"

내가 그렇게 묻자, 타치바나는 나를 쳐다보며 고개를 끄덕였다.

"그래~. 토모야마 군은 잘 모르나 보네?"

"아, 저기, 토모야마가 아니라 토모자키인데……."

"어? 그랬구나. 미안~!"

내가 입을 열자마자 한 방 제대로 먹자, 미즈사와와 타케이는 깔깔 웃어댔다.

리얼충인 타치바나가 참가한 상황에서 몇 분간 어찌어찌 잡담을 이어간 순간, 수업 시작을 알리는 벨이 울렸다. 왠지 피로가 몰려온 나는 자기 자신에게 상을 주고 싶다는 심정을 맛보면서 자리에 앉았다. 좋아. 집에 돌아가면 어패를 실컷 해야지.

오늘은 아직 2학기 이틀째라서 그런지, 어느 수업에서나 여름방학 숙제였던 문제의 해설 혹은 새 학기 첫 쪽지시험 같은 것만 했다. 그리고 다음 주 월요일부터는 본격적인 수업이 시작될 것이다.

수업이 시작되고 3교시가 끝나려 하는 와중—— 나는 벽에 부딪쳤다.

오늘 새로 받은 과제인『구기대회에 콘노 에리카 그룹이 의욕적으로 참가하게 한다』.

그것을 성공시키기 위해서는 대체 어떤 행동을 취해야 할까. 나는 수업 시간과 쉬는 시간에 계속 그 점에 대해 생각했지만, 답을 찾지 못했다. 히나미의 말에 따르면『관찰』이 중요한 것 같지만, 구체적으로 뭘 어떻게 관찰하면 될지 모르겠다.

하지만 히나미 아오이가 나에게『불가능한 과제』를 내줬을 리가 없다.

그럼 부족한 것은 아마『스킬』이 아니리라.

그렇다면, 부족한 것은—— 정보?

거기까지 도달한 나는 어떤 점을 떠올렸다. 히나미가 말했던『이 과제는 지금까지 내준 것 중에서 가장 게임에 가깝다』는 말을 말이다.

……아하, 그런 거구나. 정보가 부족한 상황에서 게이머가 할 일이라면 정해져 있다.

즉, **이 과제는 RPG인 것이다.**

그리고 3교시 수업이 끝나자마자, 나는 옆쪽을 쳐다보았다.

"……이즈미."

"응? 왜 그래~?"

그리고 잠시 후, 목소리가 들려왔다.

"저기── 콘노 에리카에 관해 물어볼 게 있는데 말이야."

그렇다. RPG에서 과제나 퀘스트를 어떻게 풀어나가야 할지 모를 때, 할 일은 딱 하나다. 바로 『마을에서의 정보 수집』인 것이다. 즉, 콘노 에리카가 토벌해야만 하는 보스이며, 나는 그 보스의 약점과 쓰러뜨리는 방법을 마을에서 정보 수집을 해서 찾아내야만 한다. 그렇다면 가장 먼저 말을 걸어야 할 대상은 보스의 측근이다. 오오, 갑자기 게임 느낌이 물씬 나는걸. 즐길 수 있을 것 같아.

"응? 에리카에 관해서 말이야?"

이즈미는 영문을 모르겠다는 표정을 지으며 나를 쳐다보았다. 뭐, 콘노 에리카와 딱히 접점이 없는 내가 느닷없이 이런 소리를 했으니 당황할 만도 했다. 역시 『인생』은 다른 게임보다 훨씬 어렵다. RPG의 마을 사람이라면 멋대로 「그러고 보니, 비오는 날에 샌드 드래곤에게 공격을 받았다는 이야기를 들은 적이 없군……」 같은 소리를 할 텐데 말이다. 그 정도면 약점이 물이라는 건 그냥 가르쳐주는 거나 다름없잖아.

"아니, 저기…… 역시 콘노는 구기대회에 관심이 없나 보네."

이즈미는 「무슨 뚱딴지같은 소리를 하는 거야?」 하고 말하는 듯한 어조로 말을 하면서도 미소를 지었다. 정보 수집 과정에서 질문의 선택지가 주어지지 않는다는 점이 현실미를 자아냈다.

"으음~, 에리카는 관심이 없어. 그딴 걸 열심히 하는 것 자체를 꼴사납다고 생각할걸?"

"하하…… 그렇구나."

나는 쓴웃음을 지으면서 맞장구를 쳤다. 뭐, 여기까지는 애초부터 알고 있었다.

"그럼 어떻게 해야 구기대회에 의욕적으로 참가할 것 같아?"

"으음~, 글쎄."

이즈미는 잠시 생각에 잠긴 후, 대답했다.

"……어려울 것 같네."

"역시 쉬운 일은 아닌 거구나……."

나는 하아, 하고 한숨을 내쉬었다. 뭐, 그 보스 때문에 고통 받고 있는 마을에 사는 이들이 약점 같은 것을 알 리가 없다. 그래도 측근조차 모른다면 알아내는 게 쉽지 않을 것 같았다.

하지만 콘노 에리카는 나 같은 레벨의 캐릭터의 통상 공격으로 쓰러뜨릴 수 있는 보스가 아니다. 약점이라도 찾아내지 않는다면 절대 이길 수 없다.

"······그런데 왜 그런 걸 물어보는 거야?"

"아, 그게 말이지······."

그런 걸 물어보지 말라고. 그래도 일단 그럴듯한 변명을 준비해두기는 했다.

"······이번에 히라바야시 양이 캡틴을 맡았잖아?"

"응? 맞아."

이즈미는 영문을 모르겠다는 듯이 고개를 갸웃거렸다. 이런 별것 아닌 동작도 귀여워 보이는 건 리얼충 파워 덕분일 것이다. 통상 공격에도 속성이 부여되어 있는 느낌이다. 게다가 빛 속성이기 때문에 나한테 엄청 잘 통했다.

"안 그래도 그런 일을 잘 할 것 같지 않은데, 콘노 에리카까지 의욕을 보이지 않는다면, 이 반을 이끌어가는 건 힘들 거야. ······여자 쪽은 특히 말이야."

게다가 친구가 많은 편이 아니니 더 그럴 것이다. 나는 이해할 수 있다고.

"아~. ······맞아."

이즈미는 진심이 어린 표정을 지으며 고개를 끄덕였다.

"확실히 에리카가 의욕이 없는 상태에서 이 반 여자애들을 이끌어가는 건 진짜 힘들 거야."

이즈미는 그런 상황을 상상했는지, 얼굴을 딱딱하게 굳혔다. 엄청 불길한 표정이었다.

"그, 그렇지······?"

나는 이즈미의 리액션을 보고, 어쩌면 여자애들의 세계는 내가 생각한 것보다 훨씬 더 고통스러운 곳일지도 모른다고 생각하며 말을 이었다.

"그러니까 그런 문제가 발생하지 않도록 도와줄 수는 없을까 싶어서 말이야. ……게다가 가능하면 평범하게 구기대회를 즐기고 싶거든."

나는 미리 생각해뒀던 변명을 끝까지 설명했다.

하지만 방금 한 말은 새빨간 거짓말은 아니며,『분위기』의 폭력에 희생된 히라바야시 양을 조금이라도 도와주고 싶기도 했다. 또한 조금씩 즐거워진 학교생활 속에서,『구기대회』라는 이벤트도 가능한 한 즐기고 싶다는 것 또한 진심이다. 운동을 잘 하는 편은 아니지만, 그래도 가능한 한 말이다.

내가 답변을 기다리면서 이즈미를 쳐다보니, 그녀의 동그란 눈동자는 어린애처럼 찬란히 빛나고 있었다. 어?

"동감이야!!"

"어?"

이즈미가 흥분한 듯한 표정으로 내 말에 동의하자, 나는 당황했다. 왜, 왜 이러지?

이즈미는 여전히 흥분한 표정이지만 주위 사람들에게 들리지 않도록 목소리만 낮추더니, 열정적인 표정으로 나를 쳐다보며 말을 이었다.

"나도 구기대회나 문화제 같은 걸 마음껏 즐기고 싶어.

안 그러면 나중에 후회할 것 같다고나 할까…… 뭐, 나중에 후회하지 않더라도 즐기는 편이 나을 거잖아?"

"으, 응. 맞아."

나는 상대의 열의에 당황하면서도 동의했다.

"하지만 반 전체가 일치단결하지 않으면 즐기기 어렵잖아? 나는 특히 에리카와 사이가 좋거든. 게다가…… 히라바야시 양이 힘들어하면 더 그럴 거야."

"……맞아."

히라바야시 양이 힘들어하든 말든 느긋하게 즐기는 것도 힘들 테니까 말이다.

"그래서 에리카가 의욕을 내게 할 수는 없을지 생각하던 참이야."

"아…… 그랬어?"

실은 즐기고 싶다고 생각하지만, 여왕이 『이딴 걸로 열내는 건 꼴사나워』 같은 분위기를 만들고 있으니 그럴 수가 없다. 뭐, 이즈미는 히나미 그룹과도 친분이 있지만 그래도 메인 소속은 콘노 그룹인 것이다. 그리고 히라바야시 양이라는 피해자도 있다. 으음, 역시 집단은 복잡해.

"하지만 에리카가 의욕이 없으니까, 의욕 있는 애들이랑 즐기는 것도 아마 나는 무리일 거야. 그래서 나도 이러지도 저러지도 못하고 있었는데……."

나는 그 말을 듣고 놀랐다.

"너만 즐기는 것도 무리인 거야? 히나미와 같이 즐기면 될 것 같은데…….”

이즈미는 그 말을 듣더니 인상을 쓰면서 고개를 세차게 저었다.

“에이, 절대 무리야! 내가 다른 애들과 섞여서 구기대회를 즐긴다면, 에리카가 엄청 언짢아할걸? ……여자의 세계는 진짜 무시무시하단 말이야.”

이즈미는 몸을 약간 굽히면서 어깨를 살짝 으쓱했다.

“그, 그렇구나.”

나는 완전히 공감하지는 못하지만, 그래도 어렴풋이 상황을 이해하며 고개를 끄덕였다.

“그러니까 무리라고 생각했는데…… 토모자키는 대단하네!”

“대, 대단하다고?”

나는 느닷없이 칭찬을 들었다. 대체 왜 칭찬을 들은 거지? 내가 지금 대단한 일을 했나?

“그야 에리카에게 들키지 않도록 한다거나, 들키더라도 적당히 이유를 대서 얼버무리는 거라면 몰라도, 에리카가 의욕을 내게 한다는 건 생각도 못 할 일이잖아!”

“아…… 그렇구나.”

나는 그 말을 듣고 납득했다. 확실히 듣고 보니 맞는 말이었다. 보통은 이런 『정면 돌파』 스타일을 취하지는 않을 테니, 익숙하지 않은 사람에게는 꽤나 신선하게 느껴질 것이다. 저도 그렇게 생각합니다. 즉, 이것은 스승인 히나미

씨에게서 이어받은 유전자라고나 할까, 나에게 주어진 과제이니, 딱히 내가 칭찬을 받은 게 아니다. 역시 나는 딱히 대단하지 않구나.

"하지만 역시 어렵겠네~. 어떻게 해야 에리카가 의욕을 낼까?"

이즈미는 그렇게 말하면서 생각에 잠겼다. 그리고 몇 초 만에 미간에 주름이 생기더니, 눈의 초점이 흐릿해지기 시작했다. 아마 머릿속이 과열 상태인 것이리라.

"으, 으음…… 콘노가 평소에 열심히 하는 건 없어? 그걸 알면 참고가 될 것 같거든."

내가 도움의 손길을 내밀자, 이즈미는 아하! 하고 말하는 것처럼 눈을 반짝이면서 설명을 시작했다.

"으음, 패션 같은 거에는 꽤 관심이 있는 것 같아. 나, 옷 가게 같은 걸 잘 아는 편이라서, 에리카와 함께 쇼핑을 하러 갈 때도 많아. 그리고 자기가 고른 옷이 어떤지 의견을 물어보기도 해."

"흐음……"

그건 조금 의외였다. 콘노 에리카에게는 그런 측면도 있구나. 자기가 고른 옷은 전부 멋지다고 생각하는 줄 알았는데 말이다. 비밀의 베일에 감싸여 있던 콘노 에리카라는 드래곤의 전투 데이터가 조금씩 밝혀지고 있었다.

"그리고 화장은 엄청 신경 써. 다양한 화장품을 써볼 뿐만 아니라, 화장 방식 같은 것도 엄청 공부하는 것 같아.

……나, 실은 쁘띠프라만 쓰거든. 아마 에리카가 알면 엄청 놀릴 테니까, 절대 말 못해……."

내가 귀에 익지 않은 단어를 듣고 되묻자, 이즈미는 영문을 모르겠다는 표정을 지었다.

"……아, 그러니까, 으음, 싼 거라는 말이야!"

싼 거, 쁘띠프라…… 아하, 쁘띠 프라이스(petit price : 저가. 싼값이라는 뜻)라는 말이구나. 아하, 이해했어. ……같은 소리를 할 때가 아니잖아. 리얼충 단어에 막히는 바람에 이야기의 진도를 뺄 수가 없다. 약캐의 좋지 않은 측면이 드러나고 있는 것이다.

"미안해. 이야기를 계속 해줘……."

"아, 응. 그리고…… 으음, 이게 다야. 그런 미용과 관련된 일에는 꽤 열성적인 편이야!"

이즈미는 고개를 살며시 끄덕였다.

"그렇구나~. 미용……. 구기대회와는 딱히 공통점이 없네……."

"아…… 그렇구나."

이즈미는 그렇게 말하면서 쓴웃음을 지었다.

"하지만 그걸 최대한 활용해본다면……."

나는 주어진 정보를 룰에 끼워 맞추며 생각하기 시작했다. 흐음, 하지만 꽤 어렵네.

내가 한동안 고민에 잠겨있을 때, 이즈미가 진지한 표정을 지으며 입을 열었다.

"으음…… 우승을 하면 샤넬의 립크림을 받을 수 있다는 건 어때?"

"꽤, 꽤나 대담한 생각이네……."

호쾌하기 그지없는 다이렉트 마케팅 아이디어였다. 음, 역시 리얼충의 발상은 자유롭네. ……아니, 이즈미만 이런 걸지도 몰라.

***

다음날인 토요일.

오늘은 학교 수업이 없지만, 아르바이트를 하러 가야 한다. 연수 후, 처음으로 아르바이트를 하는 날인 것이다.

나는 세면대 앞에서 히나미가 가르쳐준 미용실에서 정기적으로 자르는 머리카락을 미즈사와가 가르쳐준 대로 세팅했다. 그리고 히나미에게 가르침을 받아서 산 옷으로 갈아입은 후, 아르바이트를 하러 갈 준비를 했다. 음, 겉모습은 꽤 봐줄만해진 것 같았다.

내가 거울 앞에서 최종 체크를 하고 있을 때, 등 뒤에서 들려온「저기」라는 말이 내 고막을 흔들었다.

"우와앗?!"

나는 화들짝 놀라면서 돌아보았다.

"……어, 뭐야. 너구나."

"응? 나는 말을 걸면 안 되기라도 하는 거야?"

내 여동생은 언짢다는 듯이 입술을 쭉 내밀었다.

"무슨 일이야?"

내가 바로 용건을 묻자, 여동생은 내 머리끝부터 발끝까지 살펴보았다.

"몸치장을 엄청 신경 써서 하네. 혹시 데이트라도 하러 가는 거야?"

너와는 상관없잖아, 같은 말이 목까지 올라왔지만 딱히 데이트를 하러 가는 건 아니니 부정해두기로 했다. 그리고 몸치장을 신경 쓴다는 말을 들으니 기뻤다.

"아니, 아르바이트를 하러 가는 거야."

"뭐어?!"

여동생은 입을 크게 벌리며 고함을 질렀다.

"아르바이트를 시작한 거야?!"

"그, 그래."

여동생은 믿기지 않는다는 듯한, 그리고 세상이 종말을 맞이한 듯한 표정을 지었다.

"……딴 사람도 아니고 오빠가 말이야?"

"저기, 네가 나를 어떻게 생각하는지는 모르겠지만 말이야. 나도 아르바이트 정도는 할 수 있다고."

나는 방금 그 말에는 좀 허세가 섞여 있다고 생각했다. 아르바이트도 히나미의 말을 듣고 시작한 건데다, 딱히 가벼운 마음으로 하는 게 아니니까 말이다. 게다가 나는 지금도 엄청 긴장했다. 하지만 오빠로서의 체면을 지키기 위해 그 사실이 표정에 드러나지 않도록 유의했다.

"흐음~~~~~."

동생은 도끼눈으로 나를 쳐다보았다. 이, 이 녀석, 왜 이러는 거지?

"오미야의 노래방에서 일하니까, 놀러오면 반값에 해줄수도 있어."

나는 눈을 크게 뜨면서 그렇게 말했다. 아아, 어쩌지. 동생 앞에서는 허세를 부리고 만다. 이게 오빠의 슬픈 본성인 걸까.

"안 갈 거야."

그리고 딱 잘라 말했다. 역시 동생은 나를 얕잡아 보는 걸까?

"그, 그래……."

내가 힘없는 목소리로 대답하자, 여동생은 목소리 톤을 바꾸면서 「그것보다」 하고 말했다.

"일전의 여자애와는 어떻게 됐어?"

"이, 이, 이, 이, 일전의 여자애?"

나는 약캐 특유의 말더듬기를 펼치면서 시치미를 뗐다.

"전에 같이 책 사러 가자는 LINE을 오빠한테 보냈던 사람 말이야."

"너, 멋대로 내용을……!"

"그대로 쭉 방에 틀어박혀 있다가 답장을 할 기회를 아예 날려버리는 것보다는 낫지 않아?"

"으……."

그리고 말싸움에서도 지고 말았다. 뭐, 이 녀석이 멋대로 키쿠치 양한테서 온 LINE을 봤기 때문에 나한테 한 소리를 하러 온 걸 테니, 도움이 되기는 했다. 히나미와 다투고 방에 틀어박혀 지낼 때, 이 녀석이 한 소리 해주지 않았다면 나는 키쿠치 양과 만날 타이밍을 놓치고 말았을 것이다. 이 오라비는 여전히 약캐입니다.

"그 후에 같이 놀러갔어? 오빠에게 그런 말을 해주는 여자애는 흔치 않을 거니까, 소중히 여겨."

"시, 시끄러워. 괜한 참견 하지 말라고."

나는 그런 식으로 허세를 부렸지만―― 맞는 말이라고 생각했다.

미즈사와의 가면을 봤고, 히나미와 말다툼을 벌였다.

그래서 거짓 고백을 하고 싶지 않다, 진심을 담아 다른 사람과 접점을 만들기로 결의할 수 있었다. 하지만 같이 서점에 다녀온 후로 키쿠치 양과 제대로 이야기를 나누지 않았다. 왠지 내가 말을 거는 건 옳지 않은 짓이라는 생각이 들었던 것이다.

하지만 과제로서의 고백은 하고 싶지 않았던 건 아직 키쿠치 양을 『좋아하는 건지 아닌지 알 수 없는 상태』이기 때문이지, 그녀가 나에게 있어 소중한 존재라는 사실에는 변함이 없다. 그 뿐만 아니라, 그녀는 중요한 사실을 나에게 가르쳐준 은인이기도 한 것이다.

그렇다.

자신의 솔직한 감정을 전하기 위해, 톤과 표정이라는 스킬을 사용하듯…….

누군가가 자신에게 있어 소중한 존재라면, 그것을 솔직하게 표현할 뿐만 아니라 그 상대를 잃지 않기 위한 계산적인 행동 또한 분명 필요할 것이다.

나는 또 여동생의 한 마디 덕분에 그런 당연한 사실을 다시 깨달을 수 있었다.

"진짜로 괜한 참견인 거야?"

놀리듯이 그렇게 말하면서도 진지한 표정으로 내 눈을 응시하고 있는 여동생에게, 나는…….

"아냐…… 여동생 님, 감사하옵니다."

"훗, 알면 됐느니라."

존댓말로 감사의 마음을 전하면서, 마음속으로 좀 소극적으로 감사의 뜻을 전했다. 뭐, 고마워.

***

"안녕하십니까~!"

오전. 몇 시든 간에 「안녕하십니까」 하고 인사를 하라는 영문 모를 풍습에 따라 인사를 건네면서, 나는 아르바이트를 하는 노래방 세븐스에 도착했다.

"아, 토모자키. 오늘부터 연수가 아니라 본격적으로 일하는 거지? 잘 부탁해."

"예!"

연수 때 몇 번 얼굴을 마주했던 점장에게 그런 말을 들은 후, 나는 열쇠를 가지고 탈의실로 향했다. 그리고 재빨리 옷을 갈아입은 후, 프런트로 돌아갔다.

"그럼 지장 찍어. 어떻게 하는 건지는 가르쳐줬지?"

지장을 찍으라는 말이 좀 흉흉하게 들리겠지만, 간단하게 말해 등록해둔 손가락 정맥으로 전자식 타임카드를 찍으라는 말이다. 이 아르바이트를 하는 사람들은 『아웃』, 『업』, 『드링커』, 『노 게스』 같은 전문용어를 아무렇지도 않게 쓰기 때문에 여러모로 곤란했다. 참고로 앞에서 말한 것들은 각각 『청소』, 『음식물 제공』, 『음료 만드는 사람』, 『손님이 한 명도 없다』 같은 의미라고 한다. 알아봤자 딱히 쓸모가 없는 지식이다.

"아, 예! 배웠어요!"

"그래? 그럼 찍고 이쪽으로 와. 오늘은 프런트에서 하는 일을 간략하게 가르쳐줄게."

"예!"

나는 가능한 한 힘차게 대답을 한 후, 일을 배우기 위해 여러모로 분투했다.

그리고 몇 시간 후…….

"안녕~ 하십니까~."

나른한 목소리로 그렇게 말하면서 나타난 이는 바로 아르바이트생인 나리타 양이었다. 나리타 츠구미. 내가 이곳에 면접을 보러 왔을 때 처음 만났던 연하 여자애다. 항상 나른해 보이는 애라 인상에 남아 있었다.

　"아, 토모자키 씨~. 오래간만이에요~."

　나 정도 레벨의 약캐 인생을 살다 보면, 오래간만에 만난 이가 내 이름을 외우고 있다는 사실만으로도 고마운 마음이 든다. 하지만 그걸 겉으로 드러내면 기분 나빠하는 이가 많기에 숨겨야 한다. 그래서 가능한 한 태연한 척 했다.

　"나리타 양, 안녕~."

　나는 연상다운 느낌을 자아내기 위해, 미즈사와의 행동과 말투를 흉내 내며 인사를 건넸다. 참고로 미즈사와는 이 여자애를 『구미』라고 가벼운 어조로 불렀지만, 그건 여러모로 무리였다.

　"아, 여기서 일하는 사람 중에 저를 나리타 양이라고 부르는 사람은 없으니까, 그냥 구미라고 불러주세요~."

　그리고 내 마음을 읽기라도 한 것처럼, 시련이 찾아왔다. 그러고 보니 이 애는 일전에 나한테 존댓말을 쓰지 않아도 된다고 말했었지. 정말 약캐가 마음의 준비를 할 틈을 주지 않는 애라니깐. 약캐 좀 그만 괴롭히라고.

　하지만 나도 남자다. 게다가 이 『인생』을 제대로 공략하겠다고 다짐한 게이머인 것이다. 그렇다면 이 상황에서도 가시밭길을 걸어주겠다. 즉, 예전의 나라면 『구미』가 아니라『구미 양』이라고 부르면서『성이 아니라 이름으로 부르다니, 나도 꽤 성장했네』같은 생각을 하며 납득했겠지만, 이번에는 공세를 펼치기로 했다……!

"으음, 알았어. 그럼 잘 부탁해, 구미."

나는 시원시원한 느낌이 드는 어조를 의식하면서 그렇게 말했다. 어때? 마치 미즈사와의 마이너 카피 버전 같지?

"예~. 저도 잘 부탁해요~."

내 마음속에서 그런 갈등과 각오가 소용돌이치고 있다는 걸 알 리가 없는 나리타 양, 아니, 구미는 태연한 어조로 그렇게 말했다. 음, 역시 리얼충은 이 정도 일로는 끄떡도 하지 않는 구나. 그리고 나도 지금 노력해봤지만, 이 여자애를 이름으로 계속 부르는 건 여러모로 힘들 것 같다. 『구미』라고 부른 순간, 엄청난 위화감을 느낀 것이다. 그냥 앞으로는 구미 양이라고 불러야겠어요.

＊＊＊

몇 시간 후.

"드링크 다 됐어요~. 토모자키 씨, 가져다주세요~."

"응~."

처음에는 위화감을 느끼지 못했지만…….

"아, 14번 방 연장한데요."

"오케이~."

나도 점점 눈치채기 시작했다.

"아, 손님이 왔네요~. 토모자키 씨, 프런트 업무 배웠어요?"

"아, 응. 오늘 배웠어."

"그럼 토모자키 씨가 맡아주세요~. 모르는 부분이 있으면 점장님한테 물어봐요~."

"알았어~."

이 한 살 연하인 구미 양이라는 여자애가…….

"아, 화장실 체크했나요?"

"아니, 아직 안 했어."

"그럼 지금 한가하니까, 확인하고 오세요~."

저어어어어언혀, 일을 하지 않는다는 사실을 말이다.

"그리고 슬슬 설거지거리가 쌓였을 테니까, 짬이 나면 해주세요."

"……저기 말이야."

"예, 왜요?"

그래서 나는 미즈사와라면 이럴 때 어떤 느낌으로 상대를 놀릴지 생각해본 후, 또 나에게 일을 떠넘기려고 하던 타이밍에 말하려고 준비를 해둔 후…….

"일 좀 해."

약간 연기 톤으로 그렇게 말했다. 제, 제대로 말했을까?

"……들켰나요?"

"어이, 「들켰나요?」 같은 소리나 할 때가 아니라고."

그 뻔뻔한 말을 듣고 헛웃음을 흘리면서도, 나는 딴죽을 날렸다. 조, 좋아. 이상한 리액션은 안 하는 걸 보면 실패하지는 않은 것 같다. 반응이 밋밋한 걸 보면 성공한 것 같지도 않지만, 반복 연습이 중요하잖아. 왠지 이 애도 타케이와 마찬가지로 좀 세게 말하기만 하면 괜찮을 것 같은 분위기니까, 좀 상대하기가 쉽다.

"이야, 일이라는 건 안 하면 안 할수록 좋으니까요~."

구미 양이 태연한 어조로 그렇게 말하자…….

"……하아."

나는 한숨을 내쉬고 말았다. 무리야. 약캐가 어찌할 수 있는 상대가 아니라고.

"어? 토모자키 씨, 왜 그래요? 아, 혹시 화장실에 가고 싶나요? 화장실은 자유롭게 다녀오세요~. 저도 그러거든요! 그리고 이건 비밀인데, 점장님이 없을 때는 주방에 있는 드링크바를 자유롭게——."

"그, 그렇구나."

농땡이를 칠 의욕이 넘쳐흐르는 이 애를 내가 어찌하는 건 절대 무리다.

그리고 또 한 시간 후.

"휴우……."

노래방 세븐스의 룸 중 하나.

나는 그곳에서 호주머니에 스마트폰을 집어넣으며 한숨

돌렸다.

연수 이후의 첫 아르바이트라 피곤한데다, 어느새 오후 다섯 시가 되었다. 점장님이 휴식을 취하라고 해서 이 방에 들어온 후로 얼추 30분이 지났다. 육체적 2할 및 정신적 8할의 피로를 치유하면서, 나는 이 방에서 쉬고 있었다. 휴식 시간은 한 시간이며, 약 30분 후부터 또 근무가 시작된다.

그건 그렇고, 아르바이트는 꽤 피곤하네. 딱히 할일이 많은 건 아니며, 따지고 보면 한가할 때가 더 많기는 했지만, 점원으로서 모르는 사람을 대해야만 한다는 것은 약캐에게 있어 여러모로 버거웠다. 뭐, 구미 양의 언동에 휘둘리느라 체력을 엄청 소모하기도 했지만 말이다.

내가 지급받은 음료수를 마시면서 쉬고 있을 때, 갑자기 문이 열렸다.

"아, 토모자키 씨. 수고하셨어요~."

"응? 아, 으음, 구미 양도 수고했어."

허를 찔렸는데도 내가 어찌어찌 그렇게 대답하자, 구미 양은 태연히 방에 들어와서 내 옆에 털썩 앉았다.

"왜, 왜 그래?"

"아, 저는 이제 일이 끝났어요~. 좀 피곤해서, 옷 갈아입기 전에 여기서 잠시만 쉬었다 가려고요."

힘없는 목소리로 그렇게 말한 구미 양은 소파의 등받이와 뒤편의 벽에 몸을 맡기더니 팔다리가 축 늘어졌다. 인간은 이렇게까지 온몸에서 힘을 뺄 수가 있구나.

"아…… 그렇구나."

뭐, 이 애는 가만히 서있기만 하는데도 싫어~ 피곤해~ 하고 몇 번이나 중얼거렸으니까 말이다. 인도어 파 말라깽이인 나보다 체력이 없다니, 정말 희한한 애다. 아, 어쩌면 정신력 문제일지도 모르겠다.

"그런데…… 벌써 끝난 거야?"

나는 그제야 눈치챘다. 그러고 보니 구미 양은 오늘 나보다 늦게 출근했었다.

"아, 그래요~. 저는 기본적으로 딱 세 시간 정도만 일하거든요! 완전 레어 캐릭터라고요~."

구미 양은 그렇게 말하면서 몸을 약간 일으키더니, 손을 흔들어댔다.

"세, 세 시간…… 피곤해서 그러는 거야?"

나는 무심코 쓴웃음을 지으면서 그렇게 말했다.

"그래요!"

구미 양은 씨익 웃으면서 엄지를 치켜들었다. 뭐가 굿이라는 건지 모르겠네. ……나는 방금 내가 한 생각을 그대로 입에 담아보기로 했다. 가능한 한 놀리는 듯한 톤으로 말이다.

"뭐가 굿이라는 건데?"

"어~, 그야 피곤하잖아요? 가능한 한 편하게 돈을 벌고 싶거든요."

"아니, 그건 그렇지만······."

이번에도 성공한 건지 실패한 건지 모르겠지만, 중요한 것은 도전 그 자체이니 잘한 걸로 여겨야겠다.

"그래요! 가능한 한 노력하고 싶지 않다! 그게 제 신조예요! 앞으로도 잘 부탁해요!"

"으, 응. ······으음."

잘 부탁한다는 말을 들었지만, 지금 내가 하고 있는 인생의 공략과는 정반대되는 일이기에 바로 대답하지는 못했다. 가능한 한 노력하고 싶지 않다, 라······.

"어? 토모자키 씨는 저와 생각이 다른가요?"

구미 양은 왠지 나른해 보이는 동그란 눈으로 흥미로운 듯이 나를 쳐다보고 있었다. 내가 바로 대답하지 못했다는 걸 민감하게 눈치채는 걸 보면, 역시 이 애도 리얼충이다.

뭐, 질문을 받았으니 내 생각을 솔직하게 말하기로 할까.

"으음, 직접 최선을 다하는 편이 인생을 즐길 수 있다고 나는 생각하는데······."

내가 약간 멋쩍어 하면서 그렇게 말하자, 구미 양은 뜻밖이라는 표정을 지었다.

"흐음~, 토모자키 씨는 그런 쪽이군요."

"그, 그런 쪽?"

내가 약간 딴죽을 날리는 듯한 톤으로 그렇게 말하자, 구미 양은 팔짱을 끼며 대답했다.

"으음, 그러니까 말이죠~. 예를 들자면 합창대회나 문화제, 체육제 때 엄청 열심히 하는 사람 말이에요."

"……아, 그렇구나."

나는 그 말을 듣고 납득했다. 작년까지는 이렇지 않았지만, 지금의 나만 따로 떼어놓고 본다면 딱 그런 쪽이다. 그런 것에 관심 없는 여학생이 의욕을 내게 할 방법을 진지하게 생각하는 지경에 이르렀다.

"그래…… 나는 그런 쪽일지도 몰라."

"뭐, 토모자키 씨는 여기서도 일을 열성적으로 배우고 있잖아요. 참 대단해요~."

"그래도 그런 식으로 말하는 건 좀 그런 것 같은데……."

대체 뭐가 대단하다는 건지…….

"저는 그런 건 딱히 열심히 하고 싶지 않거든요. 딱히 열심히 살지도 않고, 쓸데없이 걷지도 않고, 지치지도 않으며, 편하게 인생을 살고 싶다. 그게 제 모토예요! 그러니까 잘 부탁해요!"

구미 양은 통통 튀는 듯한 목소리로 그렇게 말했다. 뭐랄까, 이 애가 하는 말은 딴죽 걸 곳이 많으니 또 반복연습을 할 수 있을 것 같았다. 그래서 나는 또 놀리는 듯한 톤으로 이렇게 말했다.

"구미 양은 역시 문제아구나?"

"아마 그럴 걸요~?"

"그, 그래?"

그리고 또 성공한 건지 실패한 건지 알 수 없는 느낌으로 끝났다. 이 애는 대체 뭐지? 모든 놀림을 흡수하는 타입의 특성을 지닌 걸까. 아니면 내가 제대로 놀리지는 못하는 걸까. 어느 쪽이든 간에 여러모로 쉽지 않은 상대다. 단순하기만 한 타케이와는 다르다.

"실은 제가 다니는 고등학교도 곧 문화제를 하는데, 반 애들이 엄청 열성적이에요~."

"흐음……."

나는 맞장구를 치다 눈치챘다. 교내 이벤트에서 의욕적이지 않은 여자애……. 어쩌면 정보 수집에 딱 적당한 이벤트가 발생한 것 아닐까?

나는 이 상황에서 물어봐야할 것은 머릿속으로 정리했다.

좋아. RPG 정보수집 제2탄을 시작해볼까!

"으음, 문화제에 열성적으로 참가할 생각이 없는 거구나?"

나는 듣고 싶은 대답을 이끌어내기 위해, 말을 짜봤다. 역시 선택지가 그립네.

"그래요~."

"그래도…… 만약 이러이러하다면 열심히 해볼래~ 같은 건 없어?"

콘노 에리카가 의욕을 내게 하기 위한, 특수한 보스를 쓰러뜨리기 위한 정보 수집. 아무래도 이야기를 듣자하니

구미 양은 그 보스와 비슷한 속성을 가진 것 같다. 콘노 에리카와 구미 양은 표면적으로는 완전히 딴판이지만『열 내면서 힘내봤자 피곤할 뿐이다』라는 성질은 흡사한 듯한 느낌이 들었다. 드래곤을 쓰러뜨리는 법을 리저드맨에게서 듣는 것과 비슷한 느낌이다.

"어, 왜 그런 걸 묻는 거죠? 혹시 제가 열심히 문화제에 참가하게 만들려는 속셈인가요? 관두세요~. 저는 그런 걸로 열 낼 생각이 없다고요~."

구미 양은 그렇게 말하면서 양손으로 가슴을 가렸다. 왠지 성희롱을 당하기라도 한 듯한 리액션이네. 그냥 평범하게 물어봤을 뿐이잖아.

"아, 그런 건 아닌데……."

"그럼 뭔데요?"

구미 양은 미심쩍은 눈초리로 쳐다보았다. 왜 저러는 거지?

"으음……."

나는 잠시 망설인 후, 결국 솔직하게 이야기하기로 했다.

"실은 우리 학교는 몇 주 후에 구기대회를 하는데, 여자 그룹 중에 한 명이 영 의욕이 없거든."

"……아~, 그렇군요."

구미 양은 납득한 것처럼 가슴을 가리고 있던 팔을 내렸다. 뭐야. 이 애한테 있어서 열심히 하라고 강요하는 건 성희롱이나 다름없는 거냐.

"클래스메이트 전원이 의욕을 내게 하려면 어쩌면 좋을지 몰라서…… 너한테 물어본 거야."

내가 그렇게 설명하자, 구미 양은 약간 질린 듯한 눈길로 나를 쳐다보았다.

"토모자키 씨는 말이죠."

"응?"

구미 양은 미간을 한껏 찌푸리면서 말을 이었다.

"자기만 열심히 하는 게 아니라, 열심히 하지 않는 사람도 의욕을 내게 만들려는 거군요. 큰일이네요. 저한테 있어서 토모자키 씨는 완전 우주인이에요."

"에이, 그 정도는 아니잖아."

나는 그 말을 듣고 당황하면서도 어찌어찌 딴죽을 날렸다.

"아뇨. 진짜로 큰일이라고요. 토모자키 씨. 저한테는 아예 있을 수 없는 일이거든요. 말도 안 돼요. 뭐, 그래도 좋아요. 제가 손해 볼 일은 없을 것 같으니까 상담 상대가 되어드릴게요."

"저, 정말이야?"

"예. 토모자키 씨가 보기에는 제가 우주인일 테니까, 저희 별에 대해 가르쳐드릴게요. 자아, 이문화 커뮤니케이션을 시작해볼까요."

구미 양은 그렇게 말하면서 나를 향해 윙크를 했다.

"이, 이문화 커뮤니케이션……."

이 애는 묘한 말을 쓰네. 이 RPG의 무대는 우주인 걸까.

"예. 딱 그런 느낌이에요. 뭐, 농땡이에 대한 거라면 자신 있다고요."

그렇게 말하며 웃는 구미 양은 왠지 『농땡이 한정』이라는 묘하기 그지없는 분야에서만큼은 믿음직하기 그지없어 보였다.

***

"아~, 골치 아픈 상황이네요."

내가 콘노 에리카의 성격, 반 내부에서의 세력도, 캡틴이 된 히라바야시 양에 관한 것 등을 설명해주자, 구미 양은 이마에 손가락을 대면서 고개를 절레절레 저었다.

"골치 아픈 상황?"

구미 양은 예, 하고 말하며 나와 시선을 마주했다.

"아마 그 히라바야시 양이라는 사람은 에리카 양한테 찍혔을 거예요."

"아……."

나도 그럴지도 모른다고 생각하기는 했다. 이즈미에게 캡틴을 맡으라고 말했다가 거절당하자마자 히라바야시 양을 타깃으로 삼은 것에는 이유가 있어 보였다. 어떤 이유인지는 모르겠지만 말이다.

"그러니 그 애가 캡틴을 맡은 이상, 퀸은 좀처럼 의욕을 내지 않을 거라고 생각해요."

"퀸……."

그 표현에서 위화감은 눈곱만큼도 느껴지지 않았다.

"그리고 듣자하니, 퀸도 농땡이 별 사람 같네요."

"노, 농땡이 별…… 그럼 나는 노력가 별 사람이냐……."

"아하하, 그럴 것 같네요."

구미 양은 가볍게 웃음을 흘리면서 고개를 끄덕였다.

"그러니까, 그 퀸이라는 사람도 웬만해선 의욕을 내지 않을 거예요."

"역시 그렇구나……."

나는 그 말을 듣고 생각에 잠겼다.

"골치 아픈 상대네요."

구미 양은 즐거운 듯이 웃었다. 남은 이렇게 골머리를 썩이고 있는데, 이 녀석은 정말 활기가 넘치네.

"그럼 대체 어떻게 해야 의욕을 낼까?"

구미 양은 내 말을 듣더니 잠시 동안 고민에 잠긴 후, 다시 입을 열었다.

"저도 마찬가지지만, 역시 중요한 건 가성비예요, 가성비."

"가, 가성비?"

구미 양은 고개를 끄덕였다.

"저도 노력하는 걸 엄청 싫어하지만, 아르바이트는 하잖아요. 왜 그런지 아세요?"

영문 모를 질문을 받았다. 혹시 사고 싶은 거라도 있는 걸까.

"으음, 그것도 가성비와 상관이 있는 거야?"

"딩동댕! 정답이에요!"

그리고 구미 양은 나를 칭찬하듯 박수를 쳤다. 어, 어라.

"으음, 그 말은……?"

"여기는 시급이 나쁜 편이 아니잖아요. 그리고 일도 꽤 편해요. 게다가, 일하는 시간도 마음대로 정할 수 있고요."

"아~, 그렇구나."

나는 히나미의 지시로 이곳에서 아르바이트를 하기로 마음먹었기 때문에 다른 곳과 비교해보지 않았다. 하지만 요령 좋은 미즈사와가 이곳에서 일을 하는 걸 보면 조건이 나쁜 곳은 아닐 것이다.

"그런 것처럼, 인생을 살다 보면 농땡이만 계속 칠 수는 없거든요. 조금은 의욕을 내야만 할 때가 있어요. 주로 편하게 살기 위해 돈을 벌어야 할 때 말이에요. 그럴 때는 가장 덜 노력해서 괜찮은 결과를 얻을 수 있는 방법을, 농땡이 별 사람들은 고르는 법이죠."

"아…… 그래서 가성비구나."

"그래요~."

그래서 구미 양도 일 내용이 편하고 시급도 나쁘지 않은데다 일하는 시간도 자유롭게 정할 수 있는 아르바이트를 통해, 필요 최소한의 돈만 손에 넣는 것이다.

"그럼 콘노 에리카도 너와 비슷하다는 거지? 가능한 한 편하게 이득을 얻고 싶어 할 거라는 거잖아."

"맞아요, 맞아요! 그러니까 퀸이 의욕을 가지게 만들고 싶다면, 노력의 가성비를 올려야 해요!"

구미 양은 구김 없는 미소를 지으며 특이한 말을 입에 담았다.

"그, 그래. 노력의 가성비……."

"아, 그리고 퀸은 저만큼 노력을 싫어하는 것 같지는 않네요. 그러니까 방법이 있을 거예요."

"어, 정말이야?"

구미 양은 아마 그럴 거예요, 하고 말하며 고개를 끄덕였다.

"그런 것 같은 느낌이 들어요. 그 사람, 반에서 꽤 잘난 척 하는 거죠? 그러기 위해선 마음의 파워가 필요하거든요. 잘난 척을 하거나 으스대면 엄청 피곤해요. 체력을 쓰기 싫어하는 사람은 애초에 그런 짓을 안 한다고요."

"아…… 그건 그래."

구미 양의 말은 꽤 설득력이 있었다. 그녀가 콘노 에리카와 같은 입장이 됐다고 상상해보니, 바로 「피곤하니까 관둘래요~」하고 말할 게 틀림없다.

"그러니까, 저와 다르게 꽤 욕심이 많은 타입일 거예요. 저는 욕구가 없다고나 할까, 노력하고 싶지 않다는 욕구만 있는 생물이거든요."

구미 양은 그렇게 말하면서 테이블에 털썩 엎드렸다. 저러니 마치 액체 같네.

"그건 그렇고…… 욕구, 라."

"예, 욕구예요. 노력을 한다는 건 욕구가 있다는 거예요. 욕구가 없어서 전혀 노력하지 않는 제가 하는 말이니 믿어도 돼요."

그리고 테이블에 엎드린 구미 양이 고개만 들면서 지은 기운 없는 미소에는 묘하게 설득력이 있었다. 마치 농땡이 학의 권위자 같은 느낌마저 드는걸.

"하지만 그 퀸의 욕구는 대체 뭘까?"

내가 그렇게 묻자, 구미 양은 하아 하고 땅이 꺼져라 한숨을 내쉬었다.

"저기, 토모자키 씨? 저한테 그런 걸 묻지 말라고요."

"응?"

그리고 구미 양은 진지한 표정을 지으며 내 눈을 쳐다보더니…….

"――아무런 욕구도 없는 제가 남이 어떤 욕구를 가지고 있는지 어떻게 알겠냐고요."

또 묘하게 설득력이 느껴지는 톤으로, 그런 소리를 했다.

"아, 그렇구나……."

"그럼 저는 이만 가볼게요! 토모자키 씨에게 좀 도움이 됐다면 좋겠어요~~."

"으, 응."

나는 손을 흔들면서 바람처럼 사라지는 구미 양을 배웅

했다.

으음, 그래. 마지막에 어이없기는 했지만, 구미 양 나름의 의견을 들은 건 크게 도움이 된 듯한 느낌이 들었다. 노력의 가성비, 라. 그건 그렇고 구미 양은 정말 자유로운 애네…….

＊＊

아르바이트가 끝나고 나니, 어느새 오후 여덟 시가 넘었다.

나는 약속이 있기 때문에 오미야 역의 『콩나무』 앞에 서 있었다.

실내이기는 해도 커다란 출입구 때문에 에어컨이 크게 효과를 발휘하지 못하고 있어서 실내의 온도는 어중간했다. 어쩌면 이 『어중간한 온도』라는 것으로 사이타마 전체의 분위기를 표현하고 있는 것일지도 모른다. 그게 맞다면 완벽하다고 할 수 있을 것이다.

마주보고 설치되어 있는 두 개찰구에서는 사람들이 끊임없이 출입하고 있었다. 나는 그 광경을 막연하게 쳐다보면서, 긴장을 풀기 위해 심호흡을 하고 있었다.

으음…… 가자!

기합을 다시 넣으면서 주위를 둘러보니, 동쪽 입구 방면에서 성스럽기 그지없는 신비적 개념의 접근이 확인됐다.

즉——키쿠치 양이 온 것이다.

"아……!"

나를 눈치챈 키쿠치 양은 좁은 보폭으로 다가오더니, 나를 향해 차분한 미소를 지었다.

그렇다. 나는 여동생의 말을 듣고 키쿠치 양에 대해 여러모로 생각해봤다. 그리고 히나미, 과제, 진짜로 하고 싶은 것——이런저런 일이 있기는 했지만, 아무튼 나에게 있어 키쿠치 양은 은인이라고나 할까, 소중한 것을 가르쳐 준 존재이자 잃고 싶지 않은 존재라는 생각이 들었다.

또한 나와 키쿠치 양은 둘 다 오미야에서 아르바이트를 하고 있다. 그렇다면 서로의 아르바이트가 비슷한 시간대에 끝나는 날이 있다면 가볍게 만나보는 것도 괜찮을 거라는 생각이 들어서, 아까 휴식시간에 LINE으로 연락을 해봤다. 그리고 오늘 내 아르바이트가 끝나고 한 시간 후쯤에 키쿠치 양도 일이 끝나기에, 나는 용기를 쥐어짜내서 그녀에게 만나자는 말을 해본 것이다. 참고로 히나미에게도 일단 보고는 해뒀다.

"으음…… 안녕하세요, 토모자키 군."

"으, 응. 키쿠치 양, 안녕."

키쿠치 양은 인간계를 가득 채운 나쁜 기운으로부터 자신을 지키기 위한 천사의 날개옷……이 아니라 햇빛을 막기 위한 얇은 검은색 카디건을 손에 든 채, 평소보다 편해 보이는 복장으로 이곳에 나타났다.

옷깃이 달린 반소매 흰색 셔츠 아래에는 13억년은 산 거목에 달린 나뭇잎을 연상케 하는 진한 녹색 치마를 입고 있었다. 저 치마의 일부만으로도 그 어떤 병이든 치유할 수 있을 게 틀림없다.

"연락…… 주셔서 고마워요."

키쿠치 양은 반팔 셔츠의 소매 부분을 반대쪽 손으로 꼭 움켜쥐더니, 나와 시선을 마주치지 않은 채 그렇게 말했다. 복음을 연상케 하는 그 말에 담긴 장엄한 울림이 내 고막을 뒤흔들었다.

"으, 응."

나는 심장이 빠르게 뛰는 걸 느끼면서 대답했다.

"……키쿠치 양, 배 안 고파?"

"아, 예. 조금 고파요……."

"그, 그럼……."

나는 키쿠치 양을 리드하기 위해, 갈만한 가게가 없는지 머릿속으로 검색해봤다.

으음, 이 근처에서 내가 아는 가게——를 떠올린 나는 초조함을 느꼈다. 큰일 났다. 생각나는 가게가 너무 없다. 정확하게는 튀김덮밥집만 생각났다. 키쿠치 양이라면 거기서도 「튀김, 맛있네요」 하고 말하며 맛있게 식사를 하겠지만, 그래도 남자가 되어가지고 여자애를 데리고 그런 곳에 가는 건 여러모로 문제라는 생각이 들었다. 내 마음속의 에어 히나미 양께서 「여자애와 단둘이 데이트하면서 튀김덮밥집에 가? 비(非) 리얼충의 극치네」 하고 차가운 눈길로 쳐다보는 것 같은 느낌도 들었다. 어이, 딱히 데이트는 아니라고!!

나는 왜 사전에 조사해두지 않은 걸까. 뭐, 딱히 허세를 부리거나 가면을 쓰는 건 관뒀지만, 그래도 미리 어디에 갈지 정해둘 걸 그랬다는 생각이 들었다. 전에 히나미와 점심을 먹으러 갔던 양식당도 있지만, 야간 메뉴가 엄청 비쌌기에 엄두가 나지 않았다. 책을 사러 갔을 때 들렀던 카페도 괜찮으려나. 두 번 연속으로 가도 될까. 히나미 양, 어떨까요? 뭐, 다른 후보가 없으니 거기나 가자고 해야겠다.

으음, 하다못해 적당한 패밀리 레스토랑의 장소라도 알면 좋겠지만, 오미야에는 패밀리 레스토랑이 거의 없잖아. 있긴 하겠지만 패밀리 레스토랑은 외톨이 고등학생은 갈 일이 거의 없기에 나는 장소를 모르거든. 내가 중학교에 다니던 시절에 생활 잡화점인 로프트가 있던 빌딩에 패밀리 레스토랑도 있었던가? 거기 로프트를 꽤 좋아했지. 그리고 동쪽 출구 쪽에 있는 가전제품 양판점인 사쿠라야도 좋았어. 아, 당황했는지 뜬금없는 생각을 계속하네.

내가 지도 어플리케이션의 힘으로 이 상황을 타개해보자고 생각하며 스마트폰을 꺼내보니, 히나미한테서 LINE이 와있었다. 아무래도 URL 같은 걸 보낸 것 같았다.

이게 뭐지? 하고 생각하면서 펼쳐보니, 내 스마트폰 화면에 오미야 역 동쪽 출구에서 도보 몇 분 거리에 있는 적당한 가격에 식사를 할 수 있는 카페의 홈페이지가 표시됐다.

"오, 오오……."

"……어? 왜 그래요?"

"아, 아무 것도 아냐……."

키쿠치 양이 고개를 갸웃거리면서 나를 올려다봤지만, 나는 지금의 심정을 설명하지 못했다. 그리고 히나미가 가르쳐준 가게로 키쿠치 양을 안내했다. 진짜, 히나미의 눈치는 상상을 초월하는 수준이라니깐.

**

카페에 도착했다.

입구의 문을 열자, 20세기 같은 분위기와 서양 같은 분위기가 동거하고 있는 듯한 독특한 인테리어가 눈앞에 펼쳐졌다.

고풍스러운 느낌의 붉은색 소파 옆에 놓인 커다란 관엽식물이 화사한 느낌을 자아냈다. 계산대 앞의 테이블에 잡다하게 놓여 있는 알몸 여성의 석상과 컬러풀한 술병, 벽에 전시되어 있는 모나리자 그림 등의 장식품은 서양 같은 분위기를 물씬 자아내고 있지만, 하나같이 세월이 묻어나고 있었다. 그래서 그런지, 서양 느낌의 가게라기보다 서양 느낌으로 꾸민 20세기의 카페 같은 분위기가 느껴졌다.

"불가사의한…… 가게네요."

"……그래."

불가사의한 걸로 치면 키쿠치 양이 몇 수는 위지만, 이 상황에서 「키쿠치 양이 더 불가사의해」 하고 말해본들 상대는 이해를 못할 뿐만 아니라 기분나빠할 수도 있다. 나는 거기까지 생각이 미쳤기에 그 말은 입에 담지 않았다.

"정말 멋진 분위기예요."

키쿠치 양은 그렇게 말하면서 대천사의 숨결을 연상케 하는 미소를 지었다.

"으, 응. ……그래."

나는 그 말을 듣고 멋쩍어하면서도, 마음속으로 히나미에게 고마워했다. 고마워요. 덕분에 살았어요…….

우리는 마주보고 앉은 후, 메뉴를 살펴봤다.

"종류가 많네."

"예……."

키쿠치 양은 즐거운 듯이 메뉴를 넘겨보며 환한 표정을 지었다.

"나는…… 나폴리탄으로 할래."

"저는 오므라이스로 할래요."

나는 일전에 카페에 같이 갔을 때도 키쿠치 양이 오므라이스를 시켰다는 걸 떠올렸다.

"오므라이스를 좋아하는구나."

내가 반복 연습 덕분에 자연스럽게 입에 담을 수 있게된 승룡권, 아니, 약간 놀리는 듯한 톤의 발언을 선보이자, 키쿠치 양은 살며시 웃음을 흘렸다.

"정신을 차리고 보니 오므라이스를 시켰던 적도 있어요."

"아, 자기도 모르게 시키는구나."

"예."

우리는 그런 대화를 나눈 후, 웃음을 흘렸다. 역시 키쿠치 양과 함께 보내는 시간은 차분하고, 자연스러우며, 또한 따뜻했다.

나는 그런 분위기에 젖은 채 점원을 부른 후, 키쿠치 양의 메뉴까지 한꺼번에 주문했다. 나름 열심히 리드를 해봤다. 그리고 찬물을 한 모금 마시며 한숨 돌렸다.

키쿠치 양은 벽에 걸린 모나리자보다도 상냥하면서 자애로 가득 찬 미소를 지은 채 나를 쳐다보고 있었다.

"일전에…… 같이 책을 사러 가줘서 고마워요."

"아, 나야말로 고마워. ……여러모로 말이야."

"……아뇨."

"……응."

숲의 동물들이 겨울잠에 빠져들고, 요정의 호수가 얼어붙어버린 날의 이른 아침처럼 온화하면서도 엄숙한 분위기가 지친 내 마음에 스며들어왔다.

"이런 조용한 곳에 있으니, 마음이 차분해지네."

내가 인테리어를 둘러보며 그렇게 말하자, 키쿠치 양이 미소 지었다.

"토모자키 군은 요즘 노력하고 있으니까요."

"어, 그래 보여?"

내가 뜻밖의 말을 듣고 되묻자, 키쿠치 양은 고개를 끄덕였다.

"예. 왠지 요즘 활기차 보여요."

키쿠치 양은 두 손으로 깍지를 끼면서 상냥한 어조로 그렇게 말했다. 아, 그렇구나.

2학기가 시작되고 이틀이 지났다. 나는 나카무라 그룹과 같이 이야기를 나누기도 했고, 이즈미와 작은 목소리로 속닥거렸으며, 미미미나 타마 양의 소동에 휘말리기도 했다. 왠지 내 주위에서는 여러모로 이벤트가 일어나고 있었다. 남들의 눈에도 그렇게 보일 것이다. 키쿠치 양의 자리는 내 대각선 뒤편이기도 하니까 말이다. 어쩌면 키쿠치 양은 모든 것을 내다보는 고대의 천리안을 지녔을지도 모른다.

"으음, 그럴지도 몰라. 활기차다기보다…… 시끌벅적할 거야."

내가 그렇게 말하면서 쓴웃음을 짓자…….

"――그런가요?"

키쿠치 양은 내 눈을 똑바로 쳐다보며 소박한 질문을 던졌다.

그리고 나는 화들짝 놀랐다.

나는 다시 한 번 내 마음속을 응시했다. 그러자, 멋쩍어하거나 자학적인 발언을 하며 안이한 방향으로 도망치려 하는 내가 존재했다. ……키쿠치 양에게는 내가 느낀 것을 있는 그대로 말해줘야만 할 것이다. 나는 그렇게 생각하며 다시 입을 열었다.

"하지만…… 요즘은 그게 재미있게 느껴져."

키쿠치 양은 내 말을 듣더니 기뻐하는 듯한 표정을 지었다.

"잘됐, 어요."

나는 키쿠치 양 앞에서는 내 마음이 벌거숭이가 되는 걸 느꼈다. 하지만 그게 따뜻하면서도 편안하게 느껴졌기에, 이것이 자신에게 있어 소중한 일이라는 것을 다시 한 번 실감했다.

주문한 음식이 나오자, 우리는 식사를 하면서 별것 아닌 대화를 나눴다.

그러다 나는 키쿠치 양에게 물어보고 싶었던 게 있다는 사실을 떠올렸다.

"저기 말이야."

"……아, 예."

내가 말을 걸자, 키쿠치 양은 입안에 있던 음식을 천천히 삼킨 후, 차분한 어조로 대답했다. 왠지 키쿠치 양다운 행동이다. 만약 내가 입안에 음식물이 있는 상태에서 질문을 받았다면, 음식물을 서둘러 삼키고 대답을 하려다 혀가 꼬이고 말았을 것이다.

"으음, 우리 반에 콘노 에리카라는 애가 있잖아?"

"콘노 양…… 말인가요?"

나는 응, 하고 말하며 고개를 끄덕였다.

"……키쿠치 양은 콘노 에리카를 어떤 사람이라고 생각해?"

그렇다. 역시 아직 정보가 부족했다. 이즈미에게서는 콘노의 취향에 대해 들었고, 구미 양에게서는 콘노에겐『욕구』가 있으니 가성비와 계기를 통해 그녀가 의욕을 가지게 할 수 있을 거라는 이야기를 들었다. 하지만 내가 어떤 행동을 취해야 이 과제를 달성할 수 있는지는 아직 알 수가 없었다.

그래서 키쿠치 양에게도 물어보고 싶었다. RPG에서도 보스를 공략하기 위한 정보를 수집할 때는 가능한 한 많은 이들에게 말을 걸어보는 게 철칙인 것이다. 게다가 키쿠치 양은 사람의 마음을 내다보는 눈 같은 것을 지닌 것 같으니, 왠지 숲속에 사는 요정에게 드래곤을 쓰러뜨리는 방법을 물어보는 것 같은 느낌이 들었다.

"어떤 사람, 이냐고요? 어려운 질문이네요……."

"아, 그렇지? 으음……."

질문이 너무 추상적이었을까. 나는 다시 생각을 정리한 후, 질문을 던졌다.

"콘노가 어떨 때 의욕을 낼 것 같다고 생각하는지 알고 싶다고나 할까……. 아, 곧 있으면 구기대회가 열리는데, 콘노는 의욕이 없잖아? 그런 콘노는 어떤 때 의욕을 내는지 궁금해서 말이야."

키쿠치 양은 내 말을 듣더니 이해했다는 것처럼 고개를 끄덕였다.

"아, 콘노 양이 의욕을 내는 동기가 알고 싶은 거군요."

"아…… 그래. 맞아."

동기. 확실히 그렇게 말할 수 있을지도 모른다. 그러고 보니 키쿠치 양은 일전에도 매사에 최선을 다하는 히나미의 동기에 대해 이야기를 한 적이 있었다. 소설을 쓰기 때문에 그런 게 신경 쓰인다면서 말이다.

"으음, 뭐라고 할까요. 이건 적절한 표현이 아닐지도 모르지만……."

"응?"

키쿠치 양은 볼에 손을 대면서 고개를 살며시 숙이더니, 뭔가를 망설이는 듯한 눈빛을 머금었다. 그리고 몇 초 후, 그녀는 나를 올려다보았다. 찬란히 빛나는 마법의 꽃잎이 떠있는 연못처럼 매력적인 눈동자가, 내 머릿속에 존재하는 생각 하나하나를 녹이고 있었다.

그리고 키쿠치 양의 입술이, 살짝 벌어졌다.

"남에게 얕보이고 싶지 않다── 라는 동기가 크게 작용하고 있는 게 아닐까, 하고, 생각해요."

상대를 배려하는 건지 단정적인 톤은 아니었지만, 그녀가 한 말은 콘노 에리카라는 존재의 핵심을 간파하고 있는 것 같았다. '얕보이고 싶지 않다'는 것은 키쿠치 양이 한 말 치고는 꽤 날카롭지만 충분히 납득이 되는 발언이었다.

"얕보이고 싶지 않다……."

"아, 예……."

 키쿠치 양은 자기가 방금 한 말이 독설에 가깝다는 걸 신경 쓰는 건지, 등을 약간 굽히며 고개를 살짝 숙이고 있었다. 저 자세에 그녀가 지닌 가련한 분위기가 더해지자, 영락없는 다람쥐처럼 느껴졌다.

"그래…… 맞아."

 나는 납득했다.

 예를 들어, 반에 존재하는 『수수한 것은 나쁘다』라는 분위기를 조성하고, 자신을 화려하게 치장하는 것도 남들에게 얕보이고 싶지 않기 때문이라고 할 수 있다. 이즈미가 말했던 『미용에 관한 것에는 열성적』이라는 이야기도 얕보이지 않기 위해 겉모습을 신경 쓰고 있는 거라고 볼 수도 있다. 그 거만한 태도와 박력도 그런 면에서 비롯된 것이리라. 그렇게 생각하면, 콘노 에리카의 행동에 『얕보이고 싶지 않다』라는 지침이 존재하는 것처럼 느껴지기도 했다.

 하지만, 신경 쓰이는 점은——.

"그럼 왜 구기대회에 의욕적이지 않은 거지?"

 콘노 에리카의 행동지침이 『얕보이고 싶지 않다』라면,

간단히 순위가 매겨지는 『구기대회』라는 이벤트에서 취할 행동 또한 『다른 반에게 얕보이지 않기 위해 최선을 다한다』여야 자연스러울 것이다.

키쿠치 양은 내 말을 듣더니, 약간 머뭇거리면서 이렇게 말했다.

"그건 아마…… 미리 구기대회 자체를 깎아내려두면, 이기든 지든 얕보이지 않기 때문……일 거라고 생각해요."

"……그렇구나."

또 핵심을 찌르는 내용이었지만, 듣고 보니 납득이 됐다. 구기대회 그 자체를 깎아내리면, 우승을 못하더라도 얕보이지는 않을 것이다. 그딴 걸 열심히 하는 것 자체가 꼴사납다고 여기게 만드는 것이다. 콘노 에리카다운 생각이다.

하지만 방금 내 질문에 바로 대답한 걸 보면, 키쿠치 양도 평소에 클래스메이트를 관찰하면서 자기 나름대로 그들의 행동을 정리하고 있기 때문이리라. 히나미가 내준 과제인 집단 관찰 같은 것을 자연스럽게 하고 있는 걸지도 모른다. 음, 역시 여러 사람들에게 물어보기 잘했어. 많은 걸 알 수 있었네. 진짜 RPG같은걸.

"하, 하지만 콘노 양도 친구들을 아끼기도 하고, 솔직한 구석이 있으니까, 그렇게 나쁜 사람은…….."

"그, 그렇구나."

키쿠치 양이 죄책감을 느끼는 건지 그녀를 감싸주려는 듯한 발언을 하자, 나는 입가에 미소를 지으면서 생각에 잠겼다.

"미리 깎아내려두면……."

"아, 예……."

그리고 방금 키쿠치 양에게서 들은 이야기가 구미 양에게서 들었던 『욕구』, 『노력의 가성비』라는 말과 이어졌다.

콘노 에리카는 가능한 한 노력 같은 것은 하고 싶지 않다. 또한 남들에게 얕보이고 싶지도 않다.

하지만, 학교의 반이라는 공간에 속한 이상, 정점에서 군림하지 않는다면 남들에게 얕보이고 만다.

그래서 『화려하게 치장한다』라고 하는 노력은 하고 있는 것이다.

왜냐면, 그럴 수밖에 없으니까 말이다.

그러지 않았다간 『얕보이고 싶지 않다』라는 『욕구』를 충족시킬 수 없는 것이다.

하지만, 구기대회가 얽히면 이야기가 달라진다.

확실히 구기대회에 열심히 임해서 결과를 내고, 그것을 통해 자기가 남들의 위에 선다는 방법론으로도 『얕보이고 싶지 않다』는 욕구를 충족시킬 수 있다.

하지만, 아마 그것은 **가성비가 나쁠 것이다.**

왜냐면, 일부러 구기대회에 열심히 임하지 않더라도, 남들의 위에 설 방법이 있는 것이다.

그리고 그편이── 노력의 가성비가 좋다.

그래서 구기대회에 열심히 임하지 않는 것이다.

그런 생각에 근거해서 콘노 에리카의 행동 지침을 간단하게 말로 설명한다면, 아마 이럴 것이다.

『얕보이고 싶지 않다』라는 『욕구』를, 가능한 한 『가성비가 좋은 노력』으로 충족시킨다.

추측도 섞여 있기는 하지만, 그래도 완전히 틀린 생각은 아닐 것 같은 느낌이 들었다.

이즈미와 구미 양, 그리고 키쿠치 양에게서 들은 이야기를 나름대로 조합해서 만든 『콘노 에리카의 행동지침』이니까 말이다.

"……응. 좋아."

나는 자기 자신에게만 들릴 만큼 작은 목소리로 그렇게 중얼거렸다.

혼자서는 짐작도 할 수 없었지만, 부족한 『정보』를 모은 끝에, 일단 여기까지 오긴 했다.

지금까지는 뭘 어떻게 해야 하는지도 알 수 없었다. 하지만 이제는 내가 향해야 할 방향성이 무엇인지 알 것 같았다.

콘노 에리카가 『분위기의 조작』을 통해 구기대회 때 열심히 하지 않아도 되는 상황을 만든다면── 그 『분위기』를 나름대로의 수단을 통해 조작하면 된다.

즉, 콘노 에리카라는 드래곤을 쓰러뜨리기 위해 필요한 것은…….

『구기대회에서 이기지 못하면 얕보인다』고 콘노 에리카가 생각하게 만들 아이템이다.

　그것이 이번 보스의 『약점』이자, 이번 과제를 달성하기 위한 열쇠가 되는 아이템일 거라고 생각한다.

　뭐, 그런 상황을 만들 아이템이 어디에 있는지, 그리고 그 아이템과 같은 효과를 지닌 마법 혹은 무기를 내가 사용할 수 있는지는 아직 알 수 없다. 그래도 충족시켜야만 하는 조건을 알자, 나아가야할 방향이 보이기 시작했다.

　그냥 싸워선 이길 수 없는 특수한 보스에 관한 정보를 수집한 끝에, 드디어 약점을 찾아냈다.

　그렇다면 이제부터는 그 약점을 노릴 아이템을 찾아보자! ……같은 상황인 것이다.

　응. 진지하게 플레이해보고 느낀 거지만, 역시 『인생』도 엄연한 게임이다.

　내가 자신의 세계에서 생각에 잠겨있다 문득 현실로 돌아오자, 어린아이를 지켜보는 듯한 따뜻한 미소를 지은 채 이쪽을 쳐다보던 키쿠치 양과 시선이 마주쳤다.

　"토모자키 군, 왠지 즐거워 보여요."

　"어…… 그, 그래?"

　게임에 관해 생각하고 있었기 때문일까. 키쿠치 양은 장난스러우면서도 왠지 기쁜 듯한 표정으로 웃었다.

　"왠지 그런 면이 토모자키 군다워요."

"으, 응……."

그리고 나라는 존재 그 자체를 받아들여주고 있는 듯한 키쿠치 양의 미소를 보며, 나는 멋쩍어졌다.

***

그 후, 키쿠치 양과 나는 앤디 작품, 여름방학, 그리고 클래스메이트와 진로 등에 대해 이야기했다. 그런 별것 아닌 대화를 나누면서, 평온한 한때를 보냈다. 나는 하기 싫은 이야기를 억지로 하지도 않았고, 가면을 쓰지도 않으면서, 지극히 자연스러운 시간을 보냈다.

그리고 슬슬 헤어져야할 시간이 되었을 즈음, 키쿠치 양은 문득 이런 말을 했다.

"저도…… 노력해야만 할 것 같아요."

"응? 뭘 말이야?"

내가 무심코 되묻자, 키쿠치 양은 장난기 섞인 미소를 지었다.

"같이 책을 사러간 후로 얼마 지나지 않았는데도…… 토모자키 군은 더욱 달라진 것 같네요."

그 미소에는 평소보다 인간미가 어려 있었으며, 그녀의 입에서 흘러나온 말에는 한 사람의 여성으로서의 감정이 담겨 있는 것처럼 느껴졌다.

"그, 그……래?"

아마 그 후로 2주 정도 흘렀을 것이다. 나는 그 사이에 키쿠치 양이 봤을 때 달라진 것처럼 느껴질 만큼 변한 걸까.

키쿠치 양은 천천히 고개를 끄덕였다.

"예전보다, 앞을 똑바로 바라보고 있는 것…… 같아요."

"……그렇구나."

나는 그 말을 듣고 히나미와 자신 사이에 있었던 일을 떠올렸다.

확실히 나는 그 후로 자신이 나아가야할 길을 찾은 듯한, 내가 나아가야할 방향이 명확해진 듯한, 그런 느낌을 받았다.

"……응, 그렇구나."

키쿠치 양의 말이 내 마음속으로 스며들어왔다.

그 말은 나도 이해할 수 없는 감각을 띠고 있었기에—— 나는 키쿠치 양이 사람의 마음을 내다볼 수 있는 무언가를 지닌 것 같다고 생각했다.

그리고 키쿠치 양은 부드럽고 가녀리며, 또한 새하얀 손바닥을 자신의 가슴에 대면서 이렇게 말했다.

"그러니까 저도…… 조금씩, 나아가볼래요."

"……응."

키쿠치 양이 어디를 향해, 어떤 식으로 나아가려는 건지는 모르겠지만…….

키쿠치 양이 자신의 의지로 어딘가를 향해 나아가고 싶어 하는 거라면, 그곳이 어디든 간에 그녀를 응원해주고 싶다.

3 어려운 퀘스트를 깬 다음에 잠재능력이 각성하기도 한다.

다음 주 월요일, 제2피복실.

"자아, 과제는 어떻게 되어가고 있어?"

아침 훈련 이후인데도 불구하고 전혀 피곤해 보이지 않는 히나미가 그렇게 묻자, 나는 간략하게 현재 상황을 보고하기 위해 입을 열었다.

"으음, 겨우겨우 어떤 상황을 만들어야 할지 알 것 같아."

히나미는 그 말을 듣더니 감탄한 것처럼 고개를 끄덕였다.

"흐음. 그게 사실이라면 꽤 진도가 빠른걸."

"그래?"

여러 사람의 이야기를 들은 만큼, 진도가 빠른 걸까.

"뭐, 아직 시간이 있으니까, 그 방향성에 대해서는 아직 물어보지 않을게. 결과가 기대되는걸."

"어라, 자세한 이야기는 안 들을 거야?"

"응. 초반에는 혼자서 여러모로 시행착오를 겪는 편이 좋을 테니까 말이야."

역시 이번 과제는 히나미의 지시에 따르는 게 아니라, 내가 직접 생각해서 어떤 행동을 취할지 정한 다음에 그걸 실행하는 것이 중요해 보였다.

"어디까지나 자기 스스로의 힘으로 나아가라는 거구나."

"맞아."

히나미는 짤막하게 대답한 후, 입을 다물었다. 이번 과제의 방침이 그녀의 언동에서 확연하게 느껴졌다.

"그렇구나. 알았어. ……참, 이번에는 여러 사람들에게 어떻게 하면 좋을지 물어보고 있는데, 그건 괜찮은 거지?"

히나미는 씨익 웃으면서 고개를 끄덕였다.

"그게 이번 과제를 클리어하기 위한 올바른 진행 방식이야. 그게 게임의 정석이잖아? 이번 과제는 보스의 난이도가 높으니까, 자기 힘이 부족하다면 남의 도움을 받아야만 해. 그걸 깨닫는 것도 중요한 과제라고 할 수 있어."

"그럼 오히려 권장한다는 거구나."

"응."

"……알았어."

나는 미미미의 문제를 해결할 때 타마 양에게 기댔던 것을 떠올리면서 맞장구를 쳤다.

그때처럼 작전은 생각났지만 그걸 실행에 옮길 스킬이 자신에게 없다면, 남의 도움을 받아도 되는 것이다.

"하지만, 계획을 짜는 부분부터 남에게 전부 맡겨버리는 건 본말전도야. 어떤 때도 게임에 임해야 할 사람은 바로 자기 자신이야. 콘트롤러를 남에게 넘겨버려선 의미가 없어. 그건 알고 있지?"

"그래. 물론이지."

그런 식으로 과제에 대해 확인한 후, 나는 앞으로의 전략을 짜기 시작했다.

***

아침 회의가 끝난 후, 나는 제2피복실을 나섰다.

그리고 교실에 들어간 나는 어떤 사실을 눈치챘다.

나는 미즈사와와 타케이에게 다가갔다.

"나카무라…… 오늘도 안 온 거야?"

내가 그렇게 묻자, 미즈사와는 난처한 듯이 눈썹을 찌푸렸다.

"그런 것 같아. LINE으로 연락을 해도 요 모양 요 꼴이네."

미즈사와가 그렇게 말하면서 보여준 스마트폰의 화면에는 이런 대화가 표시되어 있었다.

『오늘도 학교 안 올 거야? 요시코 때문?』

『그것보다, 리미데빌은 되게 튼튼하네.』

『말 돌리는 거냐.

아직도 투견하고 있어?』

『그래.

카와무라한테는 열나서 학교 못 가는 거라고 말해.』

"으, 으음."

어, 엄청나네. 상대방의 말은 무시하며 자기가 하고 싶은 말만 하더니, 용건만 전달했다. 일전에 나와 나카무라는 게임센터에서 투견이라는 게임을 했었다. 아무래도 나카무라는 아직도 그걸 하고 있는 것 같았다. 어패에 투견까지 하느라 바쁜가 보네. 뭐, 게이머로서는 바람직하지만 말이다.

"뭐, 이런 느낌이야. 일단 내버려두는 수밖에 없겠어."

미즈사와는 포기했다는 투로 그렇게 말했고, 타케이도 그 말에 동의했다.

"이 상태인 슈지는 진짜 성가시거든~!"

"그, 그렇구나……."

나는 두 사람의 반응을 보며 이 문제와 얼마나 거리를 둬야할지 재면서, 말을 이어나갔다.

미즈사와는 으음, 하고 낮은 신음을 흘렸다.

"그리고 보니 지난번에 학교를 빼먹은 게 금요일이었잖아. 그리고 오늘이 월요일인데도 학교를 빼먹는 걸 보면 이번 싸움은 꽤 길어지고 있나 보네."

"아, 예전과는 다른 거야?"

미즈사와는 고개를 끄덕였다.

"예전에는 얼추 하루 정도 학교를 빼먹고 나면 태연한 얼굴로 다시 등교했어. ……주말에도 계속 싸운 거라면, 최장기록일걸?"

"그럴지도 몰라~. 원인이 뭘까?"

"글쎄……. 뭐, 나중에 물어볼게. 뭐, 말해주지는 않겠지만 말이야."

"그럼 기다려보는 수밖에 없겠네!"

"뭐, 그럴 수밖에 없어. 일단 구기대회 전에는 돌아와 줬으면 좋겠는데 말이야. 그 녀석, 운동은 엄청 잘하니까 말이야."

"타카히로는 진짜 타산적이라니깐!"

"하하하."

두 사람은 이 이야기를 마치더니, 평소처럼 잡담을 나누기 시작했다.

나는 두 사람의 말을 들으면서, 걱정을 하면서도 적당히 거리를 두는 데서 남자의 우정이 느껴지는 걸, 같은 생각을 했다. 내가 지금까지 알지 못했던 세계가 눈앞에 펼쳐져 있었다.

그리고 다음날. 화요일 조례 전. 교실.

"으음. 최장기록 갱신인걸."

미즈사와는 눈썹을 살짝 찌푸리면서 그렇게 말했다.

지난주에 이어 오늘도 나카무라는 학교에 오지 않았다. 이렇게 되니 나도 나카무라가 좀 걱정됐다.

요즘 들어 매일같이 열리고 있는 미즈사와와 타케이와 나의 아침 회의는 어제보다도 심각한 분위기에 휩싸여 있었다.

"농땡이를 너무 부리잖아~."

타케이는 평소와 다름없는 어조로 그렇게 말했지만, 그 목소리에는 희미하게 걱정이 어려 있었다. 나는 타케이가 『걱정』이라는 감정을 가지고 있다는 사실에 놀라면서, 대화에 귀를 기울였다.

"이런 LINE이 오긴 했어."

미즈사와는 그렇게 말하면서 스마트폰의 화면을 나와 타케이에게 보여줬다.

『일단 이번 주는 쭉 병결인 걸로 해둬.』

나는 그 내용을 보고 무심코 입을 열었다.

"저기, 점점 심각해지고 있는 거 아냐?"

미즈사와는 고개를 끄덕였다.

"그래. 뭐, 꾀병이라고는 해도 우리도 곧 수험 준비를 본격적으로 해야 하니까 말이야. 이미 수험에 대비한 수업도 시작됐잖아. 그런데 이렇게 수업을 쭉 빼먹는 건 꽤 대미지가 클 거야."

"……맞아."

나도 고개를 끄덕였다. 새로운 프린트와 책자를 나눠받고, 그것들의 이용법과 앞으로의 방침에 대해 설명하는 수업을 전부 빠진다는 것은 치명적이지는 않더라도 꽤 대미지가 있을 것이다.

"하아! 슈지는 대체 무슨 생각을 하고 있는 거야~~~!"

타케이는 진심으로 난처하다는 듯이 머리를 쥐어뜯었다.

그 모습을 본 미즈사와는 미소를 지으면서도, 진지한 눈빛을 띠었다.

"뭐, 슈지는 머리보다 몸이 먼저 움직이는 타입이잖아."

미즈사와는 목덜미를 손가락으로 긁적이면서 그렇게 말하더니, 생각에 잠기는 것처럼 팔짱을 꼈다.

1교시가 끝났다.

수학 수업 때문에 머릿속이 지칠 대로 지친 상태에서 쉬는 시간을 맞이했을 때였다.

누군가가 내 왼쪽 어깨를 손가락으로 톡톡 두드렸다.

"우왓?!"

"리액션이 너무 큰 거 아냐?!"

고개를 돌려보니, 옆자리인 이즈미가 몸을 뒤편으로 젖히면서 나를 쳐다보고 있었다.

"아, 미, 미안해."

요즘 남들과 이야기를 나누는데 익숙해졌고, 놀리거나 딴죽을 날리는데도 익숙해졌지만, 역시 마음의 준비가 되지 않은 상태에서 이렇게 느닷없이 접촉을 해오면 당황하고 만다. 약캐인 나의 본래 풍미가 드러나고 마는 것이다.

"으음, 무슨 일이야?"

내가 되묻자, 이즈미는 약간 고개를 숙이더니, 내 눈을 힐끔 쳐다보면서 입을 열었다.

"아, 저기…… 슈지 말인데……."

이즈미는 표정이 진지했지만, 그녀의 볼은 희미하게 달아올라 있었다. 남자의 마음을 자극하는 듯한 이 귀여움에서는 강캐다운 약아빠진 느낌이 묻어나고 있었다. 하지만 나는 강캐가 이렇게 중요한 타이밍에 귀여운 척을 한다는 것을 알고 있다. 그래서 딱히 당황하지 않으며 대꾸할 수 있었다.

"으, 응…… 으음, 요즘 학교 안 나오잖아."

입에서 나온 말은 내가 생각했던 것보다 훨씬 흔들리고 있었지만, 이즈미도 나카무라에 관한 이야기를 하느라 동요한 상태이니 비긴 걸로 해도 될 것이다.

"응, 맞아."

이즈미는 살며시 고개를 끄덕였다.

"아까 히로와 이야기했잖아? 그래서 혹시 아는 게 있나 싶어서 말이야."

그러고 보니 이즈미는 미즈사와를 『히로』라고 부르지─── 같은 생각을 하면서, 나는 뭐라고 대답할지 고민했다.

"……뭐, 꾀병으로 쉬는 거긴 하지만, 이대로 계속 학교를 빼먹다간 골치 아파질지도 모른다는 이야기를 했어."

"역시…… 그렇구나."

이즈미는 가라앉은 목소리로 그렇게 말하며 고개를 끄덕였다.

"언제까지 안 나오려는 걸까?"

나는 미즈사와가 보여줬던 LINE을 떠올렸다.

"이번 주는 계속 안 나올 거라는 메시지를 미즈사와가 받은 것 같아."

"본인한테서 온 거야?"

"응. 그래."

"……이번 주는 안 올지도 모르는 거구나. 큰일 났네."

이즈미는 으음, 하고 낮은 신음을 흘렸다.

"그래. 본격적으로 수험 대비도 시작된 데다, 학기 초 수업을 빼먹으면 나중에 힘들 거야."

"아…… 맞아. 그것도 큰일이네."

이즈미는 약간 머뭇거리는 듯한 어조로 그렇게 말했다. 나는 그런 그녀의 말이 조금 신경 쓰였다.

"으음…… 그것**도**?"

"아…… 그게 말이야."

이즈미는 콧잔등을 검지로 긁적이면서 말을 이었다.

"슈지는 지금까지도 부모님과 자주 다투기는 했지만, 이 번에는 지난주부터 거의 일주일 동안 계속 싸우고 있잖아? 게다가 한동안 더 싸울 예정이라며? 그럼 학교를 빼먹는 것도 문제지만…… 부모님과의 사이가 너무 나빠지는 건 아닌지 걱정이 돼."

"……그렇구나."

나는 무심코 그렇게 말했다. 그래, 거기까지는 생각이

미치지 않았어.

이즈미가 상냥한 애라는 것은 알고 있었지만, 나카무라와 부모님의 사이까지 걱정하는 모습을 보며 다시 한 번 실감했다. 역시 나카무라에게 감정이입을 해서 생각하고 있는 것 같아.

"확실히…… 그것도 큰일이긴 해."

"응……."

내가 동의하자, 이즈미는 입술을 가볍게 깨문 후, 말을 이었다.

"하아. 슈지가 학교에라도 온다면 캐물어보기라도 할 텐데 말이야. 학교를 빼먹으니 물어보지도 못하겠네……."

이즈미는 약간 어이없어 하며 한숨을 내쉬었다. 나는 그 모습을 보면서 어제 미즈사와, 타케이와 나눴던 이야기를 이즈미에게도 해봤다.

"구기대회 때까지는…… 오겠지?"

"으음…… 글쎄. 하지만 와줬으면 좋겠어. 가능하면 다 같이 즐기고 싶거든."

"그래……."

"응."

이즈미는 진지한 어조로 그렇게 말하면서 고개를 끄덕였다.

"아까 미즈사와, 타케이와 이야기를 나누다가 나카무라는 머리보다 몸이 먼저 움직이는 녀석이라는 말을 들었어."

"아, 맞는 말이네."

이즈미는 납득했다는 듯이 내 얼굴을 손가락으로 가리켰다. 나는 그 말을 듣고 무심코 쓴웃음을 지었다.

"역시 나카무라는 항상 그런 느낌이구나……."

이즈미가 보기에도 그랬던 것이다. 하지만 그런 면까지 포함해 나카무라를 좋아하게 된 이 사랑에 빠진 소녀의 포용력은 감탄하지 않을 수가 없다.

"뭐, 그것도 슈지의 일면이거든. 작년부터 같은 반이어서, 이미 익숙해졌어."

이즈미가 왠지 즐거운 듯한 어조로 그렇게 말하며 고개를 가볍게 젓자, 나는…….

"왠지…… 부부 같네."

……하고 아무렇지 않게 말했다. 이즈미는 그 말을 듣더니 얼굴을 붉혔다. 어때, 봤지? 방금은 꽤 자연스럽게 놀리는 듯한 어조로 말했다고. 방금은 의도적으로 놀리려고 한 게 아니라, 진짜로 내가 머릿속으로 한 생각을 그대로 말했더니 우연히 그런 느낌이 됐을 뿐이거든. 별생각 없이 콘트롤러를 마구 조작했는데, 딱 좋은 타이밍에 승룡권이 써진 것에 가까울 거야. 뭐, 어찌됐든 간에 결과만 좋으면 됐어.

***

6교시.

오늘 마지막 수업, 학급회의.

"그럼 지난 주 학급회의 때 구기대회의 캡틴을 정했으니까, 오늘은 다른 것들을 정해볼까."

카와무라 선생님은 칠판에 『희망 종목』이라고 쓰면서 학생들을 향해 그렇게 말했다.

나카무라가 없는 상황에서 회의가 시작됐다.

"작년과 마찬가지로 학년별로 남녀가 각각 한 종목을 정하고, 같은 학년의 다른 반과 시합을 하게 될 거야. 작년에 했던 종목은…… 축구, 농구, 피구, 배구, 소프트볼이었지. 하지만 그런 것들 이외에도 코트만 확보된다면 어느 정도 자유롭게 종목을 고를 수 있어. 그러니 우선 캡틴을 중심으로 다 같이 이야기를 해보는 편이 좋겠지. ……타케이, 히라바야시."

그렇게 말한 선생님은 두 사람을 쳐다보면서 앞으로 나오라는 듯이 손짓을 했다.

"좋아──! 역시 축구가 좋겠지?!"

타케이는 클래스메이트들의 웃음소리를 들으며 힘차게 앞으로 나갔고, 히라바야시 양은 그런 그의 뒤편에 숨으며 우물쭈물 거렸다. 역시 히라바야시 양은 이런 것에 익숙하지 않은 것 같았다. 그럼 타케이를 믿을 수밖에 없다. 믿음직하지는 않지만 그래도 네가 이끌어나가라고, 타케이.

"뭐, 캡틴간의 회의에서 제1희망 종목을 못 잡을 수도 있으니까 제3희망 종목까지 정해두는 편이 좋을 거야. 그리고 듣자하니 타케이는 가위 바위 보를 엄청 못한다면서?"

"윽, 선생님까지 그런 소리를 하시는 거예요?!"

교실 안이 웃음소리로 가득 찼다. 히라바야시 양을 쳐다보니, 긴장한 탓에 환하게 웃지는 못하면서도 꽤 즐거운 듯한 표정을 짓고 있었다. 좋아, 타케이. 그렇게만 하라고.

참고로 콘노 에리카도 힐끔 쳐다보니, 평범하게 웃고 있었다. 뭐, 캡틴은 이미 정해졌으니 날을 세울 필요는 없다는 걸까. 이렇게 웃고 있으니 좀 놀 줄 아는 귀여운 여자애 같아 보였다. 역시 평소의 표정과 태도가 문제인 걸까.

그건 그렇고, 희망 종목이라. 콘노 에리카가 구기대회에 의욕적으로 참가하게 한다는 과제를 달성하기 위해서는 이 선택이 매우 중요할 것 같았다. 이 상황에서 제1희망이 콘노가 싫어하는 종목이 된다면 노력의 가성비가 나빠질 테니까 말이다.

"⋯⋯저기, 이즈미."

나는 낮은 목소리로 목적을 공유하고 있는 동지인 이즈미에게 말을 걸었다.

"응?"

이즈미는 작은 목소리로 그렇게 말했다.

"방금 선생님이 언급한 종목 중에 콘노가 의욕을 낼만한 게 있어?"

"아⋯⋯."

이즈미는 잠시 고민한 후, 대답했다.

"아마 소프트볼일 거야."

"흐음, 그렇구나."

솔직히 말해「전부 싫어할 거야」 같은 대답도 각오하고 있었기에, 이렇게 딱 하나만 언급된 것은 꽤 좋은 뉴스다.

"응. ……에리카는 피구나 배구, 축구, 농구처럼 얼굴이나 몸에 공을 맞을 수 있는 종목을 싫어하거든."

"아, 그런 이유구나……."

엄청 소극적인 소거법이었다.

"그럼 좋아하는 스포츠 같은 건 몰라?"

"으음…… 운동신경은 좋지만, 운동을 좋아하는 것 같지는 않아."

"그렇구나……."

"응. 그러니까 에리카가 가능한 한 의욕을 낼 수 있도록, 소프트볼을 하게 됐으면 좋겠어."

"그래."

내가 고개를 끄덕이자, 이즈미는 콧김을 뿜으면서 기합을 넣었다. 무슨 일에 있어서든『할 거면 제대로 해보자』 같은 자세는, 나도 한 명의 게이머로서 싫어하지 않는다. 역시 내 제자다. 나도 노력해야겠다. 여자 쪽의 희망 종목에 관해서는 내가 할 수 있는 게 없을 것 같지만 말이다.

"좋아. 그럼 우선 지금부터 20분 동안…… 2시 35분까지는 캡틴의 주도 하에 회의를 하도록 해. 회의를 통해 정할 수 있다면 그게 가장 좋으니까 말이야. 만약 정해지지 않는다면, 희망종목 중에서 다수결로 정할 거야. 그럼 우선 남자부터 해볼까. 그럼 시작해."

"남자는 축구로 정하면 되지?!"

선생님이 사회자 권리를 캡틴에게 넘겨주자마자, 타케이가 그렇게 외쳤다. 이건 리얼충의 강점이 아니라, 타케이만의 강점이라는 느낌이 들었다.

뭐, 남자는 캡틴 입후보 때 타케이가 축구를 언급하기도 했었으니, 딱히 의견 충돌 없이 정해질 것이다.

──그렇게 생각했지만…….

"에이, 농구를 하자고!"

그렇게 말하며 타케이에게 반기를 든 이는 나도 일전에 같이 이야기를 나눈 적이 있는 타치바나였다. 일전에 이야기를 나누면서 농구부 같다고 생각했는데, 어쩌면 진짜로 농구부인 걸지도 모른다. 하지만 의견이 갈릴 거라고는 생각도 못했다. 흠, 왜 이렇게 된 건지 잘 관찰해서 해명해야 겠다.

"뭐어?! 말도 안 돼! 축구하자고, 축구!"

그리고 타케이는 회의를 주도한다기보다, 그저 『타케이』다운 리액션을 취하고 있었다. 사회자다운 행동을 전혀 하지 않으려는 점이 정말 타케이다웠다.

"아, 나는 소프트볼이 괜찮은 것 같은데 말이야."

그리고 타치바나와 같은 남자 그룹에 소속된 남자애가

그렇게 말했다. 이름이 뭐였더라. 으음, 아, 시미즈타니일 것이다. 머리카락도 짧고 덩치도 큰 걸 보면, 아마 야구부일 것이다. 왠지 나는 얼마 전부터 사람을 외모만 보고 판단하려고 하는 것 같다.

"뭐, 소프트볼도 재미있기는 하지만 말이야!"

그리고 타케이는 의견을 하나로 모으기보다는 그냥 자기 생각만 늘어놓고 있었다. 좋아, 타케이. 평소와 다름없구나. 너는 역시 사회자에는 적성이 없다고.

그건 그렇고, 왜 이렇게 된 걸까. 이 반의 우두머리격인 나카무라가 축구부니까 자연스럽게 축구로 정해질 줄 알았는데, 어쩌다 이렇게 된 걸까…… 하고 생각하다, 나는 눈치챘다.

그래. 나카무라가 없기 때문이구나.

그러고 보니 방금 농구와 소프트볼을 하자고 주장한 두 사람은 남자쪽 스포츠맨 그룹이다. 리얼충 그룹이기는 하지만, 나카무라 그룹처럼 신분제도의 정점은 아닌 것이다. 그룹에 속한 인원은 많지만, 반 안에서의 권력은 나카무라 그룹에게 밀리는 느낌이다.

그럼 이 상황은 어느 정도 해석이 가능했다. 나카무라가 있었다면 그의 뜻에 따랐을 중간 계층이 분위기를 지배하는 그가 자리에 없기 때문에 집단에서 개인으로 분해되었고, 각자의 생각에 따라 의견이 갈리기 시작한 것이다. 게다가 이 계층은 인원이 많기 때문에 여러모로 골치가 아플 수밖에 없다. 확실히 나카무라라는 존재는 역시 거대했던 것 같다.

"우리 반에는 농구부가 많으니까 해볼 만 할 것 같지 않아?"

"맞아~."

"야구부도 꽤 된다고~."

"양쪽 다 괜찮을 것 같네."

그렇게 스포츠맨 그룹 안에서 의견이 갈리기 시작했다. 그렇다고 각자의 의견을 밀어붙이기보다, 분위기를 읽으면서 의견을 절충하고 있는 느낌이며, 위압적으로 자기주장을 밀어붙이는 나카무라에 비하면 꽤나 조심스러워 보였다. 아마 이 그룹에는 나카무라 같은 중심적 인물이 없을 것이다. 그래서 그룹의 지침 같은 게 없는 걸지도 모른다.

타케이는 의견을 조율할 수가 없어서 초조한 건지, 난처한 표정을 지으며 허둥지둥 다른 이들에게 물었다.

"으음, 그럼 어떻게 할래? 축구와 농구, 그리고 소프트볼 중에서 말이야~."

"뭐, 다수결로 정하면 되지 않을까?"

누군가가 그런 의견을 내놓자, 타케이도 「좋아!」 하고 말하면서 고개를 끄덕였다.

결국 남자 쪽은 다수결로 정하게 되자, 타케이는 칠판에 큼지막한 글씨로 『축구』, 『농구』, 『소프트볼』이라고 적은 다음, 다수결을 시작했다.

"그럼 남자! 축구가 좋은 사람~?!"

타케이는 그렇게 말하면서 손을 들었다. 하지만 타케이 이외에 손을 든 이는 미즈사와를 포함해 세 명 뿐이었다. 참고로 나는 들지 않았다. 나는 운동을 잘 하지 못하지만, 그래도 가능한 한 즐기기 위해 농구에 투표할 작정이다. 왜냐면 운동을 못하는 사람에게 볼을 발로 컨트롤하거나 막대로 치는 건 무리니까 말이다. 구기대회를 즐기기 위해 이러는 거니 양해해 달라고, 타케이. 그리고 나카무라.

타케이는 「맙소사……」 하고 중얼거리면서 『축구』라는 글자 옆에 『4』라고 적었다. 보통 이럴 때는 『正』으로 숫자를 세기 때문일까, 왠지 아라비아 숫자로 적은 게 타케이답다는 느낌이 들어서 웃음을 터뜨릴 뻔 했다. 휴우, 위험했어.

그 후에 농구와 소프트볼을 세보니, 농구가 아홉 표, 소프트볼이 여섯 표였다. 그렇게 이 반 남자들의 구기대회 희망 종목 순서가 정해졌다. 설마 축구가 제3희망 종목이 될 줄이야. 결정타는 나카무라 부재로 인한 중간층 표의 분산, 그리고 하위 계층의 표가 농구에 집중됐기 때문이다. 하위 계층의 표가 농구에 집중된 것은 나와 같은 생각인 학생이 많기 때문이 아니라, 참가 인원이 적어서 자기가 참가할 가능성이 낮기 때문일 거라고 생각한다. 나도 작년에는 그렇게 했으니 틀림없다.

"젠장~. 뭐, 어쩔 수 없지! 그럼 농구, 소프트볼, 축구

순서로 결정!"

그런 식으로 끝까지 사심을 드러낸 사회자가 진행한 회의는 5분 만에 끝났다. 그리고 사회자의 바통은 히라바야시 양에게 넘어갔다.

"으, 으음, 그럼 여자 쪽의 희망 종목을 정할까 해요."

그 순간, 아까에 비해 교실이 조용해졌다. 아마 타케이가 방금까지 큰 목소리로 떠들어대고 있었기 때문에 그렇게 느껴지는 것이리라. 그런데도 분위기는 점점 차가워지고 있었다. 내가 주위 사람들을 관찰해보니, 다들 표정이 굳은 것처럼 보였다. 선입관 때문에 그렇게 보이는 걸지도 모르지만 말이다.

나는 이런 상황에서 콘노 에리카는 어쩌고 있는지 궁금해져서 고개를 돌려보았다. 그러자 방금까지 턱을 괴고 있던 그녀가 두 팔로 팔짱을 끼더니, 등받이에 몸을 기대면서 언짢은 듯이 체중을 싣는 광경이 눈에 들어왔다. 오오, 정말 알기 쉬운 바다랭귀지네. 옆에 있는 애들이나 저 모습을 본 애들은 위축될 거다.

"……우와."

내 옆자리인 이즈미가 작은 목소리로 신음을 흘렸다.

"……콘노 에리카 때문이야?"

내가 작은 목소리로 묻자, 이즈미는 동그란 눈을 반짝이면서 고개를 끄덕였다. 왠지 강아지 같네. 아무튼 저러면 누구든 다 눈치채겠지…… 하고 생각하다, 불현듯 어떤 생각이 머릿속을 스쳤다.

어쩌면 콘노 에리카는 분위기를 지배하기 위해 일부러 이러는 게 아닐까.

말이 아니라 시선, 자세, 거동 등의 방법으로 자신의 의향을 드러내고, 그 위압감을 통해 분위기를 지배한다. 그러고 보니 내가 히나미에게 처음 배웠던 것도 표정과 자세였다.

그런 식으로 콘노 에리카가 지배력을 발휘한 바람에 활발하게 의견을 교환할 수 없는 분위기가 되었지만, 그렇다고 모든 여학생이 위축된 것은 아니었다.

"저요~! 나는 농구가 하고 싶어요! 아오이와 팀을 짜면 우승은 따 놓은 당상이거든!"

미미미가 손을 들더니, 활기찬 목소리로 그렇게 외쳤다.

그러자 히나미는 쓴웃음을 지으면서 이렇게 말했다.

"뭐, 나는 경기의 절반만 참가할 수 있겠지만 말이야."

"뭐?! ······아, 맞다! 학생회장이지!"

"그래. 뭐, 나도 농구가 하고 싶어~."

밝은 목소리가 교실 안에서 울려 퍼졌다.

그렇게, 콘노 에리카와는 다른 의도가 활발하게 작용하기 시작했다. 즉, 남자의 권력구조는 나카무라 그룹 단일 체제이지만, 여자는 콘노 그룹과 히나미 그룹의 양대 정당 체제인 것이다. 우리 반의 세력도는 정말 복잡하네.

"농구······군요. 다른 종목을 희망하는 사람은 없나요?"

히라바야시 양이 그렇게 말했지만, 딱히 반대의견은 없었다. 어, 큰일 났네. 이대로 가다간 소프트볼이 아니라 다른 걸로 정해질 거야.

내가 이즈미를 힐끔 쳐다보니, 그녀도 약간 초조해 하면서 미미미와 히나미, 히라바야시 양을 번갈아 쳐다보았다. 이윽고 그 시선이 나를 향하자, 나는 그녀를 격려하듯 고개를 끄덕였다. 나, 이즈미와 똑같은 짓을 하고 있네. 이즈미도 또 고개를 끄덕였다.

그리고 몇 초 후——.

"나는 배구가 하고 싶어."

이번에는 타마 양이 손을 번쩍 들면서 그렇게 말했다. 어라? 이즈미는 반쯤 들어 올렸던 손을 머리 쪽으로 가져가더니, 손가락으로 머리카락을 빗었다. 어이, 우물쭈물하고 있을 때가 아니라고. 뭐, 네 심정은 이해하지만 말이야.

"배구 말이군요. 그럼 어느 쪽을 제1희망 종목으로 할까요? 혹시 다른 종목을 희망하는 사람은 있나요?"

히라바야시 양은 타케이처럼 바로 다수결로 가지 않고, 선생님의 뜻에 따라 회의를 통해 결정하려 했다.

그건 그렇고 타마 양은 이럴 때 자기 뜻을 명확하게 밝히는 구나. 뭐, 히나미나 미미미와 친하기 때문이기도 하겠지만 말이다. 그래도 양대 정당 중 하나인 콘노 그룹은 여왕이 언짢은 상태라 침묵을 지키고 있고, 히나미 그룹은 농구를 희망하는 상황에서 손을 들어서 자기 뜻을 밝혔다.

그건 웬만한 이는 할 수 없는 행동이라고 생각했다.

일단 제1희망이 농구와 배구의 진검승부로 정해질 것 같은 분위기 속에서, 이즈미는 나를 힐끔힐끔 쳐다보았다. 뭐, 망설여지기는 할 거야. 이 상황에서 다른 의견을 주장하려면 상당한 기력이 필요할 테니까 말이야. 네 심정을 이해 못하는 건 아냐. 주위 사람들이 보기에는 별것 아닐지도 모르지만, 당사자는 힘들기 그지없겠지.

하지만 콘노 에리카가 의욕을 가지게 하기 위해서는 그게 가능한 환경부터 조성해야 한다. 구기대회를 즐긴다는 의미에서도, 히라바야시 양을 돕는다는 의미에서도, 역시 여자 양대 정당이 의욕을 보이는 편이 좋을 것이다. 그래서 나는 힐끔힐끔 이쪽을 쳐다보는 이즈미에게 시선을 보내며 두 주먹을 말아 쥐었다. 이즈미는 그 모습을 보고 또 강아지처럼 고개를 끄덕이더니, 각오를 다진 것처럼 앞을 바라보면서…….

"……나는 소프트볼이 좋을 것 같아."

손을 가볍게 든 후, 조그마한 목소리로 그렇게 말했다. 잘했어, 이즈미!

"으음, 소프트볼 말이군요. 으음, 그럼 각 종목을 희망한 이유가 있다면 말해주겠어요? 아, 농구를 희망한 나나미 양은 이미 밝혔군요."

히라바야시 양은 머뭇거리면서도, 선생님이 제시했던 『일단 회의를 통해 정한다』라는 방침을 고수했다.

"그럼 나츠바야시 양, 이유가 있나요?"

타마 양은 그 말을 듣고 잠시 망설이더니…….

"으음. ……그냥 하고 싶어서예요."

타마 양이 지나치게 솔직한 발언을 입에 담자, 교실 안은 한순간 침묵에 휩싸였다.

"잠깐, 그건 너무 심플한 거 아냐?!"

잠시 후, 농담 투의 딴죽이 날아왔다. 고개를 돌려보니, 미미미가 자기 자리에서 타마 양을 향해 코미컬하게 손을 뻗고 있었다. 그리고 그에 맞춰 교실 안이 웃음소리에 휩싸였다.

오오, 이상한 발언을 한 사람에게 재빨리 딴죽을 날려서, 집단 전체를 웃게 할 수도 있구나. 나는 그 스킬을 외우면서, 언젠가 이 방법을 써야 할 상황을 맞이했을 때에 대비해 머릿속으로 이미지를 해봤다. 그러자, 분위기가 더욱 싸늘하게 만든 내 모습이 머릿속에 떠올랐다. 이미지조차 제대로 할 수 없어서야 실전에서 써먹는 건 무리겠네.

그건 그렇고, 방금 미미미는 대단했다. 집단을 웃게 한 것도 대단하지만── 나는 예전에 들었던, 자기 뜻을 굽히지 않는 타마 양을 미미미가 감싸주면서 집단 속에 녹아들게 한다는 이야기를 떠올렸다. 방금 행동에서 그런 면이 진하게 드러난 것 같은 느낌이 들었다. 방금 미미미가 아무것도 하지 않았다면, 이상한 분위기가 쭉 이어졌을 것이다.

"으음, 그럼 다음은 이즈미 양……."

그런 식으로 대화가 이어지고 있을 때, 언짢은 목소리가 교실 안에 울려 퍼졌다.

"——의견 갈렸으면 다수결로 확 정하면 되잖아."

여왕이 입에 담은 그 말에서는 사회자를 비난하는 어조가 묻어나오고 있었다.

"아, 으음, 그건, 그렇지만……."

적의와 날카로운 박력으로 가득 찬 콘노 에리카의 말에 히라바야시 양은 순식간에 페이스를 잃으며 목소리가 기어들어가더니, 도움을 청하듯 선생님과 클래스메이트들을 쳐다보았다.

회의를 지켜보고 있던 카와무라 선생님은 그 시선을 받고 입을 열었다.

"……콘노, 너무 그러지 마. 나는 뭐든 다수결로 정하는 것에 회의적인 편이거든. 대화를 통해 정할 수는 없는지 시험해보고 싶었어. 뭐, 그럼 여기서부터는 내가 진행하도록 할까. 으음, 우선……."

카와무라 선생님은 그렇게 말하면서 히라바야시 양을 감싸듯 대신 사회를 맡더니, 회의를 계속 진행했다. 쿨하고 능력 있는 여자라는 느낌이 확연이 드는 게 정말 멋지네. 히라바야시 양은 안도한 것처럼 가슴을 쓸어내렸다. 이윽고 선생님이 이즈미에게 이유를 묻자, 그녀는 눈치를 발휘해 적당한 이유를 말했다. 콘노 에리카 쪽을 힐끔 쳐다보니, 그녀는 지겹다는 듯이 등받이에 기대앉은 채 다리를 꼬고 있었다.

이즈미는 이유를 말한 후, 의자에 앉았다. 내가 그런 이즈미를 힐끔 쳐다보자, 시선이 마주쳤다.

"……에리카, 정말 무시무시했어."

"그래……."

나는 이즈미와 그런 이야기를 나눈 후, 잠시 동안 회의를 계속 지켜보았다.

그리고 결국 다수결로 희망 종목을 전하기로 했다. 결과는 농구 여섯 표, 소프트볼 다섯 표, 배구 두 표였다. 그렇게 농구가 제1희망 종목으로 결정됐다. 흠, 소프트볼이 뽑히지 못했군. 뜻대로 안 됐는걸.

참고로 나는 콘노 에리카가 손을 들지 않을 거라고 생각했지만, 선생님에게 주목을 받고 있어서 그런지 소프트볼에 한 표를 행사했다. 아무래도 이즈미의 생각이 옳았던 것 같다. 역시 눈치 빠른 여자애라니깐.

회의가 끝나고 쉬는 시간이 됐다.

이즈미는 피곤한지 책상에 엎드려 있었다.

"……수고했어."

이즈미의 노력을 옆에서 지켜본 내가 그렇게 말하자, 그녀는 고개를 살짝 들면서 헤벌쭉 웃었다.

"땡큐."

"으, 응."

무방비하기 그지없는 표정에 시선이 빼앗겼지만, 나는 고개를 돌려서 마음의 평온을 되찾은 후, 앞으로 어떻게 할지 생각했다.

"그건 그렇고 콘노는 완전 철벽이네……. 의욕을 낼 것 같지가 않아."

"아하하, 맞아~."

이즈미는 나에게 마음을 허락한 것처럼 순진무구한 미소를 지었다. 그러니까 그런 표정을 짓지 말라고. 무심코 나까지 마음을 허락할 것 같단 말이야. 뭐, 지금 신경 쓸 건 그런 게 아닌가.

"뭐, 농구가 됐든, 소프트볼이 됐든, 배구가 됐든, 이대로는 의욕을 내게 하는 건 어려울 거야."

"으음~, 맞아. 역시 에리카도 포함해서 반전체가 다 같이 구기대회를 즐기는 건 포기하는 편이 나을까? 으음. 하지만 히라바야시 양도 힘들어 보였는데……."

이즈미는 그렇게 말하면서 하아, 하고 한숨을 내쉬었다.

"작전이 필요할지도 모르겠는걸……."

내가 그렇게 말하자, 이즈미는 영문을 모르겠다는 표정으로 나를 쳐다보았다.

"작전……. 그렇구나~. 혹시 좋은 생각 있어?"

"으, 으음……."

작전, 즉 약점을 찌르기 위한 아이템이다.

"좀…… 생각해볼게."

"응. 오케이~."

이즈미는 손가락으로 오케이 마크를 만들면서 그렇게 말했다.

그건 그렇고, 작전이라.

콘노 에리카의 마음속에서 의욕이라는 불길이 타오르게 만들기 위한 책략이다. 『구기대회에서 열심히 하지 않으면 얕보인다』라고 여기게 만들 효과를 지닌 계략, 혹은 콘노의 다른 『욕구』…….

하지만 이즈미에게 콘노 에리카에 관해 여러모로 물어봤지만 새로운 무언가를 발견하지 못했고, 작전 또한 생각이 나지 않았다. 으음, 뭔가 좋은 생각이 날 듯 말 듯 한데 말이야.

***

그 날 방과 후의 회의── 아, 회의는 회의지만…….

이번 『회의』는 제2피복실에서의 회의가 아니다.

교실 뒤편 창가, 나카무라 그룹의 모임터에서의 회의다.

방과 후에 내가 미즈사와, 타케이와 가볍게 이야기를 나누고 있을 때, 이즈미와 히나미가 대화에 참가하면서, 자연스레 나카무라에 대한 회의가 시작됐다. 오늘은 선생님이 교외 연수에 참가하게 되어서 모든 부활동이 쉬게 된 것 같았다.

참고로 의제는 나카무라를 이대로 둬도 되느냐, 였다.

"……하지만, 우리가 할 수 있는 게 거의 없어."

미즈사와가 이 자리에 모인 이들을 향해 그렇게 말하자, 히나미는 쓴웃음을 지으며 입을 열었다.

"뭐, 슈지가 아무 것도 가르쳐주지 않으니까 말이야."

이즈미도 「맞아」 하고 말하면서 맞장구를 쳤다.

그러자 미즈사와는 눈썹을 찌푸리면서 이렇게 말했다.

"그럼…… 우리는 기본적으로 아무 것도 하면 안 될 거야."

이즈미는 그 의견을 듣고 당혹스러운 표정을 지었다.

"어? 이유가 뭐야? 할 수 있는 일이 있다면 하는 편이 낫지 않아?"

이즈미가 그렇게 말하자, 타케이도 고개를 끄덕였다.

"유즈찌의 말이 맞아~! 슈지가 난처한 상황에 처했다면 도와야지!"

"응~. 하지만 말이야."

이번에는 히나미가 약간 머뭇거리는 듯한 미소를 지으며 입을 열었다.

"가정 문제인데다. 슈지도 우리가 끼어들지 않기를 바라는 것 같거든……."

"바로 그게 문제야."

미즈사와도 고개를 끄덕였다.

확실히 그렇기는 했다. 돕고 싶은 마음은 이해하지만, 가족 간의 다툼에 클래스메이트가 끼어들어도 되는 건지는 꽤 미묘한 문제다.

히나미도 분한 듯한 표정을 지으며 고개를 끄덕였다.

"응. 끼어들지 않기를 바라는데 억지로 고개를 들이미는 건 좀 그렇잖아……."

그리고 잠시 동안 침묵이 이어졌다.

나는 지금 히나미가 한 말이 가면을 쓴 히로인으로서 한 말인지, 아니면 합리성의 화신인 NO NAME으로서 한 말인지 알 수 없었다. 하지만 방금 그 말은 본심처럼 느껴졌다. 왜냐면 이것이야말로 히나미가 말했던『권리와 책임』의 문제인 것이다.

『자신의 권리는 자신이 책임을 질 수 있는 범위 안에서만 발생한다.』

즉, 이 상황에서 나카무라의 문제에 멋대로 간섭해서, 어떤 식으로든 행동을 취한 탓에, 좋지 않은 결과가 발생한다면, 그 책임은 그 누구도 질 수 없다. 그리고 책임을 질 수 없다면, 멋대로 간섭해선 안 되는 것이다.

나 개인적으로는 그 태도가 문제에 대한 올바른 대처 방식이라고 생각한다.

이윽고, 이즈미가 입을 열었다.

"그렇, 구나……."

납득한 것 같기도 하지만, 망설이고 있는 것처럼 느껴지기도 하는 말투였다.

"뭐~, 타카히로와 아오이의 말이니 틀림없겠지~!"

타케이는 두 사람의 판단을 신뢰하는 것 같지만, 그래도 왠지 망설이고 있는 것처럼 느껴졌다.

"그러니까, 어떻게 되고 있는지 물어보면서도, 일단 기다려주는 편이 좋을 것 같아."

히나미는 이즈미와 타케이를 달래듯 그렇게 말했다.

"응...... 그래."

이즈미는 풀이 죽은 듯한 반응을 보이면서도 천천히 고개를 끄덕였다. 역시 이즈미는 나카무라를 돕고 싶은 것 같았다. 아마 그것이 이즈미에게 있어서 『하고 싶은 것』이지만, 히나미가 보기에 그것은 옳지 않은 행동이다. 그래서 히나미는 퍼펙트 히로인의 가면을 쓰면서, 이즈미를 완곡하게 말리고 있는 것이다.

그런 두 사람은 명백하게 엇갈리고 있었다.

히나미는 합리적인 행동을 선택한다는 절대적인 지침을 가지고 있다. 극단적이기까지 한 그것은 히나미를 대부분의 방면에서 1위를 하게 한 행동지침이다. 그렇기 때문에 이즈미처럼 아무런 근거 없이 『하고 싶은 것』에 근거한 비합리적인 행동을 말리고 있는 것이다.

하지만, 나는 생각했다.

──나는, 히나미와 다르다.

내 근본적인 행동지침은 단 하나다.

자신이 『인생』이라는 게임을 즐기기 위해, 『하고 싶은 것』에 따르는 것이다.

그렇다면…….

지금 내가 해야 하는 것은 히나미처럼 합리적인 수단을 선택하는 게 아니다.

내가 선택해야 할 행동은 단순히, 지금의 나에게 있어 『하고 싶은 것』이다.

즉, 이 상황에서 내가 인생과 마주하기 위해 생각해야 할 것은 합리성이 아니라, 내가 지금 『하고 싶은 것』이 무엇인지를 우선 찾아봐야만 한다.

"…………."

그래서 나는 마음속에 존재하는 말로 형용할 수 없는 감정을, 살펴보았다.

이 상황에서 내가 우선해야할 마음. 방향성. 하고 싶은 것.

나는 내 마음속을 손으로 더듬어가면서 헤맸고, 눈앞에 있는 제자의 가라앉은 표정을 본 끝에 —— 어떤 결론에 도달했다.

그것은 히나미가 말하는 『합리성』과는 거리가 먼 결론이다.

하지만 나는 그 결론을 관철해야만 한다고 생각했다.

그리고 그것을 달성하기 위해 필요한 것은 아마도, 『분위기의 조종』일 것이다.

나는 마음속으로 작전을 짜고, 신중하게 말을 고른 후, 다른 이들을 향해 입을 열었다.

"나도, 함부로 나카무라의 문제에 개입해서는 안 된다고 생각해."

그렇다. 역시 지금 상황에서 우리가 취해야 할 행동은 바로 기다리는 것이다. 나카무라가 도움을 요청할 때까지 기다리는 것이야말로 이 문제의 합리적인 해결방법이라고 나 또한 생각한다.

그렇기 때문에, 나는 말을 이었다.

"——하지만."

"……하지만?"

재촉하듯 그렇게 말한 사람은 이즈미가 아니라 히나미였다.

나는 내 생각을 정리하듯, 그리고 그것을 실현하기 위해, 말을 이었다.

"확실히 상대가 원하지도 않는데, 멋대로 문제를 해결하려 하는 것은 좋지 않다고 생각해. 하지만 언젠가 나카무라가 도움을 청했을 때에 대비해, 문제를 해결하기 위한 밑준비를 해두는 것은 가능할 거라고 봐."

"……밑준비."

히나미는 납득이 되지 않는다는 톤으로, 그렇게 중얼거렸다.

"어, 그게 대체 무슨 소리야?"

조그마한 희망을 느낀 이즈미는 눈을 반짝이면서 나에게 그렇게 물었다.

나는 이즈미에게, 그리고 히나미에게 내 생각을 설명해주는 느낌으로 입을 열었다.

"나카무라가 원하지 않는다면…… 예를 들어 그를 멋대로 학교로 끌고 오거나, 화해를 할 수 있도록 나카무라의 어머니에게 무슨 말을 하는 것 같은 구체적인 행동을 해선 안 된다고 생각해. 하지만 사태를 악화시키지 않는 범위 내에서 어떤 상황인지 알아보거나, 나카무라를 돕기 위해 필요한 물건을 미리 확보해두는 것 같은 『준비』만을 미리 해두는 것도 나쁘지 않을 거야. 실행은 하지 않더라도, 언젠가 나카무라가 도움을 요청했을 때에 대비해서 말이야."

딱히 유별난 일을 하자는 것은 아니다.

나카무라가 도움을 요청하지 않더라도, 준비는 할 수 있다.

어쩌면 그게 헛수고로 끝날지도 모르지만 말이다.

그렇다. 내가 지금 찾아낸 『하고 싶은 것』은 지극히 단순하다.

『나카무라를 돕기 위해 뭔가를 하고 싶다』고 생각하는 이즈미의 마음을, 존중해주는 것이다.

그것이 내 마음속을 살펴보고 내린 결론이자, 내가 『하고 싶은 것』이었다.

"아하! 그 밑준비가 언젠가 도움이 될지도 모른다는 거구나!"

"그래."

나는 눈을 반짝이며 맞장구를 치는 이즈미를 향해 고개를 끄덕였다.

그리고 나는 히나미를 힐끔 쳐다본 후, 다시 이즈미를 향해 고개를 돌렸다.

"나카무라를 돕는 게 자기가 하고 싶은 것이라면, 최선을 다해서 해야만 한다고 생각하거든."

그것은 이즈미를 향해 한 말이지만, 그와 동시에 히나미를 향한 야유이기도 했다. 하지만 그게 내가 진심에서 우러난 생각이니 어쩔 수 없다.

"맞아! 역시 토모자키는 말이 통한다니깐!"

이즈미는 밝은 목소리로 그렇게 말했다.

"뭐…… 그, 래. 맞아~."

히나미는 약간 망설이는 듯한 표정을 지었지만, 내 말을 부정하지는 않았다. 뭐, 내가 한 말 자체는 그렇게 특출 난 게 아니다. 도움을 청하지 않을 수도 있으니 헛수고가 될지도 모르지만, 지금 할 수 있는 일을 최선을 다해 하자는 것뿐이다. 그러니 이 자리에서 내 말을 전부 부정할 『퍼펙트 히로인 히나미 아오이다운 이유』를 찾을 수 없는 것이리라.

하지만 나는 지금 히나미가 어떤 생각을 하고 있을지 쉬이 상상이 됐다.

나카무라는 우리가 이 일에 끼어드는 것을 거절하고 있다. 그리고 나카무라의 성격을 고려해볼 때, 그가 태도를 바꿀 가능성은 크지 않다.

즉, 지금 단계에서 열심히 밑준비를 해봤자, 전부 부질없어질 가능성이 크다. 그 노력에 대한 결과를 얻을 가능성은 낮다.

그렇다면 그런 상황에서 노력이나 밑준비에 시간을 허비하는 것은 비효율적일 뿐만 아니라 비생산적이며, 현재 취해야 할 행동이 아니다. 그런 일을 할 짬이 있다면, 확실하게 성과를 얻을 수 있는 일에 시간을 할애하는 편이 낫다. 그러니 상황이 확정될 때까지는 관망해야 한다.

또한 나카무라가 자기 자신이 손해를 보는 행동을 선택했다면, 그 선택에 따라 발생한 책임은 나카무라 본인이 져야 하며, 그런 그를 일부러 도와줄 필요는 없다.

히나미는 아마 이런 생각을 하고 있을 것이다.

그리고 나도 게이머이기에 히나미가 하고 싶은 말은 충분히 이해가 됐다. 아니, 동의한다.

하지만 그것보다도, 그러니까 합리성보다도 『하고 싶은 것』을 우선하는 편이 인생이 즐거워진다. 그것이 내 생각이다.

내가 그때 이 녀석 앞에서 했던 『내가 너한테 인생을 즐기는 방법을 가르쳐주겠어』라는 말은, 바로 이런 걸 뜻한다고 생각한다. 그러니 가르쳐주겠어, 히나미. 이게 올바른지는 알 수 없지만, 일단 잘 보라고!

"일단 해보자! 응?!"

이즈미는 순수한 눈길로 다른 이들을 둘러보았다. 사랑에 빠진 여자애의 『돕고 싶다』는 순수한 마음은 아마 이 세상에서 꽤 뒤집기 힘든 『분위기』 중 하나일 거라고 생각한다. 이번에는 그걸 이용하고 있지만, 이 방식으로 이즈미가 『하고 싶은 것』이 존중되는 방향으로 분위기가 바뀐다면, 나쁘지 않다고 생각한다. 이런 면은 히나미의 합리성의 영향을 받은 걸지도 모른다. 중요한 것은 그 목표설정에 거짓이 섞여 있지 않다는 점이리라.

"뭐, 후미야가 이렇게까지 말하면 한 번 해보도록 할까."

미즈사와는 약간 어이없다는 듯이 웃으면서, 나와 이즈미의 의견에 동의했다.

"응! 그러자~!"

이즈미는 그 말을 듣고 환한 표정을 지었다.

그리고 타케이 또한 「뚝돌이 생각에 찬성~」하고 말하며 고개를 끄덕였다.

상황이 이렇게 되면, 아무리 히나미 아오이라도 뒤집을 수 없을 것이다.

나는 씨익 웃으면서 히나미를 쳐다보았다. 그러자 히나미는 나와 시선을 마주하면서 의미심장하게 잠시 흘겨본 후…….

"그래! 일단 해볼 가치는 있을 것 같아!"

퍼펙트 히로인다운 밝은 표정으로 그렇게 말했다. 하아, 연기 하나는 끝내주게 잘한다니깐. 마음속으로는『시간낭비인데……』하고 생각하면서 말이다. 뭐, 그래도 퍼펙트 히로인이니 그런 소리를 할 수는 없을 것이다. 남들 앞에서 쭉 가면을 써온 대가를 톡톡히 치르고 있네.

아무튼 히나미는 나와 이즈미의『하고 싶은 것』때문에 비합리적인 일을 할 수밖에 없게 됐다.

"그럼 할 수 있을 데까지 해볼까."

미즈사와는 최종적으로 의견을 정리했다. 이걸로 전체적인 방침이 결정됐다.

그러자 히나미는 태연한 표정으로「으음, 그럼……」하고 말하며 다른 이들을 둘러보았다.

"그럼 가장 먼저 해야 하는 건 아마——."

그리고 히나미는 앞장서서 진두지휘를 하기 시작했다. 오오, 조금 놀랐지만 그래도 히나미 아오이는 대단했다. 자신이 바라는 대로 상황이 진행되고 있지 않지만, 방침이 정해지자 그 안에서 효율을 높이기 위해 전력을 다하고 있었다. 그 과정에는『하고 싶은 것』같은 비합리적인 기준은 존재하지 않았다. 이렇게 마음을 빨리 정리할 수 있는 면이 이 녀석의 강점이다.

참고로 만약 나중에「왜 그런 제안을 한 거야?」하고 히나미가 묻는다면 「콘노 에리카의 공략을 위해 도움이 될 만한 경험을 할 수 있을 것 같아서」라고 대답할 생각이다. 그러면 그녀도 심각하게 화를 내지는 않을 거라고 생각한다. 일생을 살다 보면 변명이 필요할 때도 있는 법이다.

***

히나미를 중심으로 논의가 시작됐다.

"우선 슈지가 어떤 상황인지 알아봐야 해. 그걸 알려면 슈지에게서 알아내거나, 상황을 악화시키지 않도록 유의하면서 슈지의 어머니한테서 듣는 수밖에 없을 거야."

히나미가 그렇게 말하자, 미즈사와는 깜짝 놀란 표정을 지었다.

"슈지의 어머니한테서 듣는 건 힘들지 않을까? 우리가 일부러 집에 찾아가는 바람에 상황이 악화될 수도 있잖아."

하지만 히나미는 으음~ 하고 낮은 신음을 흘리기는 해도, 난처한 표정을 짓지는 않았다.

"하지만…… 말이야. 수업 때 받은 프린트 같은 게 슈지의 책상 안에 가득 들어 있잖아?"

"응? 그래."

미즈사와는 영문을 모르겠다는 투로 그렇게 말하면서 고개를 끄덕였다.

"그리고 슈지한테서는 일주일 정도는 학교에 안 올 거라는 LINE을 받았지? 그럼 그걸 이유 삼아서, 슈지네 집에 프린트를 가져다주고 싶다고 선생님에게 말할 수 있지 않을까? 일주일이나 학교를 쉰다는데 괜찮은지 집에 한 번 가보는 편이 좋을 것 같다고 둘러대면서 말이야!"

"아…… 그러면 자연스러울 것 같네."

미즈사와는 약간 압도당한 것 같은 표정을 지으면서 맞장구를 쳤다.

"그리고 슈지는 어머니와 싸워서 집에 없을 테니까, 프린트를 가져다주러 갔을 때 자연스럽게 그의 어머니와 잠시 이야기를 나눌 수 있을 거야! 그리고 어머니가 슈지와 다퉜다는 이야기를 하게 유도한다면, 두 사람이 왜 싸웠는지도 알 수 있을 거야! 다 같이 가면 역효과가 날 것 같으니까 대표자 한 명이 가는 게 좋겠지. 뭐, 쉽지는 않을 것 같지만…… 나라면 해낼 수 있어!"

히나미는 그렇게 말하더니, 두 팔의 알통을 과시하는 듯한 포즈를 취했다.

이렇게 듣는 이를 자극하지 않으며 자기 생각을 술술 설명하는 히나미의 수완을 보면서, 나는 솔직하게 말해 놀랐다. 나와 이즈미 때문에『하고 싶은 것』이라는 명목의 비합리적인 일에 휘말렸는데도, 그 비합리적인 일에서 합리성을 찾으면서 최단거리로 문제를 해결하려 하고 있는 것이다.

그러고 보니 나는 이 녀석이 최선을 다해 문제를 해결하려 하는 모습을 본 적이 없다. 히나미는 항상 나에게 시련을 주기만 했을 뿐, 자기 나름의 해결방법 같은 것을 제시한 적이 없다. 이 녀석의 방식 중에 훔쳐둘 만한 게 있다면 훔쳐두자. 뭐, 『관찰』도 이번 과제 중 일부니까 말이다.

하지만 이렇게 보니 정말 압도적이었다. 현재 알고 있는 정보를 조합해서 지금 바로 실행할 수 있는 작전을 순식간에 제안하는 그 모습은 효율과 생산성의 화신인 히나미 아오이답다는 생각이 들었다. 그리고 그 작전이 실패로 돌아가더라도, 미리 준비해둔 차선책을 사용하며 시행착오를 반복할 생각일 것이다.

"뭐, 그러면 알아낼 수 있을지도 몰라……. 그럼 아오이, 부탁해도 되지?"

미즈사와가 또 의견을 정리하려고 한 바로 그때…….

"그 역할, 내가 하면 안 될까?"

머뭇거리는 듯하면서도, 그 안에 결의가 담긴 목소리로 그렇게 말한 사람은 바로 이즈미였다.

"으음……."

히나미는 약간 망설이는 듯한 반응을 보였다. 히나미는 지금 무슨 생각을 하고 있을까. 매끄럽게 이즈미의 의견에 반대할 방법일까. 아니면 이즈미가 그 역할을 맡게 되면서 발생할 성공률 저하에 따른 위험부담을 계산하고 있는 걸

까. 하지만 히나미가 말을 잇기도 전에, 이즈미가 그녀를
설득하려는 것처럼 말을 이어나갔다.

"내가 하고 싶어."
아까보다 강한 의지가 어린 눈동자가 히나미를 향했다.
분위기에 휩쓸려 자기 자신을 억누르는 게 아니라, 자신이
하고 싶은 것을 명확하게 주장하는 그 모습은 이즈미가 지
금까지 보여줬던 모습 중 가장 강렬해 보였다. 즉, 이것이
사랑의 힘인 걸까.
이즈미의 주장은 나카무라를 위해 자신이 나서고 싶다
는 의사 표시일 것이다. 하지만 분명 그것은 합리적인 생
각이 아니다. 나카무라를 구하기 위해 뭐든 하고 싶다! 그
런 순수한 마음을 솔직하게 드러내고 있을 뿐이라고 생각
한다. 그 의지와 『하고 싶은 것』에 대한 파워는 무시해선
안 된다고 생각하지만, 그 안에 근거는 존재하지 않는다.
그러니 그것은 효율적인 문제해결보다 자신이 『하고 싶
은 것』을 우선한다는 의미이며── 바로 『비합리』그 자체
라 할 수 있다.
그리고 그것이 비합리적이기에, 히나미는 당연히 난색
을 표했다.
"으음~, 그게 말이야~."
히나미는 밝은 톤으로 그렇게 말하면서도, 바로 결론을
내놓지 않았다. 비합리적인 상황에 휩쓸렸으나 그 안에서

합리성을 추구하며 최대한 빨리 이 상황에서 탈출하려 하던 히나미를 또 하나의 비합리가 막아선 것이다.

게다가 이즈미의 주장은 비합리적이지만, 나카무라를 향한 마음에서 우러나온 제안이다. 퍼펙트 히로인으로서는 그것을 함부로 할 수는 없기에, 바로 반대할 수 없다. 그러니 아마 히나미는 지금 엄청 난처할 것이다. 꽤 재미있는 걸. 역시 사랑에 빠진 소녀의『분위기』는 강하다.

그리고 잠시 동안 망설인 히나미가 내놓은 결론은…….

"오케이! 그럼 유즈에게 맡길게!"

결국 히나미는 비합리에 삼켜지고 말았다. 뭐, 평소에 퍼펙트 히로인을 연기하고 있는 만큼, 비합리적인 선택을 하는 상황도 적지는 않을 것이다. 하지만 이렇게 구체적으로『문제 해결』에 있어 비합리적인 선택을 하는 것은 히나미 아오이와 완전히 동 떨어진 행동일 것이다.

타케이는 그 말을 듣더니, 놀리는 듯한 어조로 이렇게 말했다.

"유즈찌, 잘 할 수 있겠어~?! 아오이에게 맡기는 편이 낫지 않을까?!"

설마 타케이의 입에서 이렇게 합리적인 말이 나올 거라고 생각도 못한 내가 깜짝 놀라고 있을 때, 이즈미는 엄지를 치켜들면서 윙크를 했다.

"나만 믿어! 나, 눈치 하나는 엄청 좋거든!"

이즈미는 그렇게 말하더니, 나를 쳐다보며 씨익 웃었다.

그, 그건 자학 개그잖아. 그것도 네 고민을 알고 있는 나만 알아들을 수 있는 개그라고. 하지만 이걸 개그로 써먹을 수 있을 만큼 성장한 것은 잘된 일이라고 생각한다. 지금도 자기 의견을 명확하게 내놓고 있는 것이다.

그러고 보니 이즈미는 이 짧은 기간 동안 자기가 하고 싶은 것을 주장할 수 있을 만큼 성장했구나. 사랑을 통해 경이적인 경험치를 얻은 것 같았다. 레벨업 같은 걸로 남과 경쟁하면 안 되겠지만, 그래도 이제부터 정신을 바짝 차려야겠다.

미즈사와는 「좋아. 그렇게 해보자」 하고 말하면서 회의를 끝냈다.

"그럼 일단 선생님한테 이야기부터 하러 가자!"

그리고 히나미의 그 말에 따라, 작전이 결행됐다.

***

그로부터 약 한 시간 후.

선생님에게 허가를 받고, 미즈사와의 안내로 나카무라의 집에 도착한 우리는 그의 어머니와 이야기를 나눈다는 임무를 이즈미에게 맡긴 후, 근처 편의점 앞에서 기다리기로 했다.

그리고 우리가 편의점에 도착한 후로 이미 15분 넘게 지났다.

"왠지, 너무 오래 걸리는 것 같지 않아……?"

히나미가 그렇게 말하자, 타케이는 고개를 끄덕였다.

"대체 무슨 이야기를 하고 있는 걸까~?!"

"어쩌면 집에 있는 슈지와 이야기를 나누고 있는 걸지도 몰라."

미즈사와는 그렇게 말했다.

우리가 추측이 섞인 잡담을 나누면서 10분 정도 더 기다린 후에야, 지칠 대로 지친 듯한 이즈미가 모습을 드러냈다.

"어이~! 유즈찌, 뭐하느라 이렇게 오래 걸린 거야~?!"

타케이가 손을 크게 흔들면서 그렇게 묻자, 이즈미는 가슴 높이로 든 손을 가볍게 흔들면서 대답했다.

"알아냈어……. 그건 그렇고 슈지의 어머니가 슈지에 대한 불평불만을 계속 늘어놓지 뭐야……."

이즈미는 기운 없는 미소를 지으면서 힘없는 목소리로 그렇게 말했다.

"수, 수고했어……."

나는 그런 이즈미에게 위로의 말을 건넸다.

"응……. 고마워."

이즈미는 그렇게 말하면서 히나미의 어깨에 두 손을 얹으며 기댔다. 그러자 히나미는 이즈미의 머리를 쓰다듬어주며 이렇게 말했다.

"유즈 양, 참 잘했어요~."

"어, 어린애 취급하지 마?!"

이즈미는 히나미를 향해 항의하듯 그렇게 외쳤다. 히나미는 약간 끈질기게 놀리듯이 이즈미의 머리를 계속 쓰다듬어줬다. 으음, 이 조합도 나름 눈호강이 되는걸.

그리고 곧 이즈미는 히나미에게서 떨어지더니, 손뼉을 쳤다.

"……그것보다!"

"다툰 이유를 알아낸 거지?"

히나미가 마음을 다잡으면서 묻자, 이즈미는 고개를 끄덕이며 대답했다.

"알아냈다기보다, 상대방이 멋대로 이야기해준 거나 다름없는데……."

이즈미는 쓴웃음을 지었다.

"……뭐였어?"

히나미는 마른 침을 삼키는 듯한 표정을 지으며, 이즈미를 쳐다보았다.

그러자 이즈미는 한숨을 푹 쉬면서 눈썹을 찌푸리더니, 이렇게 말했다.

"어패를 너무 많이 해서 집에서 하지 말라고 했다니, 대판 싸웠대……."

————.

잠시 동안 침묵이 이어진 후…….

미즈사와와 타케이는 땅이 꺼져라 한숨을 내쉬었다.

"나, 타케이보다 멍청한 애가 있다는 걸 처음 알았어⋯⋯."

"어, 어이, 말이 너무 심하잖아~!"

그리고 그 모습을 본 이즈미도 땅이 꺼져라 한숨을 내쉬었다. 아무리 그래도 너무 한심한 이유잖아, 같은 생각을 하고 있는 게 훤히 느껴졌다.

하지만 나는 느낄 수 있었다.

이 공간에 있는 이들 중 약 두 명만은 같은 감정을 공유하고 있다는 사실을 말이다.

내가 히나미를 힐끔 쳐다보니, 그녀 또한 나를 쳐다보고 있었다. 그리고 뭔가를 확인하듯 서로를 쳐다보며 고개를 끄덕인 후, 다시 시선을 뗐다. 역시 내 생각이 맞는 것 같았다.

즉, 나와 히나미는 나카무라와 그의 어머니가 다툰 이유를 듣고 한 생각은 물론──.

『아무리 그래도 어패 금지는 정말 너무하잖아!!』

진심으로 그렇게 생각했지만, 물론 겉으로 드러내지는 않았다.

***

우리는 일단 근처에 있는 패밀리 레스토랑으로 이동했다.

"뭐, 이유가 어찌됐든 간에 이 시기에 학교를 계속 빼먹는 건 좀 그래……."

미즈사와는 사기가 저하된 멤버들의 의욕을 끌어올리려는 것처럼 다시 우리의 목적을 언급했다.

"그, 그래. 맞는 말이야. 그리고 원인이 어찌됐든 간에 부모님과 다툰 건 좋지 않아……."

이즈미도 자기 자신을 격려하려는 것처럼 낮은 목소리로 그렇게 중얼거렸다.

"마, 맞아~."

타케이는 완전히 의기소침했다.

"응. 역시 이건 무슨 수를 써서라도 해결해야만 하는 문제라고 생각해."

"동감이야! 자기가 좋아하는 걸 못하게 되면 정말 괴롭거든!"

그리고 나와 히나미는 아까보다 열의를 불태우고 있었다.

"너희 둘, 왜 그래……?"

그 점을 눈치챈 듯한 미즈사와가 의아한 눈빛으로 쳐다보자, 히나미는 재빨리 화제를 돌렸다.

"그래도 이런 상황이라면 여러모로 방법이 있을 것 같기는 해."

"어?! 그게 뭔데?!"

히나미의 옆에 앉아있던 이즈미는 히나미에게 딱 달라붙으면서 다음 말을 재촉했다.

"아마 슈지의 어머니는 어패를 하면 머리가 나빠진다고 생각하는 거지?"

"아…… 응. 그런 것 같았어!"

"그럼…… 저기, 토모자키 군."

히나미는 갑자기 나에게 말을 걸었다.

"어? 나?"

"응. ……토모자키 군은 기말고사 때 몇 등이었어?"

"어, 기말? ……으음, 한 40등 정도였을 거야."

정확하게는 38등이다. 한 학년이 200명에 약간 못 미치는 이 학교에서 그 정도 등수면 나쁘지 않은 편이라고 생각한다. 공부에 있어서만큼은 그렇게 약캐가 아니다. 그런데 왜 그런 걸 묻는 거지?

"그 정도면 슈지보다 성적이 좋은 거지?"

히나미가 묻자, 미즈사와는 고개를 끄덕였다.

"뭐, 그래. 그 녀석도 나쁜 편은 아니지만, 아마 한 중간 정도일 거야."

히나미는 그 말을 듣고 씨익 웃었다.

"그리고…… 실은 나도 요즘에 어패를 꽤 하거든?"

"그래? 요즘 엄청 유행하네."

미즈사와는 쓴웃음을 지었다. 뭐, NO NAME이 온라인에 모습을 드러낸 건 반 년 전이지만 말이다. 그래도 게이머의 기준으로 본다면 최근이다.

"응. 그러니까 나나 토모자키 군도 어패를 하고 있는 거 잖아? 그리고 우리 둘 다 성적이 나쁜 편이 아냐. 그럼 그 걸—— 슈지의 어머니에게 은근슬쩍 알려주면……."

"……아~."

미즈사와는 허탈한 듯이 웃었다. 나도 히나미가 무슨 말을 하려는 건지 이해했다.

히나미는 밝은 목소리로 이야기를 이어갔다.

"어패를 하면 머리가 나빠진다는 오해는 풀 수 있지 않을까?"

좀 어이없는 이야기이기는 하지만, 잘하면 이 문제를 단번에 해결할 수 있는 방법이기도 했다. 어패를 하는 그 두 사람은 공부를 잘한다고요~ 하고 가르쳐주는 것은 꽤 괜찮은 수 같았다.

미즈사와는 약간 어이없어하면서도, 진지한 표정을 지으며 턱을 매만졌다.

"뭐, 나쁘지 않은 생각이야……. 요시코라면 「전교 1등도 어패를 한다」 같은 말이 꽤 먹힐 것 같거든."

"……그래."

나는 고개를 끄덕였다. 선입관일지도 모르지만, 자식의 학업에 지나치게 열성적인 어머니들은 『반에서 머리가 좋은 누구누구가 한다!』 같은 정보에 그대로 걸려들 것 같은 느낌이 들었다.

게다가 나만 어패를 한다면 등수도 좀 어중간해서 효과적이지 않을지도 모르지만, 전교 1등인 『히나미 아오이』 또한 어패를 하고 있는 것이다. 그 사실이 지닌 설득력은 그야말로 어마어마했다. 어쩌면 어패를 하는 게 두뇌 체조가 된다고 여기게 될 가능성이 있다. 게다가 이것은 노력에 기반을 두며 정면 돌파를 하는 방식이니, 히나미 아오이다운 느낌이기도 했다.

미즈사와는 고개를 몇 번 끄덕였다.

"그럼 이 점을 아오이가 슈지의 부모님에게 잘 전달하면 되겠네. ……하지만 1학기 성적을 지금 이야기하는 건 좀 부자연스럽겠지만, 아오이라면 해낼 수 있지?"

히나미는 그 말을 듣고 약간 고민한 후, 입을 열었다. 그전에 히나미의 입술 가장자리가 살짝 말려 올라간 것처럼 보였는데, 내가 잘못 본 것일까. 나는 왠지 긴장됐다.

"으음, 글쎄……. 이미 2학기니까 1학기 성적을 화제로 삼는 것도 미묘할 것 같은데…… 차라리 다른 게 자연스러울지도 몰라."

"다른 것?"

미즈사와가 되묻자, 히나미는 약간 고민을 했다. 그리고 어찌된 영문인지 나를 쳐다보며 이렇게 말했다.

"모레, 수학 쪽지 시험을 치잖아?"

"뭐? 그, 그렇기는 한데……."

내가 불길한 예감을 느끼면서 그렇게 대답하자, 히나미

는 씨익 웃었다.

"그럼 오늘처럼 프린트를 전달해주러 슈지네 집에 왔을 때…… 겸사겸사 나와 토모자키 군이 90점 이상 받은 답 안지도 가져다주는 거야!"

"뭐, 어어?!"

히나미가 자신의 가학성을 유감없이 발휘하자, 나는 당황했다. 잠깐만 있어봐. 90점?

"어, 나는 수학은 잘 못하는데……."

히나미는 그 말을 듣고 입가에 부드러운 미소를 머금었지만, 그녀의 눈가는 사디스틱하게 웃고 있었다.

"응. 하지만 슈지를 돕기 위한 거니까, 열심히 해봐."

"아, 알았어……."

내가 아까 히나미를 회유하기 위해 사용한 『나카무라를 위해서』라는 논리로 도리어 설득을 당한 나는 고개를 끄덕일 수밖에 없었다. 완벽한 카운터다. 아까 전에 당한 걸 복수하려는 속셈으로 이런 소리를 한 게 틀림없다.

"저, 저기!"

바로 그때, 이즈미가 각오를 다진 것처럼 약간 말을 더듬거리며 입을 열었다. 고개를 돌려보니, 그녀는 머뭇거리면서 손을 살며시 들어 올리고 있었다. 히나미도 그런 이즈미를 쳐다보더니, 눈을 깜빡거리며 입을 열었다.

"어? 유즈?"

이즈미는 히나미를 올려다보며, 이렇게 말했다.

"나도 요즘, 어패를 하는데, 말이야."

"으음, 그래?"

히나미는 약간 당황하면서 입을 열었다. 이즈미는 그런 히나미를 쳐다보며 힘차게 고개를 끄덕였다.

"나, 토모자키한테서 슬슬 슈지의 연습 상대가 될 수 있을 거라는 말을 들었으니까, 꽤 잘 하는 편일 거라고 생각해!"

"그, 그래?"

히나미는 고개를 약간 갸웃거리면서 맞장구를 쳤다. 그녀의 목소리를 들어보니, 석연치 않은 듯한 느낌이 어려 있었다.

그리고 이즈미의 시선에 있던 약간의 망설임이 단호한 결의로 바뀌더니, 히나미의 눈을 똑바로 쳐다보았다.

"──그러니까 나도 모레 쪽지 시험을 잘 치면, 효과가 있을까?"

그렇게 말한 이즈미는 진지한 표정을 지으며 히나미의 대답을 기다렸다. 그것 또한 이즈미가 『하고 싶은 것』이리라.

히나미는 나를 힐끔 쳐다보았다. 이즈미의 어패 실력이 늘었다는 걸 확인하고 싶은 걸까. 아니면 나와 히나미만으로 충분하다고 생각하니 이즈미까지 노력할 필요는 없다고 생각하는 걸지도 모른다. 그게 의미 없는 노력이라 생각한다면 히나미는 그 비합리적인 제안을 추천하지 않을 것이다. 뭐, 다른 사람도 아니고 『히나미 아오이』인데,

나까지 덤으로 끼어 있으니 설득력은 충분하리라. 이 녀석이라면 그것만으로도 충분히 설득할 수 있을 것이다.

즉, 히나미의 논리에 따라 생각해 본다면, 이즈미가 이 상황에서 무리를 해가면서 노력할 필요는 없는 것이다.

그렇기에 나는 히나미에게 이렇게 말했다.

"이즈미는 요즘 어패 연습을 엄청 열심히 하고 있긴 해. 내가 보장할게. 그러니까 분명 도움이 될 거야."

내가 그렇게 말하자, 히나미는 나를 쳐다보며 미간을 한순간 찌푸리더니, 곧 환한 미소를 지었다. 뭐, 히나미도 생각이 있겠지만, 나는 『좋아하는 사람을 돕기 위해 뭐든 하고 싶다』고 생각하는 이즈미의 마음, 즉 이즈미가 『하고 싶은 것』을 존중하기로 이미 결심했다. 그러니 히나미의 합리성은 잠시 쉬어달라고 부탁하기로 했다. 『하고 싶은 것』을 관철하려 하는 이즈미의 마음은 충분히 이해가 되니까 말이다.

"……그렇구나!"

히나미는 손뼉을 치면서 그렇게 말했다. 그녀의 목소리는 밝았지만, 아마 마음속으로는 『흐음, 감히 이딴 짓을 벌여?』하고 생각하고 있을 것이다. 후환이 두려운걸.

"그럼 우리 셋이서 수학 쪽지시험에서 90점 이상 받자! 그리고 그 시험의 프린트를 가져다줄 때, 슈지의 어머니에게 우리가 점수를 잘 받았다는 걸 은근슬쩍 알려주는 거야! 어때?"

"응!"

"……알았어."

이즈미와 나는 고개를 끄덕였다. 그리고 미즈사와와 타케이 또한 가볍게 고개를 끄덕였다. 그 모습을 본 히나미는 좋아! 하고 말하며 웃었다. 이 녀석, 전혀 납득하지 않았는데도 저렇게 밝은 미소를 지을 수 있구나.

"그럼 슈지가 우리가 이러기를 바라는지 확인하기만 하면 되겠네."

"뭐, 그래."

미즈사와는 쓴웃음을 지었다.

이 방식이라면 상황이 악화되지 않겠지만, 멋대로 나카무라의 어머니를 만나서 자초지종을 들은 데다, 그의 허락 없이 쪽지시험 종이를 가지고 가서 「어패를 해도 머리가 나빠지지는 않아요, 어머님!」 같은 연설을 늘어놓았다는 사실을 알면 나카무라가 기분나빠할 것이다.

그럼 누군가가 우선 나카무라를 설득할 필요가 있겠지만——.

"그럼 이제 슈지를 어떻게 설득할 건지가 문제네. 어떤 방법으로 슈지를 설득……."

"내가 설득해볼게."

이즈미는 또 결의에 찬 어조로 그렇게 말했다.

"으음, 알았어. 이즈미에게 맡길게!"

히나미는 이미 이렇게 될 거라는 걸 예상한 건지 딱히

별다른 반응을 보이지 않으면서 이즈미에게 바통을 넘겼다. 이즈미는 드디어 히나미가 한 수 접어줄 정도로 마음이 강해졌구나. 사랑의 힘은 퍼펙트 히로인보다 강했다.

뭐, 그래도 이 역할은 이즈미가 적임일 것 같은 느낌도 들었다. 두 사람은 서로를 좋아하고 있으니까 말이다.

"하지만~! 슈지가 안 만나줄 것 같은데~?"

타케이가 그렇게 말하자, 이즈미는 자신만만한 어조로 흐흥 하고 웃었다.

"나, 이번 주말에 만나기로 약속했거든! 아무리 슈지라도 이제 와서 약속을 취소하지는 않을 거야!"

이즈미는 단호한 어조로 그렇게 말했다. 그러고 보니 두 사람은 9월 둘째 주에 데이트를 하기로 했었다. 하지만 그 직후, 이즈미는 약간 자신 없는 목소리로 이렇게 말했다.

"……그러지는 않을 거라고 생각해."

"자신이 없나 보네."

나는 다른 사람들의 웃음을 유도하기 위해, 약간 놀리는 듯한 어조로 딴죽을 날렸다. 나카무라와 미즈사와가 썼던, 남에게 보여주기 위해 놀리는 스킬을 사용한 것이다. 그러자, 미즈사와는 크크큭 하고 웃었다.

"뭐, 바람맞히지는 않을 거야."

그렇게 말한 미즈사와는 이즈미를 놀리려는 것처럼 덧붙여 말했다.

"……아마도 말이야."

"저기! 히로야말로 자신감을 가져!"

이즈미가 그런 리액션을 보이자, 다들 웃음을 터뜨렸다. 으음, 이렇게 연이어 접하니, 나는 아직 미즈사와에게 기술적인 면에서 미치지 못한다는 걸 실감할 수 있었다. 앞으로 힘내야지.

히나미는 턱에 손을 대면서 이즈미를 쳐다보았다.

"으음, 그래도 쪽지시험은 목요일에 치잖아? 공부를 시작하기 전에 슈지에게 연락을 해서 확인해보는 편이 좋지 않아?"

히나미의 말은 나카무라가 허락하지 않는다면, 고생해서 수학 쪽지 시험에서 90점을 받더라도 설득에 써먹지 못할 수도 있다── 즉, 노력이 수포로 돌아갈지도 모른다는 말이다.

하지만 걱정할 필요는 없다. 이즈미가 뭐라고 대답할지 충분히 예상되니까 말이다.

"응. 헛수고를 한 게 될지도 모르지만, 할 수 있는 일이 있다면 전부 해두고 싶어."

"……그렇구나."

이즈미는 그게 『헛수고』가 될지 모르더라도, 나카무라를 돕고 싶다는 마음을 우선할 테니까 말이다. 히나미, 어때? 이게 『하고 싶은 것』을 위해 최선을 다하는 삶이라는 거야.

그렇게 얼추 결론이 나자, 히나미는 이번 일에 대해 정리하기 시작했다.

"그럼 뒷일은 슈지에게 달렸네! 유즈가 슈지를 성공적으로 설득한다면, 우리가 짠 작전으로 그의 어머니를 설득해서 이 일을 해결하는 거야. 만약 실패한다면…… 그때 가서 다시 생각해보자!"

"알았어!"

이즈미가 환한 미소를 지으며 고개를 끄덕이면서, 작전 회의는 종료됐다.

***

그날 밤. 내 방 책상 앞.

나는 수학 공부를 하면서, 오늘 있었던 일에 대해 생각했다.

히나미의 지극히 합리적인 문제 해결법에는 놀라고 말았다. 하지만 그것보다 인상적이었던 것은『하고 싶은 것』에 최선을 다해 임하는 이즈미의 태도였다.

이즈미가 그런 행동을 한 이유는 알고 있다. 나카무라를 『돕고 싶다』는 마음 때문이다. 그것은 이즈미 특유의 심정인 것 같지만, 내가 지금까지 봐왔던 것들과 공통되는 점이 있는 것처럼 느껴졌다.

분명 그것은 이즈미만이 아니라──.

바로 그때, 카페에서 키쿠치 양이 했던 말과 이즈미가 그런 행동을 한 이유가 연결됐다.

"그렇다면……."

나는 어떤 사실을 눈치챘다.

그것은 『얕보이고 싶지 않다』는 말과는 다른 단서지만, 이 가설이 옳다면 콘노 에리카를 공략하기 위한 또 하나의 거대한 무기가 될 것 같은 예감이 들었다.

그렇다면, 이쪽 방향으로 생각해봐야 하는 걸까.

그래도 아직 충분하지 않다. 방금 내가 눈치챈 사실은 콘노가 지닌 또 하나의 약점을 찌를 수 있을 것이다. 하지만 한 방에 콘노를 해치울 수 있을 만큼 강력한 화살은 아닌 것이다.

그렇다면 그 화살을 강화해야 할까. 아니면…….

내가 그런 생각을 하는 사이, 밤은 깊어만 갔다.

＊＊＊

다음날 방과 후.

오늘은 방과 후 회의 대신, 다른 모임을 가지기로 했다.

그것은 바로── 히나미의 주도 하에서 이뤄지는, 나와 이즈미의 수학 스터디 모임이다.

"아~, 그래. 거기에 대입하면…… 이해했지?"

"그렇구나."

역시 히나미는 가르치는 것도 잘했다. 내가 어느 부분에서 막힌 건지 재빨리 눈치채더니, 그 벽을 넘을 키워드를 바로 알려줬다. 게다가 정답을 바로 가르쳐주는 게 아니라, 내가 직접 풀어서 납득할 수 있도록 꼭 필요한 부분만 적절히 가르쳐주고 있기에, 머릿속에 명확하게 남았다. 이 녀석은 뛰어난 가정교사가 될 것 같아. 미인이기도 하니까 말이야.

으음, 이렇게 완벽하게 가르쳐준다면 누구든 성적이 쑥쑥 늘 것 같다——고 생각했지만, 예외가 한 명 존재했다.

"으, 으음. ……이 X에 말이지?"

이즈미는 머리에서 김이 피어날 것 같은 표정을 짓고 있었다.

"그, 그래. 그럼 아까 전의 공식2를 이용하면 더…….."

"고, 공식2 말이구나! 으음. ……이, 이게, 어떤 의미야?"

"저, 저기, 이건……."

"으…… 미, 미안해."

예상 이상으로 고전 중인 이즈미는 점점 풀이 죽더니, 결국 사과를 했다. 그와 동시에 분위기가 점점 가라앉았다.

히나미는 그런 이즈미를 향해 놀리듯이 웃으면서 이렇게 말했다.

"유즈는…… 용케도 우리 고등학교에 합격했네."

"시, 시끄러워~!"

그리고 두 사람은 웃음을 터뜨렸다. 분위기가 부드러워지는 게 느껴졌다.

오오, 별것 아닌 대화지만, 좀 대단하다는 느낌이 들

었다.

방금 히나미는 자신의 가르침을 제대로 받아들이지 못해서 미안해하는 이즈미에게 「아냐, 괜찮아」 하고 위로하는 게 아니라, 거꾸로 가볍게 놀려서 분위기를 완화시키는 상급 스킬을 썼다.

하지만 그편이 『개의치 않는다』는 느낌이 확연하게 느껴졌다. 괜찮아! 같은 말을 하면서 여유가 있는 척 하면 분위기가 더 가라앉을 것 같으니, 오히려 이편이 좋은 결과를 낼 수 있을 것 같았다. 하지만 지금의 나에게는 너무 고급 스킬이라 흉내 내는 건 무리일 것 같았다. 저건 톤과 표정을 완벽하게 다룰 수 있게 되어야 쓸 수 있는 기술일 것이다. 내가 썼다간 도리어 상대방의 마음에 심각한 대미지를 입힐 것 같았다.

이즈미는 양손으로 깍지를 끼더니 기지개를 켜면서 입을 열었다.

"나, 운 좋게 호쿠신 테스트의 성적이 좋아서 확약(確約)으로 이 학교에 들어왔거든……. 게다가 여기 말고 다른 데는 원서도 안 넣었어."

"아, 그랬구나."

나는 그 대화를 옆에서 들으면서 생각했다. 사이타마의 수수께끼 시스템, 『확약』으로 들어온 거냐.

『확약』이란 1년에 몇 번씩 정기적으로 열리는 『호쿠신 테스트』라는 각 지역 중학생들의 일제 학력 고사에서 뛰어난 성적을 내면, 고교 수험의 합격이 확정되는 특수 시스템이다.

두 번만 성적을 잘 받아서 그 평균이 각 학교의 규정 표준 점수를 넘는다면 합격이 약속된다, 같은 시스템이다. 참고로 딱 한 학교에만 원서를 넣는다면 그 표준 점수가 더 내려가니, 이즈미는 운 좋게 호쿠신 테스트에서 좋은 성적을 두 번 받고, 원서를 한 군데만 넣는다는 합체기로 이 고등학교에 들어온 것이다. 이것이야말로 사이타마의 어둠이다.

"응……. 하지만 그래도 이해가 되기 시작했어! 역시 아오이 선생님은 대단해!"

히나미는 그 말을 듣고 표정을 굳혔다.

"으음~, 그래도 나는 슬슬 부활동을 하러 가야 하거든. 유즈도 그렇지 않아?"

"아! 맞아! 슬슬 가봐야겠네!"

이즈미는 그렇게 말하면서 가방을 열더니, 부활동을 하러 갈 준비를 시작했다.

"그럼 이제 각자 자습을 해야겠네."

히나미는 그렇게 말하면서 노트를 정리하더니, 이미 준비해둔 짐을 어깨에 짊어졌다. 역시 준비성 하나는 좋은 녀석이다.

"으, 응……."

이즈미는 약간 불안한 표정을 지으며 공책을 덮더니, 가방에 집어넣었다.

하지만 지금 반응을 보니, 이즈미가 이제부터 혼자 공부해서 내일 90점을 받는 것은 어려워 보였다. 뭐, 히나미는 자신과 내가 90점 이상 받으면 충분할 테니, 이즈미까지 목표 점수를 받을 필요는 없다고 생각하고 있을 것이다. 그러니 괜히 노력할 필요는 없다고 여기는 것이리라. 확실히 문제 해결만 중시한다면 그녀의 생각이 옳다.

하지만 내가 가장 피해야만 하는 건 이즈미가 『하고 싶은 것』이 달성되지 않는 상황, 그러니까 이즈미가 목표 점수를 받지 못하는 상황이라는 느낌이 들었다. 딱히 근거가 없는 생각이기는 하지만, 그런 막연한 직감과 감정 같은 것이 내 마음속에 존재했다.

그렇기에──.

"저기, 히나미."

"……응? 왜?"

히나미는 대답을 하기 전에 약간 뜸을 들이면서 나를 쳐다보았다. 어쩌면 불길한 예감이 든 걸지도 모른다. 그렇다면 네 감은 정확하다고, NO NAME.

나는 웃음을 참으며 난처한 표정을 지은 후, 이런 제안을 했다.

"아직 잘 이해가 안 되는 부분이 있어서 그러는데, 부활동이 끝난 후에 조금만 가르쳐주면 안 될까? 패밀리 레스토랑 같은데서 말이야."

"……으음, 내 부활동은 꽤 늦은 시간에 끝나거든?"

히나미는 약간 머뭇거리면서 그렇게 말했다.

"그럼 나는 도서실에서 공부를 하면서 네 부활동이 끝날 때까지 기다릴게."

"아, 그럴래?"

히나미는 약간 미심쩍은 표정을 지으며 그렇게 말했다. 그리고 내 제안의 핵심은 바로 지금부터 시작되는 것이다.

"이즈미도 불안하면 같이 공부할래?"

이즈미는 그 말을 듣고 눈을 반짝였다.

"아오이만 괜찮다면, 그렇게 해주면 엄청 도움이 될 것 같아!"

이즈미의 눈은 엄청 반짝이고 있었다. 히나미를 진심으로 의지하게 있다는 게 느껴질 정도로 말이다.

그리고 이즈미가 이렇게 나온다면 거절하는 것은 거의 불가능에 가깝다는 것은 어제 몇 번이나 확인했다.

"……응. 그럼 다 같이 공부하자!"

히나미는 빙긋 웃으면서 우리 제안을 받아들였다. 마음속으로는 엄청 투덜대고 있을 것 같았다. 그래도 이것으로 이즈미가 목표 점수에 도달할 가능성이 높아졌다.

아무튼, 무적 상태인 이즈미의 힘을 빌려 또 히나미를 설득한 나는 한동안 도서실에서 자습을 한 후, 방과 후에 하굣길에 있는 패밀리 레스토랑에서 히나미에게 귀에 쏙쏙 들어오는 과외 수업을 받고 집으로 돌아갔다.

자아, 내가 할 수 있는 일은 전부 다했다. 이제 내일 쪽지 시험을 치르기만 하면 된다.

그건 그렇고, 역시 자기가 『하고 싶은 것』에 따라 행동하는 것은 즐겁고, 주위 경치가 반짝이는 것처럼 보이는걸. 아마 이건 단순한 기분 탓은 아닐 것이다.

**

그리고 테스트 당일. 수학 시간 직전의 쉬는 시간.

이즈미는 긴장할 대로 긴장했다.

눈 밑에는 다크서클이 생긴데다, 졸음을 쫓으려는 건지 손에 쥔 캔에 든 블랙커피를 홀짝홀짝 마시고 있었다. 마실 때마다 눈썹을 찌푸리는 걸 보면, 블랙커피를 못 마시면서 무리해서 산 것 같았다.

"으…… 해, 해낼 수 있을까……."

이즈미는 강아지처럼 부들부들 떨면서 어제부터 공부할 때 쓴 공책을 몇 번이나 훑어보고 있었다.

"괜찮아! 그렇게 열심히 했잖아!"

"그, 그래. 실은 나도 불안해……."

"저기, 토모자키 군? 유즈를 격려해주지는 못할망정 불안하게 만들지 마."

"뭐? 아. 그, 그래……. 응. 이즈미라면 해낼 수 있어."

"저기, 설득력이 바닥이거든?!"

"아무튼 유즈는 어제 내가 마지막에 가르쳐줬던 출제 예상 부분을 훑어보는 게 어때?"

"응! 그, 그럴게!"

"아, 알았어!"

"토모자키 군한테 한 말이 아닌데……."

그런 이야기를 나누며 나와 이즈미가 공책을 다시 훑어 보는 사이, 이윽고 쉬는 시간이 끝났다.

그리고 수업이 시작되자마자, 수학 선생님이 용지를 나 눠주면서 시험이 시작됐다.

숫자가 즐비하게 적힌 문제지를 본 나는 평소보다 약간 긴장한 채 문제를 풀기 시작했다.

예전의 쪽지시험에 비해 난이도가 조금 올라간 것 같 았다. 하지만 히나미의 가르침 덕분에 나는 모든 문제를 다 풀 수 있었다. 히나미가 가르쳐준 출제 예상 부분도 몇 개나 맞아 들어갔다. 으음, 수학은 자신이 없지만, 이번에 는 점수가 꽤 잘 나올 것 같았다.

시험 종료 시각이 되자, 선생님은 문제지를 회수해서 훑 어보았다.

나는 그 틈에 이즈미에게 작은 목소리로 말을 걸었다.

"……어땠어?"

이즈미는 내 말을 듣더니 입을 꾹 다문 채 고개를 끄덕 인 후…….

"자신이 없지도 않은 것 같아. 응. 모르겠어."

단호한 어조로 그렇게 말했다. 대체 무슨 소리를 하는 거야?

"으음…… 그럼 일단 결과가 나올 때까지 기다려볼 수밖에 없겠네."

"응. 맞아. 응."

"……그래."

평소 잘 쓰지 않던 머리를 썼기 때문인지, 아니면 결과에 대한 불안 때문인지는 모르겠지만, 머릿속이 굳어버린 듯한 이즈미는 일단 가만히 두기로 했다. 그리고 나는 다시 수업에 집중했다.

하지만…… 턱걸이라도 좋으니까 이즈미가 목표를 달성했으면 좋겠네.

***

그리고 다음날.

나는 고개를 푹 숙이고 있었다.

"축하해, 유즈! 역시 내 제자야!"

"고마워! 전부 아오이 덕분이야~!"

이즈미는 히나미를 꼭 끌어안았고, 히나미는 그런 이즈미의 머리를 쓰다듬어주고 있었다. 오늘은 이즈미도 「나는 애가 아냐!」 같은 소리를 하며 그 손길을 거부하지 않았다.

수학 시험용지를 돌려받은 후, 우리는 미즈사와와 타케이까지 포함해 다섯 명이 모여서 시험 결과를 확인했다. 뭐, 나와 이즈미는 옆자리라서 수학 수업 도중에 서로의 점수를 확인했지만 말이다.

그리고, 시험의 결과는——.

히나미, 100점.

이즈미, 90점.

나, 85점.

즉, 나 이외의 두 사람이 목표를 달성한다는 형태로 이 작전은 막을 내렸다. 뭐가 『턱걸이라도 좋으니까 이즈미가 목표를 달성했으면 좋겠네』야. 나야말로 목표를 달성하지 못했잖아.

"뚝돌이, 힘내!"

"후미야……. 뭐, 나쁜 점수는 아니지만……."

"시, 시끄러워! 나, 수학은 못한다고 말했었잖아!"

나는 반쯤 자포자기한 심정으로 그렇게 외쳤다. 그러자 다른 네 사람이 아하하 하고 웃었다. 오, 반응이 괜찮은걸. 반복 연습 덕분에 점점 스킬의 효과 범위가 상승하고 있는 걸까. 이대로 가서 반 전체에 영향을 줄 수 있게 된다면 꽤 강력한 스킬이 될 것 같다.

히나미는 기뻐하는 듯한 어조로 입을 열었다.

"그래도 나와 유즈는 90점 이상이고, 토모자키 군도…… 목표보다는 조금 낮지만 점수를 잘 받았잖아. 이 정도면 설득이 가능할 거야!"

나는 설득을 위한 재료가 갖춰졌기 때문에 히나미가 기뻐하는 것이 아니라, 그저 나만 낮은 점수를 받은 것을 가학적으로 기뻐하고 있는 거라고 확신했다. 그래도 나는 이즈미를 쳐다보며 고개를 끄덕였다.

"그럼…… 남은 건 나카무라에게 이 작전을 알리는 것뿐이네."

"응. 맞아~!"

이즈미는 해방감으로 가득 찬 듯한 표정으로 나를 쳐다보며 고개를 끄덕였다.

하지만 진짜 대단한걸. 그렇게 수학을 못했는데, 남을 돕고 싶다는 마음만으로 이렇게까지 노력했잖아. 이 정도면 이즈미 특유의 재능이라는 생각이 들었다. 뭐, 가장 점수가 낮은 내가 할 소리는 아니지만 말이다.

히나미는 이즈미의 등을 탁 때리면서 이렇게 말했다.

"그럼 슈지 설득도 잘 부탁해! 유즈!"

"응! 나만 믿어!"

그렇게 말하면서 가슴을 두드린 이즈미는 예전보다 믿음직해 보였다. 나는 그런 이즈미가 강캐의 계단을 한 칸 더 올라간 것 같은 느낌이 들었다. 그리고 이즈미가 두드린 부분이 출렁거린 것 같은 느낌이 들었다. 나, 진짜로 무슨 소리를 하고 있는 거지.

***

다음 주 월요일. 히나미와 회의를 마치고 교실에 가보

니, 히나미를 비롯한 나카무라 문제 회의 멤버가 교실 창가 뒤편에 모여서 이야기를 나누고 있었다. 주말에 나카무라와 만나기로 했던 이즈미가 어떻게 됐는지 듣고 있는 것 같았다.

"뚝돌이, 왜 이렇게 늦게 등교한 거야~!"

"아, 미, 미안해."

실은 일찌감치 등교해서 제2피복실에 들렀고, 히나미가 먼저 교실로 가기로 한 바람에 이렇게 된 건데…… 좀 불합리하다는 생각이 들지 않는 것도 아니지만, 그래도 그냥 솔직히 사과하기로 했다.

"슈지한테 제대로 전했어! 엄청 열심히 공부해서 90점을 받았다고 말했더니 「바보 아냐?」 하고 말하면서 어이없어 하더라니깐! 90점 받으면 바보가 아니지?"

"아, 그런 의미에서 한 말이 아닐걸?"

내가 바로 딴죽을 날리자, 이즈미는 환한 미소를 지었다.

"그래도 허락을 받았어. 멋대로 하래! 그러니까 오늘 슈지네 집에 가서 작전을 실행하려고 다 같이 회의 중이야!"

"오오, 그렇게 됐구나!"

"응!"

나카무라의 「멋대로 해」라는 말은 『허락』을 뜻하는 걸까. 리얼충 단어는 어렵다고 생각하면서도 나는 그 좋은 소식을 듣고 솔직하게 기뻐했다.

그리고 나는 기뻐하는 이즈미를 보며 신경 쓰이는 일이

하나 더 있다는 걸 떠올렸다.

"그런데…… 데이트 자체는 성공한 거야?"

내가 직설적으로 묻자…….

"데이트 아니거든?!"

이즈미는 그렇게 말하면서 얼굴을 새빨갛게 붉혔다. 역시 이즈미에게 있어 사랑 이야기는 약점인 것 같았다. 뭐, 누구나 다 마찬가지일지도 모른다.

"실은 나도 좀 신경 쓰였어~! 유즈찌, 어떻게 됐어~?!"

"아, 아니, 그게……."

이즈미가 말끝을 흐린 순간── 투박한 손이 그녀의 머리를 움켜잡았다. 그 탓에 갈색으로 염색한 아름다운 머리카락이 흐트러졌다.

"여어."

고개를 돌려보니, 이즈미의 머리를 움켜잡은 이는 바로 나카무라였다. 나, 나카무라?! 나는 무심코 그를 뚫어져라 쳐다보았다. 마, 맙소사.

우리 모두의 시선이 나카무라에게 향한 가운데, 그는 이즈미의 머리에서 손을 뗐다. 참고로 타케이는 어찌된 영문인지 울먹거리고 있었다.

"……슈지~~~!!"

그리고 타케이가 나카무라의 어깨를 양손으로 잡고 흔들자, 그의 머리가 흔들렸다. 나카무라는 엄청 언짢은 표정을 지은 채 그냥 당하고 있었다.

"…………. 어이, 이제 그만하라고."

나카무라는 그렇게 말하며 타케이를 가볍게 툭 때렸다. 그러자 타케이는 「아얏!」 하고 외치면서도 만면에 미소를 지었다. 정말 기뻐 보였다.

그래도 나카무라가 드디어 학교에 왔구나.

즉, 히나미가 작전을 실행하기도 전에 문제가 해결된 것이다.

"여어. 일주일 만이지?"

미즈사와가 씨익 웃으면서 나카무라를 쳐다보았다.

"너희 말이야. 학교 좀 빼먹었다고 너무 난리법석을 떠는 거 아냐? 요시코를 설득하려고 엄청 공부했다며? 진짜 영문을 모르겠네."

나카무라는 대충 머리를 긁적이면서 그렇게 말했다.

"너무하네~. 다들 슈지를 위해 열심히 했는데 말이야~."

히나미는 놀리듯이 나카무라를 팔꿈치로 툭툭 찔렀다. 역시 히나미는 나카무라를 자연스럽게 놀릴 수 있는 몇 안 되는 사람 중 한 명이다. 나도 과제 때문에 나카무라를 몇 번 놀리기는 했지만, 이렇게 자연스럽게 놀리는 건 무리다.

"예~, 참 감사합니다. 그래도 너라면 그 정도는 식은 죽 먹기 아냐?"

"에이, 뭘 모르네. 나는 시험공부를 열심히 한 쪽이 아니라, 열심히 가르친 쪽이야."

"알았다, 알았어. 부탁도 안 했는데, 열심히 해줘서 참

고맙습니다.”

나카무라는 고마워하면서도 비꼬는 말을 건네는 것을 잊지 않았다. 감사의 뜻을 표시하면서도 자신을 지나치게 낮추지 않는 건가. 음, 한 수 배웠는걸.

한편, 옆에 있던 이즈미는 나카무라를 힐끔힐끔 쳐다보고 있었다.

“……좋은 아침.”

그리고 이 집단 안에서 단 한 명만을 향한, 귀여운 숨결이 어려 있는 그 조그마한 말은, 얼굴을 붉힌 채 올려다보고 있는 눈길과 함께 나카무라에게 향했다.

“……응.”

그것은 나카무라에게도 먹혔는지, 그는 약간 부끄러워하면서 고개를 돌렸다. 아침 인사만으로 이렇게 염장을 질러대다니, 대체 너희는 얼마나 커뮤니케이션 능력이 뛰어난 거야? 그래도 저 둔감한 나카무라도 이즈미가 며칠 동안 얼마나 최선을 다했는지 알고 있는 것 같았다. 그러니 부끄러워하는 것도 당연했다.

하지만 나카무라는 다시 표정을 굳히더니…….

“너, 진짜 참견쟁이구나. 뭐가 「쪽지시험에서 90점 받았어~」냐고.”

나카무라는 이즈미를 향해 그렇게 놀리듯이 말했다. 진짜 솔직하지 못하다니깐.

“뭐?! 남에게 걱정 잔뜩 끼쳐놓고 그런 소리 할 거야?!”

"너, 항상 낙제점만 겨우 면했잖아. 그런 녀석이 괜히 열 내지 말라고."

나카무라는 퉁명한 어조로 그렇게 말했다. 하지만 이즈미를 쳐다보는 그 눈빛에는 나카무라답지 않게 상냥함이 어려 있는 것처럼 보였다.

"진짜 너무하네! 따지고 보면 슈지 때문에 이렇게 된 거잖아!"

"그래그래. 뭐, 앞으로는 학교도 안 빼먹을 거니까, 이제 이상한 짓 안 해도 돼."

나카무라는 이즈미의 이마를 손가락으로 때리면서 가벼운 어조로 그렇게 말했다.

"아얏! 정말~!"

이즈미는 항의를 하듯 그렇게 외쳤지만, 나카무라는 이미 미즈사와를 향해 고개를 돌리면서 다른 이야기를 시작했다. 이즈미는 뒤돌아선 나카무라의 등을 화난 듯이, 그리고 왠지 안심한 듯이, 응시하고 있었다.

——나는 그 광경을 보면서 어떤 사실을 눈치챘다.

나카무라가 다시 학교에 온 것은 히나미의 합리적인 작전이 성공했기 때문이 아니다.

이즈미가 한결같이 노력했기 때문에, 그리고 『나카무라를 돕고 싶다』는 순수한 마음이 본인에게 전해졌기 때문에, 그는 다시 학교에 온 것이다.

나는 그 사실이 왠지 기뻤다.

잠시 후, 벨이 울렸다. 다들 아직 하고 싶은 이야기가 있는 것 같지만, 그래도 자리로 돌아갔다.

그리고 선생님을 기다리며 다들 자기 자리에서 잡담을 나누고 있는 가운데, 옆에서 「저기…… 토모자키」 하는 목소리가 들려왔다.

"……응?"

고개를 돌려보니, 멍한 듯 하면서도 왠지 열기를 띤 듯한 표정을 지은 채 고개를 약간 숙이고 있는 이즈미의 모습이 눈에 들어왔다.

"으음, 왜 그래?"

평소와 분위기가 달라 보이는 이즈미에게 내가 말을 걸자, 그녀는 샤프를 쥔 손을 꼭 말아 쥐었다.

"저기, 방금 문뜩 든 생각인데 말이야."

이즈미는 뭔가를 떨쳐낸 것처럼 차분하면서도, 마음속 깊은 곳에서 우러나온 흥분으로 가득 찬 듯한 목소리로 나를 향해 말했다.

"생각……?"

내가 그렇게 말하자, 이즈미는 고개를 들어서 나를 똑바로 쳐다보면서, 저기, 하고 짤막하게 말했다.

그 시선은 매우 강렬했다. 이즈미가 요즘 들어 마음이 강해졌다는 인상을 받았지만, 지금의 그녀는 한층 더 굳건해진 것 같았다. 나는 그런 그녀를 보면서 키쿠치 양이 오미야의 카페에서 말했던 「예전보다 앞을 똑바로 바라보고 있는 것 같다」라는 말을 떠올렸다.

지금의 이즈미에게서 그런 인상을 받은 것이다.

"나…… 히라바야시 양을 도와야하는지 말아야 할지를 가지고 망설였잖아."

"응? ……아, 맞아."

나는 고개를 끄덕였다.

"하지만 그랬다간 에리카가 시킨 대로 하는 것과 마찬가지라고 말했지? 또 분위기에 휘둘리고 만다고 말이야."

이즈미는 자신의 마음속에 존재하는 말을 어떻게든 드러내기 위해, 조금씩 천천히 말을 이어나갔다.

"응……. 그랬어."

나는 그 말을 듣고 이즈미는 이미 결론을 낸 듯한 느낌을 받았으며, 그렇다면 자신이 해야 할 일은 그저 그녀의 말을 들어주는 것뿐이라고 생각했다. ——그렇다면 나는 약캐 나름대로 방해를 하지 않으며 그녀의 마음을 끝까지 들어줘야만 한다고 여겼다.

"하지만…… 방금 그렇지 않다는 생각이 들었어."

"그렇지, 않다고?"

이즈미는 자신의 오른손 손가락을 왼손으로 움켜잡았다.

"나…… 슈지를 도우려고 나름 이것저것 했잖아?"

"그래."

이즈미는 자신의 마음을 확인하듯…….

"전부 내가 하고 싶어서 자청했고, 수학 공부도 열심히 했어. 아오이나 다른 애들에게 도움을 받으면서…… 뭐, 바보처럼 무턱대고 말이야. 뭐랄까, 필사적이었다고나 할까?"

이즈미는 멋쩍어하듯 약간 장난기 어린 목소리로 그렇게 말했다.

"응. 그래. 필사적인 것 같았어."

나는 무심코 쓴웃음을 지으면서 그렇게 말했다.

그리고 이즈미가 요즘 했던 일들을 떠올렸다. 확실히 히나미가 당연하다는 듯이 접어줄 정도로 필사적이었다. 수학 공부도 엄청 열심히 했고 말이다.

"아하하. 그렇지? 뭐, 좀 폭주한 건 반성하고 있어……."

"하하하……. 그랬구나."

뭐, 어찌 보면 합리적인 방식과는 거리가 멀기도 했으니까 말이다.

"하지만 그렇게 필사적으로 행동해서…… 오늘, 다시 학교에 나온 슈지를 보고 깨달은 건데……."

"깨달았……다고?"

내가 되묻자, 이즈미는 자신의 마음을 들여다보듯이 가슴 언저리를 쳐다보면서 말을 이었다.

"어찌 보면 당연한 거지만…… 나는 슈지를 돕고 싶어서 그런 거잖아?"

"……그래."

"그건 누가 시켜서 한 게 아니잖아?"

"응. 맞아."

이즈미는 숨을 들이마셨다.

"그러니까 히라바야시 양의 일도, 그러면 된다고 생각했어."

"……그러면, 된다니?"

내가 되묻자, 이즈미는 나를 똑바로 쳐다보면서 고개를 끄덕였다.

"에리카가 나한테 캡틴을 하라고 말하기는 했지만, 그건 나와 상관없어.

나는, 내가 히라바야시 양을 돕고 싶으니까, 도울 거야. 이유는 그것만으로 충분하잖아!"

나는 그 말을 듣고 적지 않게 놀랐다.

"그래……. 그런 이유만으로도 충분하구나."

이즈미는 또 고개를 끄덕였다.

"응. 분위기 같은 건 상관없어. 돕고 싶으면 도우면 돼. 그게 내가 하고 싶은 일이니까 말이야!"

그렇게 말한 이즈미의 표정에는 버드나무처럼 부드러우면서도 확고한 의지가 어려 있었다.

이즈미는 교실 앞쪽에 있는 히라바야시 양을 쳐다보았다.

"그러니까 지금이라도 캡틴을 바꿔주겠다고 말해볼래.

그래도 자기가 하겠다고 한다면 그녀에게 맡기겠지만, 에리카가 계속 저런 태도를 취한다면 히라바야시 양도 정말 힘들 것 같거든."

이즈미는 마음속의 안개가 걷힌 것처럼 결의에 찬 목소리로 그렇게 말했다.

"……그래. 그 편이 나을지도 몰라."

"응. ……내 이야기를 들어줘서 고마워, 토모자키! 왠지 마음이 편해졌어!"

이즈미는 톤을 적절히 조절해 작은 목소리인데도 힘찬 느낌을 자아내며 나에게 고맙다고 말했다. 태양처럼 찬란히 빛나고 있는 매력적인 미소가 나를 비췄다.

"아…… 으음, 나야말로 들려줘서 고마워."

"응! 아, 그리고 말이야."

이즈미는 목소리를 낮추면서 말했다.

"에리카가 의욕을 내도록, 같이 힘 좀 써보자."

장난기 어린 목소리로 그렇게 말한 이즈미는 엄지를 치켜들었다.

그런 이즈미의 표정은 해바라기처럼 환했으며, 찬란히 빛나고 있는 것처럼 보였다.

선생님이 교실에 오자, 수업이 시작됐다. 나는 그 직전에 이즈미를 마주 쳐다보면서 고개를 끄덕였다.

"그래!"

이즈미도 나를 쳐다보며 빙긋 웃더니, 선생님을 향해 고개를 돌렸다.

하지만—— 그래.

나는 천천히, 몇 번이나 고개를 끄덕였다.

이즈미는 서로에게 캡틴을 강요하고 있는 분위기 속에서…….

클래스의 여왕에게 캡틴을 강요당한 상황 속에서…….

그것이 자신이 딱히 하고 싶은 일이 아니기에 가능하면 피하고 싶다는 전제 속에서…….

즉—— 그것을 자신이 하게 된다면, 자기 자신을 희생해 가면서 하고 싶지 않은 일을 하게 된다는 구조 속에서…….

그런데도, 『누군가를 돕고 싶다』는 마음을 품으면서 『스스로 선택했다』면…….

그것은 분위기에 휘둘린 것도, 남에게 강요당한 것도 아니라…….

명확한 의지라는 힘을 통해, 스스로 선택한 행동인 것이다.

이즈미는 그 사실을, 자신만의 힘으로 찾아냈다.

분명 남들이 보기에 그것은 극적인 변화가 아닐 것이다.

오히려 『곤란한 상황에 처한 이를 돕는다』, 『남들이 하기 싫어하는 일을 자기가 한다』 같은 의미에서 본다면, 그녀가 하려는 일은 예전의 자신으로 되돌아가려는 것이나 다름없다.

하지만 그것은 현재의 이즈미에게 있어『하고 싶은 것』이다.

그렇기 때문에 이즈미는 주저 없이, 명확한 의지에 따라 자신의 길을 걸어갈 수 있을 것이다.

나는 그 사실을 깨달았다. 그리고 혼자 힘으로 그런 결론에 도달한 이즈미 유즈라는 인간의 강인함에…….

"이야…… 강캐네."

무심코 감탄한 것처럼 크게 고개를 끄덕이면서, 그렇게 중얼거렸다.

4 깰 수 없을 것 같은 보스한테도 약점은 분명 있다.

1교시 후의 쉬는 시간. 나카무라 그룹인 세 사람과 나, 히나미, 그리고 이즈미는 한 자리에 모여서 아까 충분히 나누지 못했던 이야기를 이참에 나누려는 것처럼 교실 창가 뒤편에서 잡담을 나누고 있었다.

바로 그때였다.

갑자기 교실 앞쪽에서 날카로운 목소리가 들려왔다.

"슈지, 드디어 학교에 왔구나? 그런데 농땡이 너무 부리는 거 아냐~?"

고개를 돌려보니, 그 목소리의 주인은 콘노 에리카였다. 책상에 앉아서 다리를 꼰 그녀는 날라리 같은 느낌으로 깔깔 웃었다.

"뭐, 그냥?"

나카무라가 강한 톤으로 그렇게 대꾸하자, 콘노 에리카는 책상에서 내려오더니, 들러리를 두 명 정도 데리고 이쪽으로 걸어왔다.

"그런데 왜 학교에 안 온 건데~? 수업이 지겨웠어?"

그리고 이곳에 있는 회의 멤버와 콘노 에리카 그룹의 일부가 교실 창가 뒤편에서 합류했다. 즉 지금 이 자리에 있는 멤버는 히나미, 나카무라, 미즈사와, 타케이, 이즈미, 콘노 에리카, 그녀의 들러리 둘, 그리고 나다. 우와, 아홉 명이나 모여 있는데 나만 약캐네. 가시방석에 앉아있는 느낌이 마구 드는걸. 적진 한가운데에 있는 듯한 느낌이 들어. 왠지 아무 말도 해선 안 될 것 같은 느낌이 자연스럽게 들었다.

"뭐, 진급만 할 수 있으면 딱히 문제없지 않아?"

나카무라는 위압적인 어조로 그렇게 말했다. 구교장실에도 그랬지만, 콘노와 나카무라가 대화를 나눌 때면 분위기가 험악해진다니깐……

그건 그렇고 난이도가 정점을 찍은 것 같은 상황이다. 이 상황에서 내가 할 수 있는 거라면── 뭐, 관찰뿐일 것이다. 저 두 사람의 대화에 끼어드는 건 솔직히 무리다. 왜냐면 나는 여왕님에게 대놓고 맞선 적이 있는 데다, 그 후에 화해나 사과를 하지 않았다고요. 큰일 났네요. 가능하면 자연스럽게 슥 사라지고 싶은 레벨이다.

"그런데 토모자키가 왜 여기 있는 거야? 대박 기막히거든?"

내가 그런 생각을 하고 있을 때, 콘노 에리카가 대놓고 나를 약캐 취급하는 발언을 했다. 그만해. 나도 확 사라지고 싶다고 생각하고 있으니까, 상처를 헤집지 말라고. 전면적으로 동의하는 만큼 대미지가 더 컸다. 그리고 콘노 에리카 양? 혹시 그때 그 일로 아직 화가 나있는 건가요? 하긴, 그럴 만도 해. 나, 그때 말도 안 되는 소리를 퍼부어댔으니까 말이야.

"시, 시끄러워. 하나도 기막히지 않다고. 기막히면 빨리 뚫기나 해."

그리고 그냥 당하기만 하는 건 게이머로서 싫은데다 놀리는 톤 연습도 했으니, 반격을 해보려다 엄청 한심한 소리를 하고 말았다. 기막힌다는 말을 듣고 빨리 뚫으러 가라고 말하는 건 세상에서 가장 어이없는 소리 아닐까.

"……뭐?"

그리고 상대방이 미간을 한껏 찌푸리면서 노려보자, 나는 완전히 전의를 상실했다. 고양이 앞의 쥐, 아니 드래곤 앞의 마을사람B가 된 느낌이야. 무리, 완전 무리라고.

바로 그때, 미즈사와는 쓴웃음을 지으면서 콘노의 머리카락을 손가락으로 가리켰다.

"그것보다 에리카. 너, 머리카락을 직접 만 거야?"

"아, 눈치챘어? 역시 타카히로는 눈썰미가 좋네."

콘노는 자신의 머리카락을 손가락으로 만졌다.

"뭐, 꽤 잘 말았는걸? 나보다는 못하지만 말이야."

"뭐? 헛소리 하지 마."

두 사람은 그런 느낌으로 대화를 이어나갔다. 역시 미즈사와다. 『미용』이라는 콘노 에리카의 관심 분야를 언급하면서, 절묘하게 놀리는 발언을 섞어서 주도권을 쥔 채 대화를 이어나가고 있었── 같은 생각을 하다 눈치챘다. 관찰을 통해 그런 부분을 분석할 수 있게 됐다는 것 자체가 성장일지도 모른다. 요즘 들어 매일 관찰을 중점적으로 해온 덕분인지, 사소한 점들을 눈치챌 수 있게 된 것 같았다.

"뭐야. 파마 비용 아끼는 거야?"

나카무라가 그렇게 말했다.

"흥. 그 돈으로 옷 같은 걸 사려는 것뿐이거든? 안 그래? 유즈."

"응. 얼마 전에도 같이 옷 사러 갔어~. 나, 요즘 물욕이 장난 아냐……."

히나미가 「그렇구나! 나는 요즘 식욕이 장난 아냐……」하고 말했다.

그러자 미즈사와가 「에이, 아오이는 치즈에 환장했을 뿐이잖아」하고 딴죽을 날렸다.

"아하하, 눈치챘어?"

"아오이와 같이 놀러 갔을 때 치즈 들어간 음식 먹는 비율이 어마어마하잖아~!"

그런 느낌으로 엄청 빠르게 대화가 이뤄졌다. 나는 그 대화에 참가하지는 못했지만 필사적으로 관찰했다.

자신을 제외한 여덟 명의 대화. 참가 못하는 대신, 세세한 부분까지 살펴보다보니, 몇 가지 사실을 깨달았다.

그것은 상대방을 향한 시선, 이야기 내용, 이야기할 때의 표정, 그리고 그것을 통해 얻은 정보를 이용해 어렴풋이 추측한 것에 불과하지만——.

나는 그 추측이 올바르다면, 그것이야말로 히나미가 내준 『과제』를 클리어하기 위한 최후의 열쇠가 될 거라는 걸 직감했다.

＊＊＊

그날 이동교실 직전의 쉬는 시간. 나는 오래간만에 도서실에 갔다.

요즘 과제 때문에 바쁜데다, 휴일에 따로 만난다고 하는 선택지도 생겼기 때문에 좀처럼 도서실에 가지 않았다. 하지만 오늘은 키쿠치 양과 이야기할 게 있었다.

천천히 문을 열고 안쪽을 보니, 키쿠치 양은 애용하는 책상 앞의 애용하는 의자에 앉아서 조용히 책을 읽고 있었다. 역시 책에 둘러싸인 키쿠치 양은 왠지 지적이고 신성하면서도, 순수함과 따뜻한 느낌이 감도는 독특한 존재감을 품고 있었다. 마치 성스러운 불꽃같다고나 할까. 그러니 도서실에 키쿠치 양이 있다기보다, 키쿠치 양을 중심으로 도서실이 형성되고 있다고 말하는 편이 올바를 것 같은 느낌이 들었다.

키쿠치 양의 세계에 발을 들이자, 나를 감지한 그녀와 눈이 마주쳤다.

나는 그녀의 곁으로 차분하게 걸어간 후, 옆에 있는 의자에 앉았다. 그리고 잠시 한숨 돌린 후, 키쿠치 양과 다시 시선을 마주했다. 가을 밤하늘처럼 차분하고 상냥한 미소가 내 가슴에 꽂혔다.

"……안녕하세요."

키쿠치 양은 교회의 종을 손가락으로 가볍게 두드린 것

처럼 섬세하고 유려하면서도 기품과 평온함이 감도는 목소리로 나에게 인사를 했다.

"……안녕."

그리고 나는 목에 있는 성대를 폐에서 올라온 숨결로 조용히 흔든 후, 그 미세한 진동을 목과 코의 발성기관으로 증폭시킨 듯한 목소리로 키쿠치 양에게 인사를 건넸다.

내 목소리는 단순히 인체 구조를 통해 자아낸 것에 불과하다는 점은 제쳐놓기로 하고, 도서실에 왔을 뿐인데 「다녀왔어」라는 말을 하고 싶어질 만큼 내 마음은 평온해졌다.

"나카무라 군, 다시 학교에 와서 다행이에요."

키쿠치 양은 상냥한 미소를 지으면서 그렇게 말했다.

키쿠치 양이 오늘 우리 반에서 있었던 일에 대해 이야기하는 걸 보면, 그녀는 역시 우리 반을 잘 살펴보고 있는 것 같다고 생각하면서 나는 고개를 천천히 끄덕였다.

"……응. 다행이야."

키쿠치 양은 그렇게 말하더니, 장난기 섞인 미소를 지었다.

"혹시 이 일에도 여러모로 관여한 건가요?"

약간 놀리는 것 같으면서도 따뜻한 톤이었다. 키쿠치 양은 요즘 들어 이런 톤과 표정으로 이야기를 할 때가 때때로 있었다. 그것은 소악마나 천사 같은 분위기가 아니라, 단순히 장난스럽게 웃는 키쿠치 양이라고 표현해야 할 듯한 인간적인 미소였으며── 왠지 나에게 마음을 열어준 것 같은 느낌이 들어서 괜히 기뻤다.

"뭐, 맞아……."

"후후…… 역시 그랬군요."

키쿠치 양은 빙긋 웃더니, 나라는 존재 자체를 긍정하는 듯한 자애로운 표정을 지으며 고개를 끄덕였다.

"수고하셨어요."

그리고 그녀는, 내 공적을 치하했다.

행동이 아닌 말만으로 내 머리를 쓰다듬어주고 있는 듯한 착각을 자아낼 만큼 모성으로 가득 차 있는 키쿠치 양을 보자, 나는 그대로 멋쩍은 기분이 들었다. 하지만 그걸 숨기기 위해 허둥지둥 입을 열었다.

"하, 하지만…… 진짜로 수고한 사람은 이즈미일 거야."

"이즈미 양……."

그렇게 말한 키쿠치 양은 책의 윗부분을 턱에 살며시 대며 고개를 살짝 들더니, 잠시 동안 생각에 잠긴 것처럼 입을 다물었다.

"……왜 그래?"

내가 여전히 가슴이 두근대는 와중에 그렇게 말하자, 키쿠치 양은 얼굴을 붉히면서 주위를 살피듯 고개를 두리번거렸다. 주위에는 다른 학생들이 몇 명 있었다.

그들을 본 키쿠치 양은 읽고 있던 책을 자신의 입에 댄 후, 비밀 이야기라도 하듯 내 귀를 향해 얼굴을 내밀었다.

"——이즈미 양과 나카무라 군은 서로를 좋아하죠?"

숨결마저 섞인 그 가련한 속삭임에 내 우뇌와 좌뇌는 완전히 녹아버렸기에, 나는 그저 고개만 끄덕이는 기계가 되었다.

"응."

과부하가 걸린 뇌는 감정이 전혀 실리지 않은 목소리로 그런 짤막한 대답만 겨우겨우 자아냈다. 그 외에는 아무 생각도 할 수 없었다. 내 멘탈 포인트는 어느새 거의 제로가 되어 버렸다. 아니, 지나치게 강력한 백마법에 의해 허용량을 능가하는 회복을 당해 오히려 제로가 되어버린 것 같은 상태다. 나, 지금 무슨 소리를 하는 거지?

키쿠치 양은 책을 꼭 끌어안으면서 웃음을 흘렸다.

"잘 되면, 좋겠네요. 저도 그런 걸 좀 동경해요."

두 사람이 잘 되기를 바라고 있는 키쿠치 양의 얼굴에 어린 미소는 진실된 듯한 느낌이 들었다. 그리고 키쿠치 양도 연애를 동경한다는 사실 그 자체가 너무 신성하게 느껴졌다. 아아, 키쿠치 양이라는 존재를 낳아준 그녀의 부모님, 아니, 이 지구에 감사해야겠다는 생각마저 진지하게 하고 말 지경이었다. 솔직하게 말해 뜨거워진 머리를 식히기 위해 그런 허황된 생각을 했다.

아무튼, 오늘 내가 물어보고 싶었던 것 중 하나가 바로 나카무라에 관한 것이다.

그래서 나는 마음을 다잡은 후, 입을 열었다.

"저기…… 키쿠치 양의 의견을 듣고 싶은 일이 있는데, 괜찮을까?"

***

그날 방과 후의 제2피복실. 나카무라의 등교를 확인한 후, 처음으로 히나미와 회의를 가지게 되었다.

회의가 시작되자, 히나미는 갑자기 한숨을 내쉬었다.

"자아, 나카무라 쪽 일은 일단락됐으니까 가볍게 정리만 하고, 콘노 쪽 과제에 집중하고 싶네."

히나미는 어깨 근처까지 기른 머리카락을 손으로 쓰다듬으면서 지친 듯한 어조로 그렇게 말했다. 혹시 비합리적인 일에 휘말린 탓에 스트레스를 많이 받았던 걸까.

"뭐, 맞아. 비합리적인 방식을 취하기는 했지만, 결과는 엄청 좋기도 했잖아."

내가 약간 빈정거리듯이 그렇게 말하자, 히나미는 호전적인 미소를 지었다.

"흐음, 말주변이 꽤 늘었는걸? 뭐, 너도 헛수고가 될지도 모르는 노력을 하는 방향으로 이야기를 몰아가는 것만큼은 꽤 능숙하긴 했어."

히나미 또한 빈정거리는 듯한 투로 그렇게 말했다. 나는 그 말을 듣고 「땡큐」 하고 놀리듯 감사 인사를 했다.

"뭐, 여러모로 생각할 바가 있었거든."

자신이 『하고 싶은 것』에 최선을 다한다, 라고 하는 내 최우선 사항에 대해서 말이다.

히나미는 그 말을 듣더니, 진지한 눈빛으로 나를 쳐다보았다.

"흐음, 그럼 『비합리』가—— 네가 말했던 『진짜로 하고 싶은 것』이야?"

히나미가 나를 시험하려는 듯이 그렇게 말하면서 내 눈을 지그시 쳐다보았다.

나는 그런 그녀를 보면서 생각했다.

지금 이 순간은 분명 중요한 장면이다.

나는 일전에 히나미에게 『진짜 하고 싶은 것』이라는 말을 했다. 그리고 히나미는 이 자리에서 그것이 검증할 가치가 있는 것인지 이 자리에서 다시 확인해보려 하고 있었다.

그러니 내가 이 자리에서 『합리』만으로는 답답하고 냉정한 느낌이 들기 때문에 때로는 『비합리』가 필요해—— 처럼 흔한 감정론을 들먹였다간, 히나미는 이 자리에서 내가 말한 『진짜 하고 싶은 것』을 검증할 마음 자체가 가시고 말 것이다.

내가 머릿속으로 생각을 정리한 후, 말실수를 하지 않도록 조심하면서 이야기를 시작했다.

"뭐, 이건 아직 가설인데…… 여러 논리 중 하나 같은 거야."

"……응."

내 『증명』을 의식한 말투가 첫 번째 관문을 돌파한 건지, 히나미는 자세를 바로 하면서 고개를 끄덕였다. 그렇다. 이 『진짜로 하고 싶은 것』의 증명만큼은 히나미가 납득할 수 있도록 논리적으로 설명해주지 않으면 의미가 없는 것이다.

"뭐, 이번에 내가 생각한 건—— 나카무라의 문제를 해결하기 위해, 너는 합리적인 면에서 가장 빠르게 해결할 수 있는 행동을 연이어 제시했지?"

"그래."

"하지만 나와 이즈미가 계속 끼어든 바람에 합리성을 관철하지 못했어."

"맞아. 나는 몇 번이나 물러서야만 했어……."

히나미는 그렇게 말하면서 한숨을 내쉬었다. 역시 그때 꽤 스트레스를 받은 것 같았다. 이것이 이 녀석의 단단한 가면을 벗겨내기 위한 첫 걸음이 되었으면 좋겠다고 생각했다.

"그래. 너는 몇 번이나 물러섰지. ……하지만 말이야."

"응?"

히나미는 나를 시험하는 듯한 눈빛으로 쳐다보았다.

나는 그런 그녀의 눈빛을 꿰뚫으려는 것처럼 이렇게 말했다.

"만약 네가 물러서지 않고, 계속 주장을 했으면 어떻게 됐을까? ……나카무라의 문제가 해결되는데 더 시간이 걸렸을 것 같지 않아?"

히나미는 눈을 깜빡였다.

"……무슨 소리를 하는 거야. 그게 당연하잖아? 나는 애초에 나카무라가 도움을 요청할 때까지 기다려야만 한다고 주장했어."

나는 고개를 저었다.

"그러니까, 그 후에 말이야."

"그 후……."

즉, 나카무라에게 허락을 받기 전에 그를 도울 준비를 시작하기로 정했을 때 말이다.

또한, 히나미가 비합리 속에서도 합리를 관철하기 시작했을 때이기도 했다.

"그 후에도 네가 말한 대로 행동했다면, 지금보다 해결에 시간이 걸렸을 테지? 네가 하려고 했던 건 나카무라의 어머니를 설득해서 『어패 금지』라는 문제를 해결한다고 하는 합리적인 행동이었으니까 말이야."

"그게 무슨 소리야? 그때 해결해야만 하는 문제는 바로 그거였잖아."

히나미는 당연한 소리를 하듯 그렇게 말했다. 하지만 나는 히나미를 손가락으로 가리켰다.

"하지만 결국── 그 『어패 금지』라는 문제는 해결되지 않았잖아?"

히나미는 왠지 즐거워하는 것처럼 미소를 짓더니, 고개를 두 번 끄덕였다.

"그래. 네가 하고 싶은 말이 뭔지 알겠어."

나도 마주 고개를 끄덕였다.

"이해했구나. 맞아. 사실 다툼의 원인이었던 『어패 금지』라는 문제는 해결되지 않았어. 하지만 작전이 결행되고 일주일도 채 지나기 전에 나카무라가 다시 학교에 나오게 하는데 성공했지. 이건 네 합리성으로는 도달하지 못했을, 최단 루트야."

"으음…… 그렇구나."

히나미는 왠지 기뻐하는 듯한 표정을 지었다.

"이미 알고 있겠지만, 이번 문제를 해결하는 데 있어서 열쇠 역할을 한 건 이즈미의 『나카무라를 돕고 싶다』는 마음이야. 그 순수한 마음이 나카무라에게 전해졌기 때문에, 『문제』 그 자체를 해결하지 않은 채로 나카무라를 학교에 오게 할 수 있었어. 네 방식으로는 『문제』를 해결한 후에 나카무라를 학교로 부를 수밖에 없었지. 즉, 시간이 더 걸렸을 거야."

"뭐, 그렇다고 할 수도 있을 거야."

나는 턱을 괴면서 투지에 찬 눈길로 나를 쳐다보는 히나미와 시선을 마주하며 말을 이었다.

"즉, 네 방식이라는 건 말이야. 어디까지나 네가 정한 『목표』를 대해서만 합리적일 뿐이기 때문에, 그 룰에서 벗어나지 못해. 하지만 직감과『하고 싶은 것』에 근거로 해서 행동한다면, 네『합리』로는 도달할 수 없는 최단 루트를 발견할 수 있어. 바로 이번처럼 말이지.”

히나미는 내 말을 듣더니 고개를 끄덕였다.

“응. 즉, 최단 루트를 찾아내는 데 있어서 너와 유즈가『하고 싶은 것』이 유효했다는 말이 하고 싶은 거구나.”

“그래.”

나는 고개를 끄덕였다.

그러자 히나미는 입술에 손가락을 대며 잠시 동안 생각에 잠기더니, 가학적인 미소를 지으며 입을 열었다.

“——뭐, 60점이야.”

나는 어어어? 하고 괴상한 소리를 냈다.

“그, 그게 무슨 소리야?”

히나미는 여유에 찬 표정을 지으며 말을 이었다.

“한 번 생각해봐. 너는『합리』보다『하고 싶은 것』을 우선하는 편이 낫다는 소리를 하고 싶은 거지?”

“응? 뭐, 그래. 지금 내가 주장하는 건 바로 그거야.”

내가 그렇게 대답하자, 히나미는 고개를 저었다.

“하지만 이상하지 않아? 네가『하고 싶은 것』을 우선하는 게 멋지다고 주장하는 이유는『최단 루트를 찾을 수 있기 때문』이라는 거잖아.”

"······그게 어쨌다는 건데?"

히나미는 모르겠어? 하고 말하며 한숨을 내쉬었다.

"『하고 싶은 것』을 우선하는 게 멋지다고 주장하는 이유는 『최단 루트를 찾을 수 있기 때문』인 거지? 하지만 그 말은 결과적으로 볼 때, 『합리적이니까 좋다』는 거나 마찬가지잖아."

"······아."

나는 눈치챘다.

"너는 『하고 싶은 것』, 즉 『비합리적인 것』을 추구하는 게 멋지다는 걸 나에게 알려주고 싶은 거잖아? 하지만 지금 네가 한 주장은 『네 방식보다 더 합리적인 방식이 있어!』하고 주장하고 있는 거나 마찬가지거든? 그래서야 나보다 더 과격한 합리주의자잖아."

맞는 말이다.

나는 『하고 싶은 것』을 하면 『합리』만 추구해서는 맛볼수 없는 멋진 무언가를 느낄 수 있다! 같은 말을 하고 싶었다. 그러니 히나미의 방식으로는 얻을 수 없는 전혀 다른 가치를 제시해야만 하는 것이다. 하지만 어느새 『하고 싶은 것을 우선하는 편이 합리적이다!』 같은, 결국 『합리적인 편이 낫다』 같은 가치관에 휘말린 주장을 하고 말았다.

"그, 그렇구나······."

나는 풀이 죽었다.

히나미는 말문이 막힌 나를 만족스러워 하는 듯한 눈길

로 쳐다보고 있었다. 그 미소는 그야말로 악마적이었으며, 정말 즐거워보였다.

"이해했나 보네. 뭐, 나쁘지는 않았어. 그럼 다음에는 더 잘해 봐. 『하고 싶은 것』을 추구하는 게 얼마나 좋은지 주장할 거면, 합리적인 방식으로는 얻을 수 없는 무언가를 제시해야만 할 거야."

히나미는 내 볼을 손가락으로 톡톡 누르면서 틀린 부분을 지적하듯 그렇게 말했다. 제, 젠장. 진짜 굴욕적이네.

"하, 하지만, 가장 효율적인 방식을 『합리성』만으로 찾아내는 건 어렵다고. 『하고 싶은 것』을 우선해야만 도달할 수 있는 방식이 있지 않을까? 그리고 네 방식으로는 이런 결과를 얻을 수 없었을 거잖아……."

내가 끈질기게 물고 늘어지자…….

"잘 들어. 그럼 그건 『합리적』인 방식 자체에 문제가 있는 게 아니라, 이번에 내 목표 설정이 어설펐던 것뿐이야. 즉, 이번에는 『어패를 다시 할 수 있게 한다』는 점에 초점을 맞췄기 때문에 그렇게 된 거지만, 만약 『나카무라가 빨리 학교에 오게 한다』를 목표로 설정했다면 어땠을까? 이번과 마찬가지로 유즈의 솔직한 마음이 나카무라에게 전해지도록 옆에서 돕는 것 같은 방법을 썼겠지?"

히나미는 으스대듯 웃었다.

"――적어도 나라면 그랬을 거야."

"으……."

나는 말문이 막혔다.

확실히 이 녀석이 목표를『나카무라가 빨리 학교에 오게 한다』로 설정했다면, 방금 말한 것처럼 이즈미에게 전화로 나카무라에게 마음을 전하게 하거나, 순진한 타케이를 이용해서 어떻게 했을지도 모른다. 혹은 내가 전혀 생각지도 못한 작전을 짜서 금방 결과를 냈을 것이다.

이 녀석은 아마 목표 설정만 제대로 한다면『하고 싶은 것』이나『비합리』같은 우연을 통해서만 달성할 수 있는 영역에『합리』만으로 도달할 수 있을 것이다.

──그렇다. 그것이 바로 이 녀석의『올바른 방식』인 것이다.

『기계적, 수치적인 효율』만을 추구해 목표를 설정하는 바람에……

『감정』을 무시하며『올바르지 않은 합리』를 추구하는 인간도 있다.

하지만『감정』조차도『기계적, 수치적』으로 계산해 효율을 추구하고…….

그 전부를『합리』적으로 이용하는 이가 바로 마왕, 히나미 아오이인 것이다.

그렇다면 이 녀석에게는, 지금 내가 설명한 의미에서의

『비합리』는 필요하지 않다.

히나미는 유쾌하다는 듯이 검지로 자신의 턱을 가볍게 두드렸다.

"내가 60점이라고 말한 건 그래서야. 뭐, 엉터리 종교 같은 주장을 하는 것보다는—— 즉, 자명(自明)하지 않은 전제를 자명하다고 우기는 것보다는 그나마 낫네. 제대로 설명하려고 한 만큼, 재미있었어."

히나미는 거만한 어조로 그렇게 말했지만, 나는 찍소리도 하지 못했다.

"······하, 하지만 그럼 이번에는 왜 목표설정을 잘못한 건데? 나카무라가 다시 학교에 나오는 게 가장 중요하다는 점을 왜 놓친 거야? 너무 합리적으로만 생각해서 그랬던 거 아냐?"

내가 그렇게 말하자, 히나미는 즐거워하는 것처럼 입가를 살며시 치켜 올렸다.

"아······ 그건 말이야. 오히려『비합리』때문에 놓친 거야."

"······그, 그게 무슨 소리야?"

히나미는 내 말을 듣더니, 의기양양한 표정을 짓고서는······.

"『어패를 하면 머리가 나빠진다』라고 생각하는 점 자체를 해결하고 싶었거든."

가학적인 미소를 지으며 그렇게 말했다.

"으······."

히나미가 『어패 사랑』이라는 이름의 『비합리』 때문에 문제 해결이 늦어지고 말았다는 예시까지 제시하자, 나는 완전히 패배하고 말았다. 으으, 너무 세.

***

그리고 그날 밤.

나는 가족과 저녁을 먹은 후, 과제에 대해 다시 생각했다.

이즈미가 노력하는 모습을 보고 콘노의 약점을 공격할 화살을 손에 넣었지만, 그걸로 한 방에 그녀를 쓰러뜨리는 것은 무리다.

그러니, 그 화살로 콘노를 공략하기 위해서는, 다른 무언가가 필요할 것 같았다.

콘노 에리카의 『얕보이고 싶지 않다』라는 욕구. 혹은 나카무라가 학교에 온 후의 위화감.

나는 그것들을 통해 얻은 정보를 조합해서, 미완성 상태인 내 작전을 완성시키고 있었다.

그리고 그것은 너무 약캐다운 작전인지라, 히나미가 이 작전을 듣고 화를 내지나 않을지 걱정됐다.

하지만 내가 콘노 에리카라는 보스를 공략하기 위해서

는 이 방법밖에 없다는 생각이 들었다.

그 작전이란 매우 단순하다.

화살 하나로 쓰러뜨릴 수 없다면, 쓰러뜨릴 때까지 계속 쏘면 된다.

나는 침대에 앉아서 생각을 정리하며, 내가 해야 할 일을 머릿속으로 확인한 후, 눈을 감았다.

다음날.

나는 히나미와의 아침 회의 때, 오늘부터 실행할 콘노 에리카 공략 작전에 관해 보고했다.

"과제 관련으로 확인하고 싶은 게 있어."

"확인?"

나는 내가 짠 작전을 머릿속으로 떠올리면서 입을 열었다.

"너, 일전의 회의 때 자기 힘이 부족하다면 남의 도움을 받아야 한다고 말했었지?"

히나미는 고개를 끄덕였다.

"맞아. 너 혼자만의 스킬로 콘노 에리카라는 강적을 상대하는 건 버거울 수도 있거든."

"그래."

나는 고개를 끄덕였다.

"……그럼 그 『남의 도움』 말인데…….."

히나미는 응, 하고 말하며 맞장구를 쳤다. 나는 그 말을 들으며 말을 이었다.

"——너한테 도움을 받는다, 는 것도 오케이인 거야?"

히나미는 내 말을 듣더니 의아한 표정을 지었다.

"나한테 도움을 받는 게 구체적으로 어떤 의미야?"

그리고 그녀는 확인하려는 듯한 어조로 그렇게 말했다.

"그러니까, 너한테 해결책을 제시해달라는 게 아니라……
네가 내 작전대로 행동해달라고 부탁해도 되는 건지 물어보
는 거야."

즉, 내가 콘트롤러를 쥔 상태에서 사용 캐릭터의 한 명
으로서 히나미를 고르고 싶다는 말이다. 그런다면 나는
『게이머』일 수 있는 것이다.

"……그런 뜻이구나."

히나미는 납득한 것처럼 그렇게 말하더니, 잠시 생각에
잠겼다.

"응. 좋아."

"저, 정말이야?"

히나미는 고개를 끄덕였다.

"그래. 하지만 작전을 들어보고 그게 잘 풀리지 않을 것
같더라도 나는 알려주지 않을 거야. 나는 그저 네가 시키
는 대로만 하겠어. 알았지?"

나는 고개를 끄덕였다.

"응. 그걸로 충분해."

"그렇게 해야……."

나는 히나미의 말을 끊으면서 이렇게 말했다.

"과제를 내준 의미가 있을 거라는 거지?"

"……뭐, 그래."

내가 으스대는 듯한 어조로 그렇게 말하자, 히나미는 언짢은 목소리로 맞장구를 쳤다. 그래도 나는 개의치 않기로 했다. 왜냐면 이 상황에서 괜한 소리를 해봤자 본전도 못 찾을 게 뻔한 것이다.

"아, 그래도 너에 대한 주위의 평판에 영향을 끼칠 수도 있으니까, 그 점만은 체크해줘."

"물론이지. 그런 면에 문제가 있을 것 같으면 아예 하지도 않을 거야."

"다행이야. 그럼 내 작전 말인데——."

——그리고 나는 히나미에게 작전을 이야기해줬다.

그러자 히나미는 담담한 표정으로 고개를 끄덕였다.

"응. 뭐, 그런 거라면 해줄게. 그럼 오늘부터 한동안은 네가 하자는 대로 해주겠어."

"오케이. 잘 부탁해."

히나미가 허락을 해준 후, 오늘 아침 회의는 끝났다. 자아, 오늘 안에 해둬야 하는 밑준비가 아직 잔뜩 있다고.

회의를 마친 후, 나는 교실로 향했다.

내가 교실에 가서 주위를 둘러보니, 방금 등교한 듯한 이즈미가 책상에 가방을 놓고 있었다. 좋아, 이 찬스를 놓치지 말고, 말을 걸어보자. 밑준비 제2탄을 해보자고. 그리고 히라바야시 양과의 일은 어떻게 됐는지도 물어봐야 겠다.

"이즈미."

"아, 토모자키!"

내가 말을 걸자, 이즈미는 큰 목소리로 나를 향해 그렇게 말했다.

"으, 응?"

내가 약간 당황하면서 대답하자, 이즈미는 경례를 하면서 이렇게 말했다.

"저, 캡틴이 됐어요!"

"……오오!"

즉, 어제 히라바야시 양과 이야기를 해서 구기대회의 캡틴을 맡기로 한 것 같았다. 자기가 한 말을 지켰구나. 역시 자신이 나아갈 길을 찾아낸 이즈미는 강하다.

"그래. 캡틴이 됐구나."

"응. 역시 히라바야시 양은 꽤 힘들었나 봐. 게다가 구기 대회 때는 캡틴이 선수 교대나 타임 같은 걸 지시해야 하 잖아~. 그래서 엄청 불안했었대."

"……그랬구나. 그럼 바꿔주길 잘한 거네."

"응!"

이즈미는 힘찬 목소리로 그렇게 대답했다. 텐션이 하늘을 찌르는 것 같았다.

"아, 그런데 토모자키는 왜 나한테 말을 건 거야?"

"아, 맞다. 실은……."

나는 목소리를 낮췄다.

"응?"

"콘노 에리카에 관한 일인데——."

——그리고 나는 콘노 에리카 공략 작전에 관해 이즈미에게 이야기했다.

이즈미는 표정을 굳혔다.

"……으음, 그것만으로 괜찮을까?"

이즈미는 반응이 좋지 않았다. 그래도 그녀가 이럴 거라는 건 나도 일찌감치 예상했던 바다.

"뭐, 괜찮지는 않을 거야. 하지만 작전은 그것만이 아니라——."

그리고 이 작전의 핵심이라고 할 수 있는 『연속 공격』에 대해서 설명해줬다.

"——아하, 그런 거구나~! 괜찮네! 그러면 성공할지도 몰라!"

"저, 정말이야?!"

나는 이즈미의 말을 듣고 절실한 목소리로 그렇게 말했다.

"자, 자기가 짠 작전이니까 자신감 좀 가져……."

"으, 응."

이즈미는 어이없다는 듯이 나를 쳐다보았다. 그래. 자신감을 가져야 해. 하지만 상대는 콘노 에리카라는 슈퍼 강캐니까, 확신은 할 수 없네…….

그래도 히나미와 이즈미가 협력을 해주기로 했으니, 이제 미즈사와에게 작전을 이야기하기만 하면 된다.

"응. 잘 되면 좋겠어!"

나는 이즈미의 말을 듣고 고개를 끄덕였다.

"그래. 그럼 나중에 미즈사와한테도 이야기해둘게."

그러자, 이즈미는 힘찬 목소리로 이렇게 말했다.

"어, 아직 말 안 했어? 그럼 지금 해주자."

"뭐?"

"히로~!"

이즈미는 거의 척수반사 급의 속도로 나카무라 그룹에서 이야기를 나누고 있는 미즈사와를 불렀다. 역시 이즈미는 대단하네.

"무슨 일이야?"

그리고 미즈사와는 나카무라 그룹에서 빠져나오더니, 우리 쪽으로 걸어왔다. 역시 리얼충은 커뮤니케이션을 과감하게 한다니깐.

"실은 말이야~! 방금 토모자키와 구기대회 관련으로 작전을 짜고 있는데……."

"작전? 그게 무슨 소리야? 남녀가 따로 하는데?"

미즈사와는 영문을 모르겠다는 표정을 지으면서 나와 이즈미를 번갈아 쳐다보았다. 나는 이즈미에게 휘둘리면서도 마음을 다잡은 후, 미즈사와에게 설명을 시작했다.

"으음, 그게 아니라 실은──."

그리고 설명을 마치자, 미즈사와는 쓴웃음을 지으며 입을 열었다.

"너, 의외로 성격이 더러운 편이구나."

"시, 시끄러워!"

나는 정곡을 찔린 바람에 딴죽을 제대로 날리지 못했다. 목표를 달성하기 위해서라면 수단을 가리지 않는 히나미의 영향을 좀 받은 것 같았다.

하지만 이번에는 『구기대회는 다 같이 즐기고 싶다』는 나와 이즈미의 『하고 싶은 것』에 입각해서 벌인 일이니까, 딱히 나쁜 짓은 아니라고 나름대로 생각한다. 역시 목표에 거짓이 섞여 있지만 않으면 괜찮은 것이다.

"흐음, 아무튼 알았어. 유즈와 함께 이것저것 해두면 되는 거지?"

"응. 미안하지만 부탁할게."

"우리만 믿어! 눈치 대왕 콤비의 실력을 보여줄게!"

"하하하…… 오케이. 너희만 믿을게."

나는 무사히 이 세 사람에게 뒷공작 의뢰를 마쳤고──실은 이것으로 내가 해야 할 일은 다 했다.

그렇다. 나는 이번에 작전을 짜기만 했으며, 실행 자체는 전부 다른 사람에게 맡겼다. 뭐, 저 레벨 약캐인 내가 이리저리 뛰어다니면서 드래곤을 쓰러뜨리는데 필요한 아이템을 모았으니, 레벨이 높은 강캐 여러분이 이걸로 드래 곤을 쓰러뜨려주세요~ 같은 느낌이다. 너무 하는 일이 적은 걸지도 모른다는 생각이 들었지만, 히나미도 남에게 도움을 받는 것을 허락했으며, 어디까지나 컨트롤러를 쥔 사람은 나다. 뭐, 이 작전의 실행에 옮기는 것을 허락한 걸 보면, 내 행동이 과제의 범주를 벗어나고 있지는 않을 것이다.

나는 그런 생각을 하며 달성감에 사로잡힌 채——.

어제 도서실에서 키쿠치 양한테서 들었던, 이 작전의 핵심이 된 몇몇 이야기를 떠올렸다.

***

"저기…… 키쿠치 양의 의견을 듣고 싶은 일이 있는데, 괜찮을까?"

키쿠치 양이 귓속말로 나카무라와 이즈미가 『서로를 좋아한다』고 말한 후, 나는 그녀에게 이렇게 말했다.

내가 말하려는 것은 일전에 카페에서도 키쿠치 양에게 이야기했던, 콘노에 관한 일이다.

"예……. 뭔가요?"

키쿠치 양은 내 목소리가 진지하다는 걸 눈치챈 건지, 책에 책갈피를 끼워서 책상에 내려놓더니 나를 향해 고개를 돌렸다.

"으음, 고마워. 실은 콘노 에리카에 관한 건데……."

나는 마음속으로 해왔던 세 가지 추측을 확신으로 바꾸기 위해, 말을 이어나갔다.

나 혼자서 실행할 작전이라면 몰라도, 남에게 맡겨야만 하는 작전인 만큼, 추측에 대한 확신을 얻은 다음에 의뢰하고 싶다. 나는 그런 심정으로 클래스메이트를 잘 관찰하고 있는 키쿠치 양에게 질문을 던졌다. 나 혼자만의 예상에는 신빙성이 존재하지 않겠지만, 같은 생각을 하고 있는 이가 한 명 더 있다면, 신빙성이 어마어마하게 상승하는 것이다.

"그럼 뭐부터 물어볼까. 우선……."

"예."

그리고 세 가지 추측 중에서 하나에 대해 키쿠치 양에게 물어보았다.

"──전에 카페에서, 콘노 에리카가 『친구들을 아낀다』고 말했었지?"

"예……."

키쿠치 양은 살며시 고개를 끄덕였다.

"왜…… 그렇게 생각한 거야?"

그렇다. 일전에 키쿠치 양은 콘노가 남에게 얕보이고 싶어 하지 않는다고 말했었다. 그리고 그 직후에 친구들을 아낀다는 발언도 했던 것이다.

나는 처음에는 그게 단순한 빈말이며, 진심으로 한 말은 아닐 거라고 생각했다. 하지만 잘 생각해보니, 키쿠치 양은 마음에도 없는 말을 함부로 하는 사람이 아니다. 그리고 나카무라를 위해 필사적으로 뭔가를 하려 하는 이즈미의 상냥함을 느꼈을 때, 리얼충들의 공통점을 떠올렸다.

예를 들자면, 일전에 미즈사와 미미미는 우리 집에서 이즈미와 나카무라의 연애에 대해 진지하게 생각했다. 그리고 히나미는 나에게 자기 가방을 주면서, 내가 부담을 느끼지 않도록 배지와 교환하자고 말했다. 그리고 미미미는 타마 양을 지키기 위해 얼간이처럼 행동하고 있다.

즉 리얼충, 특히 그 중에서도 남들의 위에 서는 인간은 남에게 본질적인 배려를 할 수 있는 이가 많다, 라는 게 내 경험에서 우러난 생각이다.

물론 예외도 있고, 그저 내 주위에 있는 리얼충들만 우연히 그런 걸지도 모른다. 하지만 콘노 에리카도 우리 반에서 알아주는 여자 그룹의 리더다.

내 경험과 키쿠치 양의 말을 합쳐보니, 평소에는 꽤나 무서운 콘노도 그런 사람일지도 모른다는 생각이 들었다. 그리고 그 점이 활로가 될지도 모른다.

"그건 말이죠……."

키쿠치 양은 내 말을 듣더니 미소를 지었다.

하지만 그 미소에는 난처한 기색이 어려 있었고── 나는 그 이유를 곧 깨달았다.

"예를 들어 콘노 양과 사이가 좋은 여자애가 다른 반 여자애에게 무시당한다면, 그 다른 반 여자애를 마구 무시해요……. 그리고 콘노 양과 사이가 좋은 여자애가 남자애에게 차인다면, 그 남자애를 공격한 적도 있고요…….”

“아…… 하하.”

눈에는 눈, 이에는 이, 맞은 만큼 갚아줘라 정신에 입각한 에피소드를 키쿠치 양이 언급하자, 나는 쓴웃음을 지었다. 하지만 친구를 아끼기 때문에 그러는 거라고 여길 수도 있을 것 같았다. 단순히 남을 공격하기만 하는 것처럼 보일 수도 있는 행동이지만, 실은 친구를 위한 행동인 것이다. 그리고 키쿠치 양은 그런 점들을 꿰뚫어보고 있는 것이다.

나는 그 말을 듣고, 첫 번째 작전을 짤 수 있었다.

──다 같이 구기대회를 즐기고 싶어 하는 이즈미 본인이 콘노 에리카에게 그 생각을 직접 전한다.

이것이 처음으로 완성된 화살이다. 이즈미는 같이 옷을 사러 갈 만큼 콘노와 사이가 좋다. 내가 보기에, 저 그룹 안에서 콘노와 가장 가까운 이는 이즈미다. 그런 이즈미가 직접 『즐기고 싶다』고 부탁한다면, 다소 효과가 있을 것이다. 콘노가 『친구를 아낀다면』 더욱 효과적이리라.

이것은 『직접 말할 뿐』이니 간단할 것 같지만, 그 말을 해야 하는 상대가 콘노 에리카이니 꽤 난이도가 높은 미션이다.

이즈미가 성장해서 자기 생각을 솔직하게 말할 수 있게 되었으니, 실행할 수 있는 작전인 것이다.

즉——이즈미가 강해진 덕분에 완성된 화살이다.

이즈미의 레벨업에 감사해야만 할 것 같다.

"이야기해줘서 고마워. ……그리고, 아직 물어볼 게 더 있어."

"아, 예……."

키쿠치 양이 고개를 끄덕이자, 나는 다음 질문을 던졌다.

"——저기, 콘노 에리카는 히나미를 꽤 의식하고 있다고나 할까, 라이벌시하고 있지?"

나는 그 말을 하고 키쿠치 양의 대답을 기다렸다.

그녀는 뭐라고 말해야 할지 고민하는 것처럼 잠시 동안 고개를 숙이고 있더니…….

"으음…… 저도, 그렇게 생각해요."

내 말에 동의했다. 좋아. 나는 또 확신을 얻었다.

"역시…… 그렇구나."

이건 콘노 에리카와 그녀의 들러리 중 일부가 대화에 끼어들었을 때, 느꼈던 것이다.

나카무라, 미즈사와, 타케이, 히나미, 이즈미, 콘노, 들러리 두 사람이 나누는 잡담을 관찰하던 나는 콘노와 히나미는 거의 대화를 나누지 않는다는 것을 눈치챘다. 평소에도 두 사람이 이야기를 나누는 모습을 본 적이 없지만, 그래도 부자연스러울 만큼 두 사람은 시선을 마주하지 않았다. 대화에 끼어드는 비율 자체는 두 사람 다 높은데도 말이다. 그래서 이 두 사람이 서로를 피하고 있다는 느낌을 받았다.

그렇다면 그 대화에 참가한 그룹의 리더 사이에 보이지 않는 벽이 존재하는 것이리라.

그리고 진짜로 벽이 존재하더라도, 히나미가 그런 벽을 만들 리가 없다. 그러니 그런 분위기를 만든 사람은 콘노일 것이며, 히나미는 어쩔 수 없이 거기에 어울려주고 있는 거라 여길 수밖에 없다.

그렇다면 콘노는 히나미의 압도적인 스펙에 적의나 두려움 같은 부정적인 감정을 품고 있기에, 그녀와 얽히는 것을 거절하고 있다. 또한 콘노 에리카의 『욕구』, 즉 『얕보이고 싶지 않다』라는 감정에 근거해서 추측을 해본다면, 『자기보다 강한 존재에게 얕보이는 것을 피하기 위해』 그러는 걸지도 모른다는 생각이 들었다.

즉, 콘노는 클래스메이트 중에서도 특히 히나미 아오이를 라이벌시하고 있는 것이다.

거기까지 생각이 미친 순간, 두 번째 화살이 완성됐다.

──콘노 에리카가 『구기대회에서 좋은 결과를 못 낸다면, 히나미에게 얕보인다』라고 생각하게 만든다.

이것은 히나미의 문제 해결 방식이다. 자신의 뛰어난 성적으로 어패의 평판을 좋게 하거나, 학생회 선거 때 자신의 육상 성적을 이용한 것처럼 말이다. 나는 그런 『자신이 과거에 해온 노력량』을 이용한 방식이 큰 효과를 발휘하는 점에서 힌트를 얻었다. 즉, 『히나미가 교실 안 신분제도에서 상위라는 점』을 이용하는 것이다.

그리고 콘노가 그렇게 생각하도록 잘 부추겨달라고, 히나미에게 떠넘김으로서 이 작전은 완료됐다. 콘노의 들러리에게 「에리카는 시합에 나가?」, 「내가 있으니까, 괜히 나설 필요 없어」, 「에리카는 운동 같은 걸 잘하는 편은 아니잖아?」 같은 말을 해달라고 부탁해뒀다. 들러리를 통해 본인에게 그 말이 전달된다면, 다소 자극을 받을 것이다. 이런 부탁을 받아준 히나미에게 감사해야겠다.

하지만 이게 큰 효과를 발휘할 거라 단정할 수는 없다.

왜냐하면, 히나미에게 얕보이는 걸 개의치 않을 만큼 구기대회 자체를 깔보는 것만으로도 콘노의 『욕구』는 달성되는 것이다.

그럴 때 날려야 하는 것이 바로── 제3의 화살이다.

나는 키쿠치 양에게 질문을 하나 더 건넸다.

"그리고……."

"……예."

나는 잠시 망설인 후, 이렇게 말했다.

"──콘노 에리카는 아마 아직도 나카무라를 좋아하지?"

내가 그렇게 묻자, 키쿠치 양은 머뭇거리면서 고개를 끄덕였다.

"……그런 것 같아요."

그리고 키쿠치 양은 긍정했다. 좋아. 이걸로 모든 퍼즐 조각이 갖춰졌다.

내가 이런 생각을 한 이유는 간단했다. 하나는 옛날에 콘노가 나카무라에게 고백을 했다는 듯한 이야기를 구교 장실에서 들었기 때문이다. 그리고 또 하나는 얼마 전에 나카무라가 오래간만에 학교에 왔을 때, 콘노 에리카가 보였던 행동이다.

그 콘노 에리카가 자기 발로 우리 쪽으로 걸어오더니, 우리 그룹에 합류했던 것이다. 나는 그녀가 일부러 우리에게 다가왔다는 사실에서 묘한 위화감을 느꼈다. 그리고 잘 생각해보니, 결론은 단순했다.

그렇다. 매우 단순한 일이다. 오래간만에 학교에 온 나카무라와 이야기를 하고 싶었던 것이리라. 콘노 에리카가 남을 부르는 게 아니라 자기가 찾아갈 정도로, 나카무라와 이야기를 나누고 싶었던 것이다.

이것으로, 마지막 화살이 완성됐다.

──미즈사와에게 부탁해서, 『나카무라는 스포티한 여자를 좋아하는 것 같다』는 정보를 콘노 에리카에게 전하는 것이다.

좀 어이없기는 하지만 가장 효과적일지도 모른다는 생각이 들었다.

이 화살에 대해서는 딱히 설명을 할 필요가 없을 것이다. 그저 구기대회에서 활약하면 나카무라가 자기를 좋아해줄지도 모른다고 생각하게 하려는 것이다.

솔직하게 말해 상대의 연심을 이용하는 게 좀 그렇다는 생각도 들었지만, 목적을 달성하기 위해서는 어쩔 수 없다고 생각하기로 했다.

이게 내가 준비한 작전이며, 세 개나 준비한 데는 이유가 있다.

노래방 세븐스에서 구미 양과 콘노에 관해 상의했을 때, 그녀가 했던 그 말.

콘노 에리카를 공략하기 위해 가장 중요한 것이 무엇인지를, 동족인 구미 양이 나에게 가르쳐줬던 것이다.

『퀸이 의욕을 가지게 만들고 싶다면, 노력의 가성비를 올려야 해요!』

그렇다. 노력의 가성비.

그것을 정리하자면 이런 의미가 된다.

『친구인 이즈미를 기쁘게 해주고 싶다』는 욕구.

『히나미 아오이에게 얕보이고 싶지 않다』는 욕구.

『나카무라의 호감을 사고 싶다』는 욕구.

 정보를 모은 결과, 아마 콘노 에리카의 내면에 존재할
이 세 욕구를……

『구기대회 때 열심히 한다』라는 단 하나의 노력만으로
충족시킬 수 있는 상황을 만드는 것이다.

 그러면 『구기대회』는 엄청 노력의 가성비가 좋아! 하고
여기게 되는 것이다.

 이유를 하나하나만 따로 본다면 약하게 여겨질지도 모
르지만, 그것들을 합치면 강해진다. 가성비가 좋아지는 것
이다.

 그리고 가성비가 좋아지면, 구미 양과 마찬가지로 농땡
이 별 사람인 콘노 에리카는—— 움직일 것이다.

 그것이 이번에 내가 남들에게 마구 의지해서 완성한, 콘
노 에리카 공략 작전인 것이다.

 자아, 이제는 이 세 화살이 분위기를 어떻게 바꿔줄지
지켜보기만 하면 된다.

***

 콘노 에리카 공략 작전의 밑준비를 마친 후, 전부 실행
에 옮기고 며칠이 지났다.

 구기대회를 향한 반 여자애들의 분위기는 극적이라고

할 정도는 아니지만 확실히 변했다.

"유즈~? 종목은 이미 전해졌어?"

"아, 응! 다음 학급회의 때 발표할 건데, 소프트볼이야!"

"아, 그래~?"

"응. 농구는 다른 학년에서도 인기가 있어서 가위 바위 보를 했는데 졌거든. 그리고 소프트볼은 경쟁자가 없어서 가위 바위 보도 안 하고 결정됐어!"

"흐음, 그렇구나~. 오케이~."

종목이 뭔지 물어본 사람이 콘노 에리카라는 것만 밝혀도 분위기가 어떻게 달라졌는지 짐작이 될 것이다. 그렇게 구기대회에 무관심하던 콘노가 종목이 뭔지 일부러 물어본 것이다. 그 후에 흥미가 없는 듯한 반응을 보이기는 했지만, 일부러 그러는 것 같은 느낌이 들었다. 아무튼 이것은 엄청난 변화라고 생각한다.

"투수는 누가 하면 될까? 유키는 어때?"

"어~, 나는 소프트볼을 한 적 있지만 3루수였어~."

"그래도 다른 적당한 사람이 없지 않아?"

그리고 콘노 그룹의 다른 멤버들 또한 조금씩 의욕을 보이기 시작했다. 콘노에게 영향을 받은 사람도 있는 것 같지만, 원래 의욕이 있었지만 콘노 에리카 때문에 겉으로 그걸 드러내지 못한 사람도 있을 것이다.

뭐, 아무튼 분위기를 만드는 사람의 방향성이 달라지면, 그 사람을 따르는 집단의 분위기도 달라진다. 나카무라가 없을 때, 집단의 분위기가 흐트러졌던 것과는 정반대다. 중심인물이 명확하게 방향성을 제시하면, 집단은 단결하는 것이다.

이렇게 되면, 우리 반 여자애들은 구기대회에 의욕적이라고 봐도 될 것이다.

그것은 내 작전——실제로 수행한 사람은 히나미, 미즈사와, 이즈미지만——도 영향을 끼쳤겠지만, **회심의 일격**으로 작용한 것은 이즈미가 캡틴을 맡은 점이었다.

내 작전을 통해 콘노 에리카가 조금씩 『한 번 열심히 해볼까』 같은 태도를 취하기 시작했을 때, 이즈미가 캡틴으로서 그녀의 등을 밀었다. 그게 상승효과를 자아낸 것처럼 보였다.

그리고 히라바야시 양이 콘노에게 찍혔다는 게 진짜라면, 그녀가 계속 캡틴일 경우에는 콘노도 계속 고집을 부리면서 의욕을 내지 않았을 가능성이 컸다. 하지만 친구인 이즈미로 캡틴이 변경된 점도 콘노에게 크게 작용했을 것이다. 역시 성장한 이즈미에게 감사해야 할 것 같았다.

뭐, 아무튼 다양한 요인이 작용한 덕분에 콘노의 기분은 크게 바뀌었다. 극적으로 무언가가 변한 게 아니라, 사소한 요소가 복합적으로 더해지면서 커다란 결과를 자아냈다. 그런 의미에서 본다면 내가 이 『인생』에서, 혹은 각종 게임에서 해온 노력과도 비슷한 구조라는 생각이 들었다.

아무튼, 이제 구기대회에서 최선을 다하기만 하면 된다.

***

구기대회 사흘 전, 방과 후.

"응. 이제 과제는 성공했다고 봐도 되겠네."

아직 구기대회 당일이 되지 않았는데도, 히나미가 그렇게 말했다.

"어, 정말이야?"

"응."

하지만 종목이 뭔지 물어보는 콘노를 본 후로 며칠이 지난 현재, 그녀는 구기대회에 의욕을 보이고 있었다. 원래 남들의 위에 서려고 하는 기질을 지니고 있으니, 한 번 시작하면 끝까지 최선을 다하지 않으면 직성이 풀리지 않는 것이리라. 그런 면은 나카무라와 닮았다는 생각이 들었다.

"이제 와서 상황이 나빠질 것 같지는 않은데다…… 만약 그런 일이 벌어지더라도, 이만큼이나 콘노를 의욕적으로 만들었으니 과제는 성공이야."

"만세!"

나는 주먹을 말아 쥐며 기뻐했다. 이야, 정말 기나긴 여정이었다. 하지만 이 과제도 게임 같아서 꽤나 재미있었다.

"이대로 구기대회도 즐길 수 있으면 좋겠지만, 네 신체 능력으로는 무리일 거야."

"으……."

내가 어렴풋이 눈치채고 있던 걸 히나미가 꼭 집어서 지적하자, 가슴이 아파왔다. 히나미는 그런 나를 만족스럽다는 듯이 응시했다.

"그래도 nanashi다운 해결방법이라 나도 꽤 즐거웠어. 난이도가 높은 과제라고 생각했는데, 내가 생각했던 것보다 훨씬 무난하게 클리어했네."

"어, 그, 그래?"

지적 직후에 바로 날아든 칭찬이 무방비한 상태인 내 마음에 꽂혔다. 아, 어쩌지. 왠지 기쁘잖아.

바로 그때, 히나미는 내가 빈틈을 드러냈다는 걸 눈치챈 건지 어른스러운 매력이 묻어나는 미소를 지으면서 윤기 넘치는 입술을 살짝 벌리며…….

"참 잘했어요."

……하고 말했다. 흐, 흥. 내가 멋쩍어 하는 모습을 보려고 이런 소리를 하는 거지? 나는 겨우 이딴 공격에 굴하지 않는다고.

"그, 그, 그럼, 다, 다음 과제는 뭐야?"

나는 매혹적인 시선을 견디면서, 화제를 바꾸듯 앞으로의 일에 대해 물었다. 히나미는 동요한 바람에 혀가 꼬인 나를 쳐다보며 사디스틱한 미소를 지었다.

"왜 그래?"

"그, 그냥 다음 과제를 물어본 것뿐이야."

"흐음? 그래?"

"그, 그, 그렇다고."

히나미는 그렇게 되물으면서 나를 더욱 당황하게 만들었다. 으으, 이런 식의 줄다리기로는 눈곱만큼의 승산도 없다. 게다가 나에게는 어마어마하게 효과적이었다.

이윽고 히나미는 만족한 것처럼 냉철한 표정을 지었다.

"그래도 이제는 상황을 지켜보는 것보다 쑥쑥 진도를 빼는 편이 효율적일 것 같으니까…… 콘노 에리카는 내버려두고, 다음 과제를 진행하는 편이 나을 거야."

"……응. 오케이."

나도 마음을 다잡으면서 고개를 끄덕였다. 상황을 지켜보는 기간 동안 휴식을 취할 수 있었기 때문에 에너지라면 넘쳐흘렀다. 어떤 과제든 내보라고.

"그럼 사흘 뒤인 구기대회 때까지 네가 해야 할 과제는……."

"응."

나는 마음을 단단히 먹으며 히나미의 말에 귀를 기울이자…….

"열심히 레이업숏 연습을 해."

그녀는 진지한 톤으로 그런 뜬금없는 말을 했다.

"……뭐?"

히나미는 내 말을 듣더니 장난기 섞인 웃음을 흘렸다.

"이제는 반 전체가 구기대회에 의욕을 보이고 있잖

아? ——기왕이면 1위를 하고 싶지 않아?"

"……하하."

히나미의 미소를 보고 유쾌한 마음이 든 나는 덩달아 미소 지었다. 이 녀석, 또 1등에 집착하고 있네. 남자 쪽은 히나미와 딱히 상관이 없는데도, 이 녀석은 동반 우승을 노리고 있는 것 같았다.

"일단 여자 쪽은 어떻게든 1등을 할 거야. 학생회 일도 본격적으로 시작되지 않았으니까 이쪽에 주력할 수 있거든. 콘노 에리카가 의욕적이라는 점도 플러스로 작용하니까 말이야. 나카무라도 학교에 왔으니까 남자 쪽도 힘내봐. 멤버 구성으로 봐도 우승은 충분히 가능할 거야."

"그, 그렇구나……."

"뭐, 네가 성장한다고 해도 크게 도움이 되진 않겠지만, 그래도 구멍은 메워두는 편이 낫지 않겠어?"

"구멍……."

맞는 말이지만, 그래도 히나미가 이렇게 딱 잘라서 말하니 꽤 대미지가 컸다. 가능한 한 즐기고 싶긴 하지만, 역시 나는 출전하지 않는 편이 나으려나.

"하지만…… 사흘 동안 연습한다고 크게 달라지지는 않을 것 같거든?"

히나미는 손가락을 좌우로 까딱거렸다.

"잘 들어. 이제부터 네가 할 건 종합적인 농구 연습이 아니라 어디까지나 레이업슛 연습이야. 그것만 계속 반복해두면, 골 근처에서 대기하다 기습 패스를 받아서 레이업을 날린다고 하는 변칙적인 활약을 할 수 있어. 구기대회 수준이면 마크도 제대로 못 할 테니까 말이야."

나는 말도 안 되는 것 같으면서도 묘하게 현실적인 그 작전을 듣고 쓴웃음을 지었다.

"뭐, 알았어……. 그래도 지금까지 항상『리얼충이 된다』는 목적만을 위해 나한테 이것저것 시켰잖아? 그런데 이제 와서 이런 과제를 내줘도 되는 거야?"

히나미는 내 말을 듣더니 의기양양하게 웃었다.

"무슨 소리를 하는 거야? 물론 이것도 리얼충이 되는데 도움이 될 거야."

"뭐?"

히나미는 평소의 합리성을 추구하는 어조로 말을 이었다.

"지금 너는 반에서 나카무라 그룹과 이야기를 나눌 수 있는 위치에 있지만, 그래도 클래스메이트 중 절반 이상과 제대로 이야기를 나눌 수 없는 상태잖아? 얼마 전에 타치바나가 네 이름을 틀렸던 건 기억하지?"

"그, 그건……."

뭐, 나는 아직 반 안에서 그것밖에 안 되는 존재인 것이다.

"하지만 너는 이미 다른 남자애들과『평범하게 대화를 나눌 수 있는 스킬』을 갖추고 있어. 아직 계기가 없을 뿐이야. 사흘이나 커뮤니케이션 스킬 향상과 상관없는 일에 시간을 허비하는 게 아깝기는 하지만, 그『계기』를 만들기 위해 필요한 시간을 줄일 수 있다면 충분히 효율적이야."

히나미는 의기양양한 표정을 지으며 그렇게 말했다.

"으음…… 그러니까 시합에서 가능한 한 활약을 해서, 우리 반의 스포츠맨 그룹의 녀석들과 제대로 이야기할 수 있게 되라는 거구나……."

"뭐, 비슷해."

"그, 그렇구나."

구기대회의 순위만이 아니라 반 안에서의 내 포지션도 고려한 메뉴인 것이다. 황송하기 그지없사옵니다.

"그리고 그 과제를 통해 생겨난 새로운 환경이 너에게 또 경험치를 제공해줄 걸?"

"……응."

나는 그 말을 듣고 며칠 전의 일을 떠올렸다. 그건 타치바나 군이 대화에 끼어들었을 때의 일이다. 나는 엄청 긴장했지만, 또한 당시의 대화 하나하나가 신선하게 느껴졌다. 확실히 그 때 엄청 자극을 받았었다. 즉, 그런 환경을 의도적으로 조성해서, 일상 속에서 경험치를 쌓으라는 것이다.

"그런 면에서 생각해볼 때, 이번 구기대회는 좋은 기회 아냐?"

"뭐, 뭐어, 듣고 보니…… 맞는 말 같네."

결국 나는 납득하고 말았다.

"그럼 레이업 연습은 오늘 방과 후부터 시작해. ……우승을 노리는 거야."

"하하…… 오케이."

히나미는 하굣길에서 좀 벗어난 곳에 농구 골대가 있는 공원이 있다는 걸 나에게 가르쳐줬고, 나는 방과 후에는 그곳에서 레이업숏을 연습하게 됐다. 또한 히나미도 부활동을 마친 후에 이 공원에 와서 레이업숏의 요령과 바른 폼을 가르쳐줬다. 또한 운동신경이 왜 이렇게 나쁜 거냐며 마구 독설도 내뱉었다.

그건 그렇고, 레이업숏 연습조차도 목적 달성을 위한 경험치 창출로 연결시키려 하는 히나미 양의 합리성은 정말 무시무시하기 그지없군요…….

5 쭉 방치되던 플래그는 보통 느닷없이 회수된다.

레이업숏 연습을 시작하고 사흘 후. 구기대회 당일.

농구 시합은 리그전 방식으로 치러지며, 우리 반은 꽤 괜찮은 성적을 내고 있었다.

체육관. 눈앞의 코트에서는 미즈사와가 깨끗한 폼으로 수비수를 제치더니 그대로 레이업숏을 성공시켰다.

"타카히로, 나이스 숏~!"

"땡큐."

미즈사와가 그런 느낌으로 활약하고 있었다. 시합별로 출전 멤버를 자유롭게 바꿀 수 있는데도, 그는 거의 모든 시합에 출전하고 있었다. 미즈사와는 농구부였나……. 뭐, 외모에 어울리기는 하지만, 그러고 보니 누가 어떤 부에 소속되어 있는지는 거의 파악하고 있지 않았다.

참고로 나는…… 아직 한 시합도 나가지 않았다. 뭐, 어쩔 수 없잖아. 척 봐도 농구를 잘할 것 같지는 않으니까 말이야.

하지만 그렇다고 한 시합도 출전하지 않을 리는 없다. 왜냐하면 구기대회의 룰에 『전원 한 번은 시합에 나가야 한다』는 것이 있기 때문이다. 뭐, 학교 행사니까 그런 룰이 있는 것도 무리는 아니다. 그러니 언젠가 나도 시합에 출전하게 될 것이다. ……아니, 정확하게는 다음 시합에 내가 나가기로 되어 있다.

긴장이 되기는 했다. 하지만 나는 나름대로 레이업 연습을 했기에, 그게 실전에서 통할지 시험해보고 싶다는 마음도 있었다. 시합 형식의 연습은 하지 않았기에 호기심이 들었다. 뭐, 이것도 게이머의 숙명일 것이다.

"야호!"

"와우?!"

느닷없이 외국인 같은 리액션을 취하면서 고개를 돌려보니, 이즈미가 눈에 들어왔다. 여름이라 반팔 반바지 체육복 차림이었으며, 새하얀 천이 창문을 통해 스며들어오는 눈부신 햇살을 반사하고 있었다. 그리고 이즈미의 피부 또한 눈부시게 빛나고 있었다.

"너희 쪽은 어떻게 되어 가고 있어?"

이즈미는 껑충껑충 뛰면서 그렇게 말했다. 그리고 그에 맞춰 이즈미의 특정부분도 흔들리고 있었다.

"아, 으음…… 이 시합을 포함해서 남은 세 시합 중에서 두 번만 이기면 우승하는 것 같아."

"오~! 정말이야? 대단하네!"

"그래. 게다가……."

나는 코트를 쳐다보며 말을 이었다.

"이 시합도 이길 것 같으니까, 실질적으로는 한 번만 더 이기면 될 거야."

"와아~! 우승 직전이구나!"

"그래."

즉, 이런 상황에서 시합에 나가게 된 나는 엄청난 압박감에 시달리고 있었다. 휴우, 연습하기를 잘했어.

"그럼 동반 우승도 가능할지도 모르겠네!"

"어? 그럼 여자 쪽도……?"

내가 그렇게 묻자, 이즈미는 환하게 웃었다.

"방금 이겨서 결승에 진출했어!"

"오오! 정말이야?!"

그래. 여자 쪽도 순조롭구나. 여자 쪽의 종목인 소프트볼은 시합에 시간이 꽤 걸리기 때문에 토너먼트 식으로 치르고 있는 것 같으며, 결승에 진출했다고 한다.

"응! 아까 에리카가 홈런을 쳐서 끝내기 승리를 거뒀어!"

"콘노가…… 홈런……?"

나는 그 광경을 상상했더니, 왠지 웃음이 날 것 같았다. 그렇게 구기대회에 관심이 없었던 콘노가 홈런을 쳤다고? 그럼 전력으로 풀스윙을 했다는 거잖아. 의욕이 장난 아니네. 역시 그룹의 리더는 할 땐 하는 애들이구나.

"토모자키 군은 어때?! 출전했어?"

"으음, 아직 안 나갔는데…… 다음 경기에 출전할 거야."

나는 머뭇거리면서 대답했다.

"오! 나이스 타이밍이네! 소프트볼은 3위 결정전을 먼저 하기로 해서, 보러 온 거야~."

"그, 그렇구나……."

딱히 나이스는 아니라고 생각하면서도, 나는 맞장구를 쳤다. 그것도 그럴 것이, 골밑에서 대기하며 레이업슛만 계속 노리는 플레이는 남에게 보여줄 만한 게 아닌 것이다. 물론 개인적으로는 충분히 노력했으니 만족하고 있지만, 꼴사나워 보일 수도 있으니까 말이다. 뭐, 됐다. 이야깃거리 정도는 될 거라고 생각하자. 어차피 내가 멋진 플레이를 할 거라고 눈곱만큼이라도 기대하는 사람은 없을 테니까 말이다.

갑자기 삐~ 하는 호루라기 소리가 들렸다. 시합이 끝난 것 같았다.

점수판을 보니 18대 10으로 우리 팀이 승리했다.

"좋아. 이제 1승만 더 하면 돼~."

미즈사와는 여유가 느껴지는 상쾌한 목소리로 그렇게 말한 후, 리얼충들이 있는 곳으로 걸어갔다. 평소의 어른스러운 분위기와는 좀 다른, 그 순진무구한 미소는 왠지 친근한 느낌을 자아내고 있는 것처럼 느껴졌다. 턱과 목덜미를 타고 흐르는 땀은 여름의 햇살을 반사하며 청춘의 한 순간을 꾸며주고 있었다.

"뭐 저런 미남이 다 있어……."

내가 진심에서 우러난 말을 입에 담자, 이즈미는 아하하 하고 웃었다.

"아무래도 히로는 이번 구기대회에서 주가를 더 올린 것 같네……."

이즈미는 그렇게 말하면서 옆을 바라보았다. 왜 저러지? 하고 생각하며 나는 옆을 바라보았다.

그러니 미즈사와의 일거수일투족을 쳐다보며 환호성을 지르는 여자애들이 눈에 들어왔다.

"……역시 미즈사와야."

뭐, 내가 보기에도 완벽 미남처럼 보이니까 말이야. 여자들이 저러는 것도 이해가 돼. 하느님은 불공평하다니깐.

그런 미즈사와는 나를 쳐다보더니, 손을 흔들면서 걸어왔다. 평소보다 입가에 어린 미소가 활기차 보이는 것은 운동을 한 덕분에 텐션이 올라갔기 때문일까. 고양이 같은 눈매와 옅은 미소, 그리고 짧은 파마머리가 완벽하게 조화를 이루면서 얼굴 주위가 반짝이고 있는 듯한 착각마저 자아내고 있었다.

내 옆으로 온 미즈사와는 약간 쿨한 미소를 지으면서 내 등을 두드렸다.

"자아, 후미야. 다음 경기에서 우승을 결정짓자고~."

그러면서 코트 쪽을 쳐다보는 미즈사와는 믿음직하기 그지없었다.

"으, 응."

이런 아우라는 단순히 거동을 흉내 내기만 해선 흉내 낼 수 없을 것이다. 뭐랄까, 평소의 행동이나 자신감에서 뿜어져 나오는 추상적인 아우라 같았다. 그럼 내가 할 수 있는 건 표정이나 자세, 톤 등을 반복연습을 통해 계속 단련

하는 것뿐이리라.

곧 다음 시합이 시작된다. 멤버는 미즈사와와 타케이, 타치바나 군, 그리고 모르는 남자애 한 명과 나다.

"자아! 그럼 다음 시합을 시작하겠습니다~."

이 코트를 맡은 다른 반의 캡틴이 그렇게 말했다. 미즈 사와는 그 말을 듣자마자 코트를 향해 걸어갔다. 방금 시 합을 마쳤는데 말이다. 정말 체력이 대단했다. 나는 뒤늦 게 그의 뒤를 따르듯 걸음을 옮겼다. 응. 좋아. 해보자.

"파이팅!"

나는 환하게 웃으며 응원해주는 이즈미를 향해 미소를 지은 후, 코트를 향해 걸어갔다.

***

──큰일 났다. 레이업숏을 날릴 수가 없어.

나는 초조함을 느끼며 상대편의 골 근처에서 대기하고 있었다.

시합이 시작되고 벌써 5분이 흘렀다.

구기대회의 농구 시합은 한 시합당 10분 치러지니, 이제 5분밖에 남지 않았다. 하지만 나는 아직 제대로 활약하지 못했다. 이대로는 안 된다. 스포츠맨 그룹과 이야기를 나 눌 계기를 만드는 건 무리다.

아니, 그래도 시합 초반에 타케이가 「받아, 뚝돌이!」 하고 외치면서 프리스비를 던지듯 패스해준 공을 받아서, 히나미가 가르쳐준 폼, 발놀림, 거리감을 파악하는 방식 등을 의식하면서 레이업슛을 성공시키기도 했다. 그리고 「후, 후미야?!」, 「뚝돌이, 뭐 잘못 먹었어?!」 같은 리액션을 미즈사와와 타케이가 보이자, 『미즈사와는 그렇다 쳐도 타케이는 그런 반응 보일 거면 나한테 패스하지 말라고』 하고 생각했다. 그리고 나는 지금까지 해온 노력이 결실을 맺은 걸 기뻐하기도 했다. 뭐, 그때까지는 좋았다.

하지만 그 후에 나한테 마크가 붙었고, 나는 그 마크를 돌파할 기술과 체력이 없기에 그대로 꿔다놓은 보릿자루가 되었다. 그 후로 공은 한 번도 만지지 못했다. 뭐, 원래라면 전혀 활약을 못할 나 같은 녀석이 이런 식으로나마 상대방의 전력을 분산시켰으니 전혀 도움이 안 되는 것은 아니리라. 이런 형태로 노력이 결실을 맺었다고 생각해도 될 것이다. 아마도 말이다.

그리고 시합 자체는 팽팽했다.

아니, 정확하게는—— 3점 차로 지고 있었다.

아무래도 우리 멤버에 문제가 있거나 미즈사와가 지쳐서 밀리는 게 아니라, 상대 팀이 꽤 강한 것 같았다. 히나미는 「구기대회 수준이면 마크도 제대로 못할 거다」 하고 말했지만, 레이업을 성공시키자마자 바로 마크가 붙었다.

"좋아!"

미즈사와가 상대의 패스 코스를 잃더니, 공을 컷했다.

그리고 코트를 둘러보더니, 바로 공을 던졌다.

"타케이!"

"좋아, 나이스 패스! 나, 만, 밑, 어~!"

마크를 따돌린 타케이는 패스를 받더니 힘찬 드리블로 상대방의 수비벽의 가장자리로 파고들며 골밑에 순식간에 도달하더니, 엉망인 폼으로 레이업슛을 날렸다. 그 체격과 스피드와 엉망진창인 폼 때문에 마치 덩크슛이라도 날리는 것처럼 박력이 있었다. 우오오, 화끈한걸. 왠지 엄청난 짓을 한 것처럼 보였다.

와아————!

분위기가 한껏 달아올랐다. 타케이는 만면에 미소를 지으며 양손의 엄지를 치켜들더니, 얼굴 옆으로 들어올렸다. 우오오, 엄청 꼴사나워. 그렇게 멋진 플레이를 해놓고 저렇게 꼴사나운 포즈를 취하는 녀석은 처음 봤다고, 타케이. 하지만 타케이다우니 됐어, 타케이.

그리고 곧 공이 코트 안으로 들어오면서, 시합이 다시 시작됐다. 이것으로 점수 차는 1점으로 줄었다. 한 골만 더 넣으면 역전인 것이다. 남은 시간은 1분이 조금 넘는 것 같았다.

공은 상대 팀이 가지고 있었다. 그리고 상대 팀이 취한 작전은 견제와 시간 벌이를 겸한 패스 돌리기다. 적극적으로 공격을 펼치지 않으며 템포 좋게 공을 동료들끼리 돌리고 있었다.

뭐, 점수가 앞서고 있는데다 남은 시간이 적으니 당연한 전법일 것이다. 그게 남자답지 못하든, 비겁해 보이든, 룰에 따라 승리를 노리는 행위 자체는 비난받아서는 안 된다. 그들은 위험을 감수하지 않으며 안전하게 패스를 돌리고 있었다.

시간이 점점 줄면서, 패색이 짙어지고 있었다.

안 된다. 이대로 있다간 지고 만다. 다들 그렇게 생각한——.

바로 그때였다.

야생의 감일까, 아니면 야성적인 동체시력일까. 뭐, 명백하게 야생적인 무언가를 발휘한 타케이가 몇 걸음 떨어진 곳을 가르며 지나갈 공을 범상치 않은 반응속도로 컷했다.

"나이스!"

항상 차분하던 미즈사와는 뜨거운 목소리로 그렇게 외쳤다.

하지만 타케이가 줍지는 못한 공은 통통 튀면서 지면을 굴러다니고 있었다. 그 앞에는 아직 아무도 없었다. 공에 가장 가까운 사람은 타케이와, 나를 마크하고 있던 적 팀의 학생, 그리고 나였다.

"……쳇!"

그 학생은 나를 힐끔 쳐다보며 혀를 차더니, 공을 향해 뛰어갔다. 나는 골밑에서 한걸음도 움직이지 않았다. 공은 현재 타케이와 그 학생의 딱 중간 위치에 있었다. 하지만 공은 이쪽으로 굴러오고 있으니, 아마 종이 한 장 차이로 적 팀이 잡을 것이다.

"우갓~!"

하지만 야성에 눈뜬 타케이는 다치는 것도 개의치 않는 듯한 기세로 공을 향해 몸을 날리더니, 상대팀 선수보다 먼저 공을 잡았다.

"디펜스!"

상대 팀을 지휘하던 선수가 그렇게 외치자, 적 팀 선수들이 자신들의 골밑을 향해 뛰어왔다.

――하지만 현재 골밑에는 나밖에 없다.

"토모자키~!!"

타케이는 넘어진 상태에서 나를 『뚝돌이』가 아니라 『토모자키』라 부르며 공을 패스했다. 나는 왜 교내 구기대회에서 농구 만화의 클라이맥스 같은 장면이 펼쳐지는 거냐고 생각하면서도, 타케이의 의지가 담긴 공을 받았다.

아마, 남은 시간은 십여 초밖에 안 될 것이다. 즉, 명실공히 이게 마지막 찬스일 것이다.

하지만 레이업을 하기에는 거리가 모자랐다. 그래서 나는 몇 걸음 드리블을 한 후, 공을 양손으로 잡았다. 그리고 그대로 레이업 자세를 취했다. 이 슛이 빗나가면 그대로 패배다.

그렇다. 이 슛이 빗나가면 진다.

지고 마는 것이다.

——그 압박감이 내 움직임을 엉망으로 만들지 않을 리가 없었다.

"우오오오오?"

최선을 다했다고는 해도, 겨우 사흘 동안 벼락치기로 익힌 내 레이업숏은 아직 무의식적으로 쓸 수 있을 만큼 몸에 익지 않았으며, 그렇다고 이런 상황에서 동작 하나하나를 신경 쓸 수 있을 리도 없다.

내가 느릿느릿 걸음을 옮기는 사이, 상대 팀 학생 중 한 명이 골밑에 도착했다.

"안 돼!"

상대 팀 학생은 무시무시한 목소리로 그렇게 외쳤다.

"우오옷?!"

그리고 나는 초조한 나머지 발이 꼬이면서 균형을 잃었다. 그리고 그대로 공을 놓치고 말았다. 내가 놓친 공이 그대로 지면에서 튕겼다. 큰일 났다.

나는 그 공을 어떻게든 잡아야겠다고 생각하면서, 어찌어찌 발을 옮기려 했다. 하지만 초조한 나머지 내 발에 내가 걸리고 말았으며, 그대로 쓰러지듯 앞쪽으로 몸을 날렸다.

상대팀 학생은 그 모습을 보고 놀라면서도, 공을 잡기 위해 이쪽으로 다가왔다. 나는 공을 향해 손을 뻗었다. 상대도 손을 뻗었다. 그리고, 그 결과——.

나는 지면에 쓰러진 상태에서 공을 옆구리에 꼈고, 다른 한손으로 상대 학생의 체육복을 움켜잡았다. 하, 하지만, 몸을 일으킨 후, 패스를—— 하자고 생각한 순간이었다.

이 엉망진창인 상황에서, 코트 안팎의 시선이 심판에게 향했다.

그리고 심판은 호루라기를 부르더니…….

"으음, 빨강 팀……!"

빨강 팀. 우리 팀이다. 심판의 시선은 나를 향하고 있었다.

"파울…… 그리고 더블 드리블과 트래블링……!"

와아~~~~!!

내가 하고 싶었던 것과는 정반대되는 의미에서 분위기가 끓어올랐다.

*＊＊

시합 종료 후. 코트 옆.

"크크큭…… 기, 기운 내."

미즈사와는 웃겨죽겠다는 듯한 표정을 지으며 내 어깨를 두드렸다.

"시, 시끄러워⋯⋯."

나는 기운이 없었지만, 그래도 딴죽을 날렸다. 그리고 일부러 경기를 보러 왔던 이즈미가 웃음을 열심히 참고 있었지만, 그래도 그녀의 입에서는 푸픕 하고 웃음소리가 흘러나오고 있었다.

그리고 내 정면에 있는 타케이는 푸하하하하하 하고 웃어대고 있었다.

"뚝돌이⋯⋯ 나, 동시에 반칙 세 개를 한 번에 한 녀석은 처음 봤어!!"

타케이는 배를 움켜잡더니, 나를 손가락으로 가리키며 눈물이 날 정도로 웃어댔다.

"시, 시끄러워!"

나는 너무 부끄러운 나머지, 약간 큰 목소리로 딴죽을 날렸다. 이렇게 부끄러운 상황에서 쓰고 싶어서 반복연습을 한 게 아닌데 말이다. 근처에 있던 클래스메이트들이 내 말을 듣더니 와자자껄 웃어댔다. 으으, 그래도 효과 범위는 늘어난 것 같네.

근처에 있던 타치바나가 웃음을 참으며 나에게 말을 걸었다.

"이야, 그래도 재미있는 구경을 했네~."

"좀 봐달라고⋯⋯."

내가 지금 심정을 표현하기 위해 엄청 슬픈 톤으로 그렇게 말하자, 타치바나는 또 웃었다.

"그래도 상대 팀이 셌으니까 어쩔 수 없어."

"으음……."

나는 약간 미안해하면서 말을 이었다.

"뒷일을 부탁할게."

"나만 믿어~."

타치바나는 내 팔을 가볍게 두드리면서 웃었다. 1등이 걸린 중요한 시합에 나가는 걸 보면, 역시 농구부인 것 같았다. 생긴 것처럼 말이다.

그래도 남자 스포츠맨 그룹과 이야기를 나눌 계기를 만든다는 과제 면에서 본다면 나쁘지 않은 결과일까? 으음…….

내가 그런 생각을 하고 있을 때, 타치바나가 가볍게 한숨 돌리더니 상쾌한 미소를 지으며 이렇게 말했다.

"그런데 말이야. 이렇게 이야기를 나눠보니 의외로……."

그의 시선은 나를 향하고 있었다.

"……의외로?"

타치바나는 미소를 머금은 채 이렇게 말했다.

"——토모시마 군은 재미있는 녀석이네!"

"나는 토모자키라고."

역시, 내 이름은 외우지 못한 것 같았다.

     ***

그리고 다른 반의 시합이 두 번 정도 치러진 후, 이번 구기대회의 마지막 시합이 시작됐다. 그것은 우리 반의 우승이 걸린 중요한 시합이기도 했다.

최종전이자 우승이 걸린 시합이 시작되자, 농구 코트에는 수많은 관중이 몰렸다. 우리 팀이 이기면 우승. 지면 2위. 참고로 우리가 졌을 경우, 우승하는 팀은 이번 시합에서 맞붙는 팀이 아니라 아까 내가 출전했던 시합의 상대 팀이다.

"가자."

나카무라가 앞장을 선 가운데, 시합 멤버가 코트로 들어갔다.

이 시합에는 미즈사와와 나카무라, 그리고 타치바나를 비롯한 농구부 멤버 세 사람이 출전하는 것 같았다. 이게 우리 반의 베스트 멤버인 것 같으며, 축구부인데도 이 멤버에 포함된 나카무라가 얼마나 운동신경이 좋은지 짐작이 되었다.

시합이 시작되기를 기다리고 있을 때, 운동장 쪽에서 단체로 이동하고 있는 이들이 보였다. 우리 반 여자애들이었다. 아무래도 여자 소프트볼의 결승전이 끝난 것 같았다.

앞장서서 걷던 이즈미가 농구 코트 쪽으로 쪼르르 뛰어오더니, 같은 반 남자애들을 향해 손을 흔들었다.

"소프트볼에서 우승했어~~~!"

그렇게 말하며 웃는 이즈미의 표정에는 환한 미소가 어려 있었으며, 캡틴답게 믿음직하기까지 했다. 그리고 히나미와 미미미도 이쪽으로 오더니, 미소를 지으며 손을 흔들고 있었다. 그 뒤편에 있는 콘노 에리카도 반짝이는 땀방울을 닦으면서 들러리들과 함께 이야기를 나누고 있었다.

그리고 이즈미는 우리 반 남자애들에게 우는 소리를 들으면서도, 코트 쪽을 향해 고함을 질렀다.

"슈지! 지면 용서 안 할 거야!!"

나카무라는 장난기 섞인 그 말을 듣더니, 귀찮은 듯이 머리를 긁적이면서도 왠지 즐거운 듯한 목소리로 말했다.

"알았어. 우리만 믿으라고."

그리고 힘찬 미소를 입가에 머금었다.

***

우승이 걸린 시합도 종반에 이르렀다. 그리고 방금, 공이 나카무라에게 넘어갔다.

나카무라는 드리블을 하면서 좌우를 둘러보며 디펜스의 위치를 파악하더니 —— 단숨에 가속했다.

그는 뛰어난 신체능력으로 펼친 드리블로 디펜스를 뚫더니, 단숨에 골밑으로 쇄도했다. 하지만, 직접 슛을 하지는 않았다.

골밑에 있던 상대 팀의 선수가 그를 막아선 것이다. 적어도 이대로는 레이업숏을 하는 건 무리일 것 같았다.

그 순간, 나카무라는 상대 팀 선수에게서 몇 걸음 떨어진 곳에서 갑자기 움직임을 멈추더니 그대로 숏 자세를 취했다. 나카무라가 서있는 곳은 3점 라인에서 한 걸음 떨어진 곳이었다.

그 사실을 눈치챈 상대팀 선수가 손을 뻗었지만, 나카무라는 상대의 수비 범위에서 벗어나려는 것처럼 뒤편으로 몸을 날렸다. 남은 시간은 몇 초뿐이었다. 그리고 최대 도달 지점까지 도약한 나카무라가 던진 공이 포물선을 그렸다.

——그리고 심판이 휘슬을 불렀다. 즉, 버저비터다.

그 공은 주위의 시선과 소리를 전부 흡수하더니, 창 너머로 보이는 막바지 여름의 푸른 하늘을 배경 삼으면서 아름다운 궤적을 그렸다.

그리고…….

조용히, 골대에 빨려 들어갔다.

와아————!

방금 그 골로 스코어는 23대 8. 방금 그 공이 들어가지 않았더라도 우승을 했을 것이다. 즉, 오버킬이다. 최종전에서 대접전 끝에 버저비터로 결판이 나는 것 같은 일은 벌어지지 않았다. 아니, 초반에 이미 승패는 갈렸던 것이다.

뭐, 아까 접전을 벌였던 반이 2위이고, 이번에는 우리 반도 거의 베스트 멤버로 경기에 임했으니 어찌 보면 이기는 게 당연할지도 모른다. 게다가 상대 팀은 이기더라도 우승을 못하니 사기도 낮았다. 이게 현실이란 건가.

하지만, 이걸로 남녀 공동 우승은 해냈다.

"우리가 넘버원이다~~~!!"

타케이는 캡틴인데도 마지막 시합에 나가지 못했지만, 마지막에는 캡틴답게 천장을 손가락으로 가리키며 고함을 질렀다. 그러자 나카무라와 미즈사와도 마찬가지로 천장을 손가락으로 가리켰다. 두 사람 다 즐겁게 웃고 있었다.

그리고 우리 반 여자애들도 대부분 모여 있는 가운데, 다 같이 환호성을 질렀다. 히나미와 미미미, 타마 양은 어깨동무를 했다. 키가 작은 타마 양만 까치발을 하고 있었다.

고개를 돌려보니, 콘노 에리카도 즐겁게 웃고 있었다. 이즈미가 환한 미소를 지으면서 콘노의 목을 꼭 끌어안았고, 콘노는 그런 이즈미의 머리를 쓰다듬어줬다.

오오, 대단하네. 다들 즐거워 보여. 반이 한 마음 한 뜻이 된 느낌이 들었다. 그래서 나도 예전 같았으면 절대 안했을 짓을 해봤다. 다른 이들 사이에 섞여서 「예이~」하고 말한 것이다. 그런데 왠지 개인적으로는 확 와 닿지 않았다. 으음. 뭐, 이럴 때도 있을 것이다. 즐거움에도 호불호 같은 것이 있으니까 말이다.

"수고했어!"

이즈미는 콘노에게서 떨어지더니, 캡틴으로서 클래스메이트들을 향해 그렇게 말했다.

"너희도 우승했다며? 우리 반은 세네."

나카무라는 가벼운 어조로 그렇게 말했다.

"맞아~!"

이즈미는 그렇게 말하면서 손을 들어올렸다. 왜 저러지? 하고 생각하면서 쳐다보니, 나카무라도 마찬가지로 손을 들어올렸다. 그리고 두 사람의 손이 태양을 배경 삼으며 짝! 소리를 내며 마주쳤다. 아, 하이파이브구나. 멀뚱히 쳐다보고 있는데도 뭘 하려는 건지 몰랐다. 역시 이 두 사람은 마음이 잘 맞는 것 같다. 어쩌면 내가 리얼충 문화를 이해하지 못하고 있는 걸까. 아무래도 그게 정답일 것 같았다.

참고로 타케이는 엄청 슬픈 표정으로 자신의 손바닥을 쳐다보고 있었다. 맞아. 캡틴은 너였지. 따지고 보면 이 타이밍에서는 캡틴들이 하이파이브를 해야 할 것이다. 불쌍한 타케이.

뭐, 아무튼 구기대회를 무사히 마친 우리는 폐회식이 끝나자 교실로 돌아갔다. 참고로 폐회식에서는 신임 학생회장인 히나미가 학생들의 노고를 치하하는 말을 건넸다. 다들, 자기가 맡은 일을 열심히 하고 있는걸.

***

그리고 몇 시간 후. 학교에서 역으로 이어지는 하굣길.

우리는 모퉁이에 숨어서 밖을 쳐다보고 있었다.

현재 이곳에는 히나미, 미즈사와, 타케이, 미미미, 그리고 내가 있었다.

그리고 모퉁이 너머에는 인적이 드문 길을 나란히 걷고 있는 나카무라와 이즈미가 있었다.

즉, 우리는── 단둘이서 하교하고 있는 나카무라와 이즈미를 미행하고 있었다.

"자아, 과연 어떻게 되려나요~?"

미미미는 즐거운 어조로 그렇게 말했다.

"글쎄."

나는 그렇게 말하면서 구기대회가 끝난 후의 일을 떠올렸다.

구기대회가 끝난 후, 1등을 한 상이라면서 우리 반 학생 모두가 아이스크림을 받았다. 카와무라 선생님과 히나미가 꾀를 부려서 학생회비로 산 것 같았다. 어이어이, 그래도 되는 거야? 뭐, 나야 좋지만 말이야.

그리고 교실에서 몇 시간 동안 뒤풀이를 한 후, 하교하기로 했을 때였다.

드디어, 이즈미가 행동을 개시한 것이다.

미즈사와, 타케이와 이야기를 나누고 있던 나카무라에

게 다가간 이즈미는 느닷없이 이런 말을 했다.

"슈지. ……같이 하교 안 할래?"

대담하다고나 할까, 이미 결정해둔 일을 밀어붙이는 듯한 그 태도는 요즘 들어 강해진 이즈미다워 보였다. 그리고 나카무라도「뭐, 좋아」하고 퉁명하게 말하면서 승낙했다.

그리고 두 사람의 대화를 근처에서 듣고 있던 우리는「아, 그래? 그럼 내일 봐~」하고 말하면서 단둘이서 좋은 시간 보내라는 듯한 분위기를 자아냈다. 하지만 두 사람이 사라진 후, 모인 우리는 만장일치로『미행할 수밖에 없어』라는 결론을 내렸다. 그리고 지금 이 상황에 이른 것이다.

"어떻게 될까~."

히나미는 작은 목소리로 그렇게 말했다.

"뭐, 고백을 하지 않겠어? 구기대회에서 남녀 동반 우승을 한데다, 유즈는 사랑의 힘으로 슈지의 문제를 해결하기도 했잖아."

"어, 정말? 나는 모르는 일인데?!"

미미미는 미즈사와 말을 듣고 불만을 표시했다.

"아…… 뭐, 네가 타마와 러브러브하는 사이에 이런저런 일이 있었어."

"정말?! 자세하게 이야기해줘! 플리즈~!"

우리가 최근 몇 주 동안 있었던 일을 미미미에게 설명해주면서 나카무라와 이즈미를 미행하다 보니, 두 사람은 하 곳길에서 벗어났다. 지금 두 사람이 향하는 방향에는 역이 없다. 그렇다면……?

미미미는 눈을 반짝이면서 몸을 쑥 내밀었다.

"오오~? 대체 어디에 가는 걸러나~?"

"미미미, 몸 좀 숨겨."

히나미는 쓴웃음을 지으면서 미미미를 잡아당겼다.

"역시 미미미는 괜히 데려왔나……."

미즈사와는 놀리는 듯한 어조로 그렇게 말했다.

"말에 가시가 돋친 것 같네~. 사소한 걸 신경 쓰는 남자 는 여자한테 인기 없어!"

"하하하. 이미 충분히 인기 있다고."

"흐음~? 진짜이려나~? 타카히로는 아직 애인이 없잖아!"

"시끄러워. 어중간하게 남과 사귀지는 않아. 그러는 너 야말로 어때? 남친 있어?"

"나, 나한테는 타마가 있거든! 토모자키, 안 그래?"

"왜, 왜 나한테 동의를 구하는 건데?"

우리가 그런 이야기를 나누면서 미행을 하다 보니, 두 사람은 인적이 드문 공원에 들어갔다.

"이, 이거 장난 아닌 것 같네~! 안 그래~?!"

타케이는 일단 목소리를 낮추면서 그렇게 떠들어댔다. 그런데도 목소리가 꽤 컸기에, 다들 그에게 쉬잇──! 하 고 말하며 주위를 줬다. 그러자 타케이는 풀이 죽은 것처럼 고개를 숙이며 입을 다물었다. 그는 비탄에 젖은 듯한 표정을 지었다. 그, 그렇게까지 풀이 죽을 필요는 없잖아.

……그런데 이 공원은 내가 레이업슛 연습을 하던 공원이네. 어, 뭐야. 혹시 공이 들어가면 나와 사귀자 같은 달콤쌉싸름한 이벤트를 볼 수 있으려나? 아, 그럴 리는 없나?

우리는 작은 목소리로 이야기를 나누면서 공원 입구 근처의 나무 뒤편에 숨었다. 그리고 나카무라와 이즈미는 입구 근처에 설치된 벤치에 나란히 앉는 모습이 눈에 들어왔다. 그 모습을 본 미즈사와는 약간 아쉬워하면서 입을 열었다.

"아~, 이쪽을 쳐다보고 있네. 더는 다가갈 수 없겠는걸."

미즈사와는 그렇게 말하면서 가방을 내려놓으려 했지만, 나는 그런 그를 말렸다.

"응?"

미즈사와는 내 얼굴을 쳐다보았다. 나는 그런 그를 쳐다보며 고개를 끄덕인 후, 길 건너편을 손가락으로 가리켰다.

"저쪽에 다른 출입구가 있으니까, 그쪽으로 들어가면 접근할 수 있을 거야."

"오오! 정말이야?"

"그래."

이 공원에서 레이업슛 연습을 한 게 이런 식으로 도움이 될 거라고는 생각도 못했지만, 이곳의 지형은 어느 정도 파악하고 있다. 나는 엄지를 치켜들었다. 그러자 미미미는 나이스! 하고 말하면서 내 어깨를 두드렸다. 손길이 매운 걸 보면, 미미미는 오늘도 기운이 넘치는 것 같았다.

살금살금 이동한 우리는 반대편 입구를 통해 공원 안으로 들어갔다.

그리고 가능한 한 몸을 숨기면서 다가간 결과—— 벤치에서 몇 미터 정도 떨어진 곳에 있는 도구 창고 뒤편에 도달했다.

즉, 귀를 기울이면 두 사람의 대화를 아슬아슬하게 들을 수 있는 거리다. 우리는 서로를 쳐다본 후, 두 사람의 대화에 집중했다.

"……그래~! 그때 투수로 등판한 아오이가 끝까지 던졌어."

그런 말이 들렸다. 이 순간, 새로운 사실이 발각됐다. 히나미는 결승전에서 투수로 등판했구나. 히나미 쪽을 쳐다보자 『아, 들켰네』 하고 말하는 듯이 장난스러운 미소를 지었다. 여전히 퍼펙트 히로인 상태인 히나미는 코미컬한 표정을 짓고 있었다.

"하하하. 여전히 나서기를 좋아하는 녀석이라니깐."

"뭐, 덕분에 우승한 거잖아!"

히나미가 『나서기를 좋아한다』 같은 소리를 듣는 게 신선하게 느껴진 나는 무심코 웃음을 터뜨렸다. 뭐, 확실히 나서기를 좋아하는 것은 맞다. 학생회장에, 구기대회 결승전의 투수에, 반에서도 리더 격이기까지 하니까 말이다. 그런데도 히나미가 비난당하지 않는 것은 절묘하게 컨트롤하고 있기 때문일 것이다. 뭐, 나는 그녀의 본성을 알기에 마구 비난하지만 말이다.

"뭐, 너도 열심히 했지?"

나카무라는 퉁명한 어조로 그렇게 말했다. 우리는 그 말을 듣고 히죽거리면서 서로를 쳐다보았다. 쳇, 멋진 소리를 늘어놓네.

"어……."

이즈미는 약간 머뭇거리면서 대답했다.

"으, 응. 그래."

"흐음."

"슈, 슈지답지 않은 소리를 하네."

나카무라는 가볍게 웃음을 흘렸다.

"뭐야. 그럼 어떤 게 나다운 소리인데?"

"으, 으음…… 남 험담?"

"헛소리 마."

나카무라는 그렇게 말하면서 이즈미의 머리를 움켜잡았다.

"아야야야야!"

"왜 험담이 나다운 소리인 건데?"

이즈미는 두 손으로 나카무라의 팔을 잡았지만, 그는 손을 떼지 않았다. 이즈미도 「아파~」 하고 말하면서도, 진짜로 그의 팔을 떼어내려고 하지는 않았다. 그런 상태가 한 동안 계속됐다.

"——우리, 사귈까?"

"뭐어엇?!"

이즈미는 큰 소리로 경악했고, 나는 그 뜬금없는 말을 듣고 이상한 소리를 낼 뻔했지만, 무심코 두 손으로 입을 막아서 목소리가 새어나가는 것을 막았다. 그리고 주위를 둘러보니, 타케이 이외의 전원이 손으로 입을 막고 있었다. 참고로 타케이의 입은 히나미가 막고 있었다. 어, 어떻게 된 거지. ……혹시 히나미 녀석은 타케이가 무심코 고함을 지를 가능성을 고려해서, 자기 입과 타케이의 입을 동시에 막은 걸까. 그렇다면 진짜로 판단력이 끝내주는걸.

그래도 방금 그 준비 자세 없이 날린 전력 스트레이트는 대체 뭐냐고. 지금까지는 굼벵이처럼 관계를 진전시켜놓고, 이럴 때만 우리 예상을 아득히 뛰어넘는 스피드를 내지 말라고. 뭐, 나카무라답다는 생각은 들지만 말이야.

나카무라는 딱히 초조해하지도 않으면서, 퉁명한 어조로 그렇게 말했다.

"방금 그 비명은 뭐야? 진짜 바보 같네."

"누, 누가 바보 같다는 거야?!"

"그래서, 어떻게 할래?"

나카무라는 퉁명한 어조로 그렇게 물었다.

뭐야. 고백하는 데는 엄청 시간이 걸렸으면서, 고백한

후에는 당당하기 그지없잖아. 혹시 이것도 강캐의 특성인 걸까. 진짜 짜증나네.

"으음……. 사귀자는 건, 그러니까……."

"응? 말 그대로의 의미야."

"그, 그렇지……?"

이즈미는 고개를 살짝 숙이더니, 잠시 동안 입을 다물었다. 얼굴은 보이지 않지만, 새빨갛게 달아올라 있을 거라는 것은 쉬이 상상이 됐다.

침묵이 이어졌다. 나카무라는 약간 벌린 두 무릎에 팔꿈치를 얹더니, 딴 곳을 쳐다보고 있었다. 뒷모습에서도 여유가 느껴지는걸.

이윽고 이즈미의 얼굴이 나카무라를 향했다.

"──응. 사귀자. 나도 슈지를 좋아해."

그 목소리는 확고한 의지가 어려 있으면서도, 한편으로 들뜬 듯한 열기가 존재했다. 우리는 창고 뒤편에서 입을 막은 채, 히죽히죽거리면서 서로를 쳐다보았다.

"……그럼 잘 부탁해."

나카무라는 부끄러워하고 있다는 걸 감추려는 것처럼 짤막하게 대답하며 몸을 일으키더니, 정면에 있는 공원 입구를 향해 걸음을 옮겼다. 그러자 이즈미는 「기다려!」 하고 외쳤다. 나카무라가 그 말을 듣고 고개를 돌리자, 히나미와 미즈사와가 고개를 내밀고 있던 우리를 잡아당겼다. 구, 굿잡.

"왜 그래?"

우리는 창고 뒤편에 숨은 채, 두 사람의 이야기만 듣고 있었다.

"저기, 방금, 『나도 좋아한다』고 말했지만…… 슈지가 나를 어떻게 생각하는지 못 들었는데…… 머, 멋대로 넘겨짚은 것, 같아서……."

약간 긴장한 것 같으면서도, 최선을 다해 별것 아닌 듯한 톤을 자아내려 하는 듯한 목소리가 어둑어둑한 창고 뒤편까지 들려왔다.

"……뭐? 무슨 소리를 하는 거야?"

나카무라는 퉁명한 어조로 그렇게 말했지만, 말 곳곳에 존재하는 톤이 아주 약간 흐트러진 것 같은 느낌이 들었다.

이윽고, 누군가가 발걸음을 옮기는 소리가 공원에 울려 퍼졌다.

"저기, 그게, 일단 확인을…… 하고 싶단 말이야."

자신의 마음을 쥐어짜내는 듯한, 그런 절실한 목소리가 들렸다.

한동안 침묵이 이어졌다.

바람이 불자, 옆에 있는 미미미와 히나미의 머리카락이 흔들렸다. 그리고 낙엽이 지면을 스치며 자아내는 소리가 들려왔다.

바람이 멎었다.

그리고 또, 누군가의 발소리가 들렸다.

"――나도, 좋아해."

늦더위가 가라앉은 9월 후반의 공기는 맑고, 기분 좋게, 이 공원을 감쌌다.

"――응. 고마워."

이즈미의 목소리는 작고 짤막했지만, 그 안에는 달콤한 행복으로 가득 차 있었다.

양손으로 입을 막고 숨을 죽인 우리는 눈을 치켜뜨며 서로를 쳐다보았다. 그리고 어떤 의미인지는 모르겠지만, 일단 고개를 연이어 끄덕였다.

"자아, 가자."

"……응!"

만족감으로 가득 찬 목소리가 들린 후, 두 사람의 발소리가 점점 멀어져갔다.

행복의 여운이 감도는 공원에는 우리만이 남아 있었다.

"이, 이제 갔지……?!"

미미미는 다른 이들을 둘러보면서 그렇게 말했다. 히나미가 창고 뒤편에서 고개를 내밀어서 한동안 주위를 살펴보더니, 다시 우리를 쳐다보며 고개를 끄덕였다. 오케이라는 뜻 같았다.

다들 그제야 푸하~ 하고 한숨을 내쉬었다.

"슈, 슈지~~~! 경사네, 경사!"

타케이는 낮은 목소리로 기뻐하면서 그렇게 말했다. 히나미는 그런 타케이를 쳐다보면서 웃음을 흘렸다.

"맞아~. 정말 오래 걸렸어!"

왠지 어이없어 하는 것 같으면서도 즐거워 보이고, 또한 사랑이 느껴지는 목소리다. 이게 연기인지 아닌지는 생각하고 싶지 않다. 왜냐면 여러모로 무서우니까 말이다.

"이야~! 청춘의 한 장면을 봤네! 나도 질 수야 없지!"

미미미는 마치 경쟁이라도 하는 듯한 어조로 그렇게 말하더니, 몸을 웅크린 내 등을 찰싹찰싹 소리 나게 때렸다. 아, 아프다고.

"아야야……. 그래도 이걸로 일단락됐네."

나는 한숨을 내쉬었다. 이렇게 모두가 행복해지는 결과를 맞이하다니, 인생도 나쁘지 않다는 생각이 들었다. 역시 이 게임은 꽤 괜찮은걸.

그리고 뒤편에서 웃음기가 섞인 목소리가 들려왔다.

"……이 행복이 오래 갔으면 좋겠네."

장난스러운 어조로 그렇게 말한 미즈사와의 입가는 시니컬하면서도 즐거워하는 듯한 미소가 어려 있었다.

***

다음날 아침. 교실.

"그래서 실은…… 사귀기로 했어."

얼굴이 붉어진 이즈미가 몸을 배배 꼬면서 그렇게 말했다. 그런 그녀의 옆에는 나카무라가 서있었다.

"어~?! 정말이야?! 축하해~!"

우리는 완벽할 정도로 시치미를 떼고 있는 히나미를 본받으며, 이 사실을 처음 안 척 했다.

"누가 고백한 거야?! 나카무~?!"

"슈지한테 그럴 용기가 있을 것 같지는 않은데 말이야."

히나미의 뒤를 이어, 미미미와 미즈사와가 완벽한 연기를 선보였다.

"시끄러워~. 그딴 건 아무래도 상관없잖아."

그리고 나카무라는 평소와 별반 다르지 않은 태도를 취했다. 왠지 열 받네.

"그, 그래도 너희가 사귈 줄은 몰랐어!"

"그, 그래! 이즈미, 나카무라, 축하해!"

타케이와 나는 다른 사람에 비해 연기가 서툴렀지만, 그래도 어제 고백하는 모습을 봤다는 걸 들킬 수도 없으니 최선을 다했다.

"으, 응. 고마워."

"뭐, 이제 됐어? 우리가 사귄다고 뭐가 달라지는 것도 아니니까 말이야."

이즈미는 솔직하게 고마워했고, 나카무라는 부끄러움을 감추려는 것처럼 퉁명한 태도를 취하며 이 이야기에 마침

표를 찍으려 했다. 역시 이 두 사람은 성격이 정반대지만, 그래서 잘 어울리는 걸지도 모른다는 생각이 문득 들었다.

그렇게 이 이야기는 반 전체에 퍼져 나갔고, 곧 다들 축하해줬다. 뭐, 애초부터 『너희 둘 빨리 사귀라고』 같은 분위기였으니, 이제 사귀는 거냐고 따지는 듯한 분위기도 존재했다.

그래도 어제 생각했던 것처럼, 아무도 불행해지지 않고 다들 웃으며 따뜻한 분위기 속에서 이벤트가 끝났다. 그리고 평소와 다름없는 일상이 이어져가는 것이다. 정말 멋진 해피엔딩이다──.

──하는 식으로 흘러갈 만큼 『인생』이라는 게임이 물러 터지지 않았다는 것을, 나는 곧 알게 된다.

6 해피엔딩을 맞이한 이후에도, 『인생』은 계속된다.

　내가 처음으로 위화감을 느낀 것은, 이즈미와 나카무라가 사귀기 시작한 다음 주의 월요일이었다.

　교실 앞쪽에서 덜컹, 하는 큰 소리가 들렸다.
　"아, 미안해."
　그렇게 말한 학생의 발치에는 필통이 떨어져 있었고, 필기도구가 바닥에 떨어져 있었다. 데굴데굴 굴러가던 지우개를 주위에 있던 학생이 발로 멈춰 세웠다. 무심결에 몸이 닿으면서 책상 위에 있던 필통이 바닥에 떨어진 것 같았다.
　뭐, 그것은 드문 일이 아니다. 비교적 자주 일어나는 일이다.
　하지만 내가 위화감을 느낀 것은, 그 말을 건넨 인물과 들은 인물 때문이었다.
　말을 건넨 이는 콘노 에리카.
　말을 들은 이는 히라바야시 양.
　즉, 콘노 에리카가 히라바야시 양의 필통을 떨어뜨리고 「미안해~」하고 가벼운 어조로 사과한 것이다.
　그리고 콘노 에리카는 떨어진 필기도구를 줍는 걸 돕지도 않고, 사과했으니 됐다는 듯이 자기 그룹이 항상 모이는 곳인 창가 앞쪽으로 걸어갔다. 그리고 들러리들과 함께 잡담을 시작했다.

솔직히 말해 눈살이 찌푸려지는 행동이었다. 하지만 일단 사과는 했고, 비난을 받을 정도로 심한 짓도 아니다. 떨어진 필기도구도 주위에 있는 학생들이 줍는 걸 도와줬다. 그래서 다들 그때는 『또 콘노 에리카가 독재자 짓을 했다』 정도로만 여겼다. 일상적인 일이라고 생각하면서 말이다.

하지만 곧 그 생각은 바뀌었다.

왜냐면 그게—— 계속된 것이다.

계속됐다고 해도, 몇 번이나 필통만 떨어뜨린 것은 아니었다.

사소하다고 여길 수 있는 일이 연이어 계속 일어난 것이다.

예를 들자면, 자신의 들러리와 히라바야시 양이 당번이 됐을 때는 캡틴을 떠맡겼던 것처럼 콘노 에리카가 히라바야시 양에게 모든 일을 떠넘겼다.

또 쉬는 시간에는 콘노 에리카가 들러리의 쪽지 시험 답안용지로 만들어서 날린 종이비행기가 **우연히**, 히라바야시 양의 머리에 닿았다.

그리고 히라바야시 양의 근처를 지날 때, 또 **우연히**, 콘노 에리카가 히라바야시 양의 책상 다리를 걷어차기도 했다.

그렇게, 하나하나의 행동만 따로 본다면 『콘노 에리카, 오늘 기분이 나쁜 걸까』 하고 생각하며 넘어갈 사소한 행동이, 계속해서, 그리고 히라바야시 양에게만 집중적으로 일어났다.

그리고── 그런 일이 일어나고 일주일이 지났을 즈음.

나도, 그리고 아마 대부분의 클래스메이트도 눈치챘다.

이것은, 명확한 의지를 가지고 이뤄지고 있다는 것을 말이다.

그리고 그 『의지』란 바로 『악의』인 것이다.

콘노 에리카의 행동은 교실의 분위기를 걷잡을 수 없을 만큼 나쁘게 만들었고, 아마 들러리를 비롯해 대부분의 이들이 『빨리 끝났으면 좋겠다』고 바라는 상황이 되었다.

하지만 명백한 악의가 담긴 그 행동 하나하나는 전부, 『우연』으로 치부할 수 정도로 사소했다.

그렇기에 그런 그녀에게 주의를 줄 수도 없었다.

결국 『어쩔 수 없는 일』로 여기며 묵인하는 『분위기』가 이 반을 뒤덮었다.

*＊＊

"저기, 토모자키."

어느 날 방과 후. 이즈미가 나에게 말을 걸었다.

"으음, 왜?"

내가 대답을 하면서 고개를 돌리자, 이즈미는 괴로운 표정으로 나를 쳐다보고 있었다.

"……이즈미?"

내가 이즈미의 얼굴을 쳐다보며 문자, 그녀는 왠지 입이 떨어지지 않는 듯한 표정을 지으면서 천천히 입을 열었다.

"에리카…… 말인데."

"……응."

나는 그 말을 듣고 눈치챘다. 콘노와 히라바야시 양의 일을 말하는 것이다.

"일부러, 저러는 거겠지? 전부 말이야."

"그래……."

우연을 가장하거나, 다른 뜻이 없다는 자세를 취하면서 계속되고 있는 이 괴롭힘에는 누구라도 알 수 있을 만큼 명확한 적의가 어려 있었다.

이즈미는 고개를 숙이며 입술을 한 번 깨물더니, 다시 나를 쳐다보았다.

"내 생각인데 말이야."

"……뭐가?"

내가 되문자, 이즈미는 자신의 검지를 엄지손톱으로 살짝 긁으면서 말을 이었다.

"뭐, 내 입으로 이런 말을 하는 건도 좀 그렇지만……."

"응……."

이즈미는 나를 쳐다보더니…….

"——아마, 내가 원인인 거지?"

그렇게 말한 후, 입술을 깨물었다.

"……으음."

나는 그 말을── 부정하지 못했다.

확실히 히라바야시 양은 지금까지 콘노 에리카의 표적이 되어왔다.

하지만 왜 이 타이밍에, 이렇게 심각해진 걸까.

그렇게 생각해본 순간, 딱 하나── 짐작 가는 일이 있었다.

그렇다. 즉…….

"……이즈미가 나카무라와 사귀기 때문이라는 거야?"

내가 그렇게 말하자, 이즈미는 고개를 끄덕였다.

"시기적으로 딱 맞아 들어가잖아. 그래서 에리카는 기분이 나빠졌지만, 나나 슈지한테 무슨 짓을 하는 건 너무 노골적이니까…… 그래서…….."

"그럴……까."

확신을 가질 수는 없었다. 하지만 일전에 우리 집에서 작전 회의를 했을 때, 『이즈미와 나카무라의 사이가 좋아서 콘노 에리카가 언짢아한다』라는 이야기를 들었다. 그러니, 원인으로서 충분히 납득이 되었다. 그리고 그게 사실이라면, 제멋대로인 콘노 에리카를 향한 분노도 치솟았다.

"그렇다면…… 나는 에리카에게 아무 말도 하지 않는 편이 좋겠지?"

나는 그 말을 듣고 고개를 끄덕였다.

"응…… 그래. 맞아."

"그렇구나……."

이즈미는 풀이 죽은 것처럼 고개를 살며시 숙였다.

"……그건 위험할지도 몰라."

어쩌면 자극하는 결과가 되어서, 악화될지도 모른다. 나는 그 말은 입에 담지 않았지만, 이즈미도 이미 눈치챈 것 같았다.

아마 이즈미는 이 상황에서 자신이 할 수 있는 일, 즉 어떻게 하면 히라바야시 양을 도울 수 있을지 진심으로 생각해봤을 것이다. 하지만 그 결과, 『콘노 에리카에게 직접 말한다』라는 가장 심플한 수를, 자신만은 절대 쓸 수 없다는 사실을 눈치챈 것이다.

콘노 에리카가 히라바야시 양을 괴롭히는 이유가 이즈미 때문이라고 단정 지을 수는 없다. 하지만 그 가능성을 부정할 수 없다는 것만으로도, 그 행동은 봉쇄되고 만다.

"그래…… 응. 고마워."

"아냐……."

나는 가라앉은 목소리로 대답하자, 이즈미는 다시 입을 열었다.

"……그리고, 전에 에리카가 히라바야시 양을 괴롭히는 이유에 대해 이야기한 적이 있잖아?"

"아, 그래."

"이 일주일 동안 지켜보니…… 왠지, 그 이유를 알 것 같아."

이즈미는 표정을 굳혔다. 그리고 나 또한 그 이유는 짐작이 되었다.

아니, 대부분의 클래스메이트들이 어렴풋이 그 이유를 눈치챘을 거라고 생각한다.

　나는 그 대답을, 이즈미에게 말했다.

　"히라바야시 양은, 맞서려고 하지 않기 때문——일 거야."

　이즈미는 고개를 끄덕였다.

　"응……. 그래서 그런 짓을 하기 좋은 걸 거야."

　"……역시, 그렇구나."

　그렇다. 히라바야시 양은『반격하지 않는다』.

　그걸 알기에, 콘노 에리카는 그 애를 표적으로 삼은 것이다.

　그것은 뜬금없는, 아니, 어이없다고도 할 수 있는 이유다.

　그렇기 때문에『콘노 에리카』라는 존재의 행동이유로서는 설득력이 있었다.

　그리고 이『인생』이라는 게임의—— 불합리함을 가리키고 있기도 했다.

　이즈미는 시계를 보더니, 아차, 하고 말하면서 가방을 맸다.

　"으음…… 그럼 나는 슬슬 가볼게."

　"그래…… 잘 가."

　"응. ……그럼 내일 봐!"

이즈미는 억지로 밝은 목소리를 내며 그렇게 말하더니, 부활동을 하러 갔다.

***

이즈미를 배웅한 후, 나는 방과 후의 회의를 하기 위해 제2피복실로 향했다.

이즈미와 나눈 이야기를 히나미에게 들려주자, 그녀는 동의했다.

"나도 그렇게 생각해. 그 두 사람이 사귀기 때문……일 거야."

"역시…… 그렇구나."

응, 하고 히나미는 말하면서 고개를 끄덕였다.

"그 두 사람 때문에 열 받았지만, 그렇다고 유즈를 공격하는 건 꼴사나워. 그래서 그런 식으로 울분을 풀고 있다는 게 가장 타당한 추측이야. ……콘노 에리카의 성격에 비춰보더라도 말이지."

히나미는 짜증이 어린 어조로 그렇게 말했다.

"그래……."

"뭐, 확실한 건 아냐. 하지만 틀림없는 건…… 유즈는 콘노에게 아무 말도 하지 않는 편이 좋을 거라는 거네."

히나미가 이즈미의 마음을 꿰뚫어본 것처럼 그렇게 말하자, 나는 약간 놀랐다.

"……역시, 그래?"

"응. 하지만 유즈는 어떻게든 이 상황을 수습하고 싶어하지?"

히나미는 난처한 듯한 어조로 그렇게 말했다.

"그렇긴 한데…… 어떻게 안 거야?"

"뭐, 최근의 유즈를 보면 그 정도는 충분히 짐작이 되거든."

히나미는 별것 아니라는 듯이 그렇게 말했다.

"하지만 유즈가 나서는 건 위험해."

"뭐…… 그럴 거야."

나는 머리를 감싸 쥐었다.

히나미도 잠시 동안 생각에 잠긴 것처럼 입을 다물었지만, 곧 다시 입을 열었다.

"지금 상황에선 솔직히…… 콘노가 더 심한 짓을 벌이지 않는 한, 남들이 간섭하는 건 무리야."

"우연이라고 우길 거라는 거지?"

히나미는 고개를 끄덕였다.

"지금 하는 짓들은 규모가 너무 작아. 가장 심했던 게 필통을 일부러 쏟았던 거잖아? 그게 계속됐다면 몰라도, 그것보다 사소한 짓들을 하고 있어. 그런데 그걸 괴롭힘으로 단정 지으면서 일을 크게 벌려봤자 이 문제는 해결되지 않아. 시치미만 뗄 게 뻔해. 그런 방식으로는 한동안 그런 짓을 못하게 할 수 있지만, 장기적으로 본다면 히라바야시 양만 더 난처해질 수도 있어."

"……그, 래."

나는 고개를 끄덕였다. 맞는 말이다. 지금 고려해야 하는 것은 단기적으로 이런 짓을 못하게 하는 게 아니라, 히라바야시 양의 앞으로의 처우까지 고려한 대처법이다.

"……그럼, 어떻게 해야 하는데?"

"솔직히 말해 지금은 손쓸 방법이 없어. 규모가 더 커질 때까지, 상황이 악화되지 않도록 입 다물고 지켜보는 게 가장 현명한 방법이라고 할 수도 있을 거야."

"그렇, 구나."

나는 힘없는 목소리로 그렇게 말했다.

그리고 나는 아까 이즈미와 이야기하면서 했던 생각을 떠올렸다.

이렇게 불합리한 일이 일어난다는 것은——.

"저기, 진짜로 『인생』은 갓겜인 거야?"

나는 무심코 그렇게 묻고 말았다.

"……그게 무슨 소리야?"

히나미는 날카로운 시선으로 나를 쳐다보았다. 그 눈동자에는 슬픔이 어려 있는 것처럼 보였다. 하지만 어쩌면 내가 이런 질문을 했다는 사실을 슬프게 생각하고 있는 걸지도 모른다.

"그렇잖아. 이런 건 완전 엉망진창에, 불합리한, 그러니까 아무 이유 없이 발생한 배드 이벤트야. 그런 게 아무런 조짐 없이 일어난다는 건 이상하잖아. 그딴 게임을 『갓겜』이라고 부를 수 있는 거야?"

좋아하게 된 게임에 대해 이런 소리를 해야 한다는 것이 괴로웠지만, 나는 내 생각을 히나미에게 전할 수밖에 없었다.

나는 이 인생이라는 게임을 즐기게 됐고, 내가 지금까지 봐왔던 새롭고 눈부신 광경을 좋아하게 됐다.

하지만 이렇게 불합리한 일이 느닷없이, 아무런 이유도 없이 누군가에게 일어난다는 건, 버그가 남아있는 게임이나 다름없다.

히나미는 천천히 고개를 저었다.

"이유라면, 있어."

"……그게 무슨 소리야?"

내가 긴장하면서 그녀의 대답을 기다리자, 히나미는 숫자를 세듯 손가락을 접으면서 이렇게 말했다.

"콘노 에리카가 나카무라를 좋아한다는 점. 유즈도 나카무라를 좋아한다는 점. 나카무라가 부모와 싸웠다는 점. 그리고 부모와 싸운 나카무라를 구한 사람이 유즈라는 점."

히나미는 최근에 있었던 일을 열거했다.

"유즈가 도와준 덕분에, 나카무라가 구기대회에 참가한 점. 너한테 내준 과제 때문에, 콘노 에리카 그룹이 구기대회에 의욕적으로 참가한 점. 그 때문에 남녀 전부 구기대회에서 우승한 점. 그리고 우승을 계기로 유즈와 나카무라

가 사귀기 시작한 점. ——히라바야시 양이 유약한 성격
이라는 점."

히나미는 열거를 마쳤는지 잠시 동안 뜸을 들였다. 그리
고 다시 입을 열었다.

"하나하나 따로 보면 별것 아닌 듯한 일이 이어졌을 때,
그게 도미노처럼 연쇄적으로 차례차례 쓰러져. 그 결과,
『콘노 에리카가 히라바야시 양을 괴롭힌다』라는 최악의 도
미노까지 도달한 거야. 이건 이유 없이 발생한 일이 아냐.
지금까지의 경위가 하나하나의 도미노 블록이며, 전부 엄
연한 『이유』야. 그러니 이건 불합리하게 일어난 일이 아니
라, 일종의 필연이야."

납득이 안 되는 이야기는 아니었다. 듣고 보면 이번 일
은 콘노의 변덕 때문에 벌어졌다기보다 조그마한 일들이
포개지면서 하나의 방향성을 지니게 된 결과일 것이다. 그
렇게 생각한다면, 이유가 없다고 할 수는 없을지도 모
른다. 그러니, 이런 불합리한 인생은 갓겜이 아니라는 의
견을 내놓기에는 이를지도 모른다.

하지만 나는 히나미의 말투가 마음에 들지 않았다.

"뭐? 필연? ……히라바야시 양이 그런 식으로 당하는 게
어쩔 수 없는 일인 거야?"

내가 목소리에 약간 힘을 주며 그렇게 묻자, 히나미는
표정을 바꾸지 않으며 고개를 끄덕였다.

"뭐, 맞아."

"히나미……."

그리고 히나미는 그 표정 그대로 이렇게 말했다.

"그리고 나는 애초에…… 도와줄 필요가 있다고 생각하지도 않아."

"뭐?"

나는 무심코 얼빠진 목소리로 그렇게 말했다. 왜 이런 소리를 하는 걸까?

"안 그래? 이 정도 괴롭힘은 본인이 충분히 해결할 수 있는 레벨이잖아? 그저 히라바야시 양에게 그럴 의지가 없을 뿐이야. 즉, 거기에도 이유가 있다고 할 수 있어."

히나미는 당연한 소리를 하듯, 말을 늘어놓았다.

"……너."

나는 그 말을 듣고 분노를 느꼈다.

"말이 심하잖아."

그러자 히나미는 무표정한 얼굴로 나를 잠시 응시하더니, 조용히 입을 열었다.

"내 말을 듣고 불쾌했다면 사과할게. 하지만 히라바야시 양에게서는 직접 이 문제를 해결하려는 의지가 전혀 느껴지지 않아. 만약 자발적으로 해결하려는 의지가 있다면, 이 일은 수습될 가능성이 커. 그럼 히라바야시 씨 본인도 콘노가 이런 짓을 벌이게 한 이유 중 하나 아닐까?"

"하지만, 그건……."

나는 그 말을 부정하고 싶었지만, 말을 이을 수가 없었다.

확실히 이즈미와 이야기하면서도 언급이 되긴 했었다. 히나미가 말한 것처럼, 반격을 하지 않으니 표적이 되고 있는 부분은 분명 존재했다.

하지만 그렇다고 해서, 히라바야시 양이 나쁘다고 할 수는 없다.

"……하지만 그 점을 이용당해서, 표적이 되고 있는 거잖아? 그건 이상하다고."

히나미는 고개를 저었다.

"콘노 에리카의 방식은 확실히 비겁하고 꼴사나워. 나쁜 사람은 콘노라는 건 틀림없어. 하지만 너도 말했지? 어떤 상황 속에서 『직접 콘트롤러를 쥐고 타개책을 찾는 인간』을 『게이머』라고 부른다고 말이야. 그건 『인생』에서도 마찬가지야."

"그건, 그렇지만……."

"잘 들어. 나도 그 말에는 동의해. 뭐, 모든 인간이 게이머이어야만 한다고는 생각하지 않아. 하지만 나는 게이머야말로 올바르다고 생각해. 적어도 나 자신은 그런 존재이고 싶어. 너와 나는 그 점에 있어서만큼은 같은 의견이지?"

"뭐……."

나는 말끝을 흐리면서도 고개를 끄덕였다. 그게 플레이어의 관점인지 캐릭터의 관점인지는 모르겠지만, 『직접 콘트롤러를 쥐고 싸운다』라는 자세만큼은 나와 이 녀석은 공유하고 있다. 룰이라는 벽이 막아선다면, 생각과 검증을 통해 자신의 힘으로 결과를 쟁취한다. 결코 컨트롤러를 놓지 않는다. 그것이 바로 게이머의 기본적인 자세다.

"그리고 현재 히라바야시 양은 『게이머』라고 할 수 없어. 안 그래?"

"그럴지도…… 모르지만, 그래도……."

확실히 히라바야시 양이 『게이머』인지 아닌지—— 즉, 현재 상황을 바꾸기 위해 직접 노력과 시행착오를 거듭하고 있느냐면, 아마 그렇지 않을 것이다. 히라바야시 양은 자신이 괴롭힘을 당하는 것은 『어쩔 수 없는 일』로서 그저 받아들이고 있는 것처럼도 보였다.

"하지만 피해자는 히라바야시 양이라고."

히나미는 고개를 끄덕였다.

"물론 그래. 그 점을 고려하더라도, 그녀를 도와야할지 말지에 대해 이야기하는 거야. 자신의 힘으로 나아가려 하는 게이머가 필사적으로 노력했는데도 문제를 해결하지 못하고 있다면, 나도 적극적으로 도울 거야. 하지만 처음부터 스스로 해결하려는 생각이 없다면, 그런 이에게 손을 내밀어줄 필요는 없어. 뭐, 이제부터 상황이 더 악화된다면 손을 쓸 생각이지만 말이야. 하지만 아직 무조건적으로 도와줄 수준에는 도달하지 않았다는 거야."

내 귀에 꽂힌 히나미의 말은 평소보다 더 차갑게 느껴졌다. 하지만 그것은 지금 상황이 평소보다 심각한데도 히나미의 말은 평소와 다름없기 때문에, 차갑게 느껴지는 것

뿐이라는 느낌도 들었다.

"……뭐, 네가 하고 싶은 말이 뭔지는 알겠어."

그리고 이 녀석의 말은 분명 전부 틀리지는 않았을 것이다.

"네가 구해줘야만 하는 이유도…… 없긴 해."

"그래. 구해줄 수 있다고 해서, 꼭 구해줘야만 하는 건 아냐."

"……그래."

그럼 히나미에게 『어떻게 좀 해봐』 하고 강요하는 것도 이상하다. 그런데도 이 상황을 어떻게 하고 싶다면, 내가 나설 수밖에 없다.

내가 고개를 숙인 채 어떻게 행동할지 생각하고 있을 때, 히나미는 약간 어이없다는 눈길로 나를 쳐다보았다.

"저기, 너…… 이 문제는 어떻게든 해보자고 생각하고 있는 건 아니지?"

"어……. 뭐, 내가 할 수 있는 일이 있다면 해볼 생각이긴 해."

내가 솔직하게 대답하자, 히나미는 한숨을 내쉬었다.

"일전에는 미즈사와에게 영향을 받더니, 이번에는 유즈에게 영향을 받은 것 같네……."

히나미는 관자놀이를 누르면서 그렇게 말했다.

"아, 딱히 그런 건 아닌데……."

나는 말을 하면서 눈치챘다. 확실히 나는 히라바야시 양과 딱히 친하지도 않고, 곤란해 하는 사람을 돕고 싶어 하는 히어로 기질을 지니지도 않았다. 그 뿐만 아니라 지금까지 살아오면서 자기 반에서 집단 괴롭힘이 일어나더라도, 그걸 말리려고 생각해본 적은 없다.

하지만 지금은 내가 할 수 있는 일이 없는지 생각하고 있다.

무엇 때문에 내 심경이 변화한 건지는 모르겠지만, 분명 이즈미가 남을 도우려 하는 모습을 곁에서 지켜봤기 때문이라는 생각이 들었다.

히나미는 진지한 눈길로 나를 쳐다보았다.

"뭐, 어찌됐든 간에 네 나름대로 행동할 거면 상황이 더 악화되지 않도록 신중하게 행동해. 한동안은 과제를 주지 않을 테니까, 그거나 생각해봐."

"아, 알았어……."

"굳이 따지자면 상황을 악화시키지 않는 게 과제야. 아무튼 최대한 고민해본 다음에 행동하도록 해."

"……응."

"뭐…… 지금 상황에서는 그냥 관망하는 게 가장 현명하다고 생각하지만 말이야."

"관망……."

나는 그 말을 듣고 감정이 불완전 연소된 듯한 느낌을 받았지만, 그렇다고 구체적인 작전이 떠오르지도 않았다. 결국 뭔가를 하고 싶어도 지금은 『관망』을 할 수밖에 없는 상황이었다.

그렇게 그 날의 회의는 끝났다.

***

다음날 아침. 히나미와의 회의에서는 딱히 할 이야기가 없었기에 평소보다 빨리 끝났다.

그리고 교실에 가보니, 이즈미와 히라바야시 양이 이야기를 나누는 모습이 눈에 들어왔다. 이 시간대에 이 두 사람이 같이 있다는 게 여러모로 묘했다. 이즈미가 뭐라도 해보려고 하는 걸까.

나는 신경이 쓰였기에, 두 사람의 대화가 들릴 만한 위치를 지나면서 내 자리로 향했다. 그러자 두 사람의 이런 대화가 들렸다.

"그럼 아침에 책상의 위치가 엉망으로……."

"응……. 아마 방과 후에 그런 것 같아. 뭐, 내가 직접 다시 돌려놓으면 되지만 말이야……."

"어, 하지만……."

대화 내용을 들어보니, 콘노 에리카가 한 짓에 대해 이야기하고 있었다. 히라바야시 양 본인만이 알고 있는 현재 상황을 파악하고 있는 것이다.

나는 지금 이즈미가 하려는 게 뭔지 눈치챘다.

이즈미는 콘노 에리카와 직접 담판을 지을 수 없다.

게다가 어른의 힘으로 그녀를 단죄할 근거도 확보하지 못했다.

그런데도 자신이 할 수 있는 일을 찾기 위해, 히라바야시 양이 어떤 상황인지 파악하고 있는 것이다.

나는 그런 이즈미의 차분하면서도 강한 상냥함을, 다시 한 번 실감했다.

"그래……. 그럼 너무 일찍 하교해도 표적이 되겠네."

"……역시, 그럴까?"

이즈미는 시계를 힐끔힐끔 쳐다보면서 진지한 표정으로 히라바야시 양과 이야기를 나누고 있었다. 콘노 에리카는 아직 등교하지 않았다.

그리고 몇 분 후, 이즈미는 시계를 보더니 히라바야시 양을 향해 미소를 지으며 손을 흔들어준 후, 교실 앞쪽, 콘노 에리카의 들러리들이 있는 곳으로 걸어갔다.

그리고 1, 2분 후. 콘노 에리카가 당당히 교실에 들어오더니, 일부러 빙 둘러서 이동하며 히라바야시 양의 책상을 가볍게 걷어차 준 후, 교실 앞쪽 창가로 걸어갔다. 그리고 자기 그룹의 멤버들과 잡담을 나누기 시작했다.

그날, 나는 그 후에도 계속 관찰을 했다. 그리고 쉬는 시간에 콘노 에리카가 화장실에 가서 자리를 비웠을 때, 이동수업을 마치고 이즈미가 먼저 돌아왔을 때, 그리고 방과후에 부활동 준비를 하고 있는 이즈미를 남겨두고 에리카와 들러리들이 먼저 돌아갔을 때…….

그렇게 콘노 에리카가 교실에 없을 때, 이즈미는 히라바야시 양에게 다가가서 짧은 시간 동안이나마 대화를 나눴다. 그런 행동을 아침부터 방과 후까지 계속 반복했다.

즉 이즈미는 혼자서, 이 문제에 조금이라도 관여하기 위해 할 수 있는 일을 꾸준히 실행에 옮기고 있었다.

그럼, 나는 뭘 할 수 있을까.

***

다음날 1교시 쉬는 시간.

수업이 끝나자마자, 나는 옆에 있는 이즈미에게 말을 걸었다.

"저기, 이즈미."

어제 이즈미가 노력하는 모습을 지켜본 나는 집에 돌아가서 여러모로 생각해봤다. 그리고 나도 할 수 있는 한 최대로, 여러가지 방법을 찾아보았다.

"응?"

이즈미는 고개를 갸웃거리면서 나를 쳐다보았다.

"으음······."

나는 자신이 선택한 행동을 실행할 수 있도록 말을 골라가면서 이야기했다.

"히라바야시 양, 괜찮아 보여?"

내가 그렇게 묻자, 이즈미는 눈을 깜빡이면서 쳐다보

았다.

"괜찮아 보이냐니?"

"아니, 그러니까…… 어제 이런저런 이야기를 나누는 것 같았거든."

"아, 그런 뜻이구나!"

"많이 힘든 건 아닌가 걱정이 되어서 말이야. 혹시 도울 일이 있다면 돕고 싶어."

그렇다. 내가 직접 히라바야시 양에게 해줄 수 있는 일이 없다면, 하다못해 이즈미를 돕자고 생각했다. 그리고 내가 도울 일이 없더라도, 이즈미의 이야기를 들어주며 협력이라도 하고 싶었다. 나는 일단 이즈미의 어패 스승이기도 하니까 말이다. 스승이 곤란해 하는 제자를 돕는 건 당연한 일이잖아. 아니, 돕고 싶은 게 정상이라고.

이즈미는 약간 가라앉은 표정으로 나를 쳐다보았다.

"으음, 실은……."

"실은?"

내가 되묻자, 이즈미는 목소리 톤을 약간 낮췄다.

"에리카의 괴롭힘이 남들 몰래 점점 심해지고 있는 것 같아."

"……뭐?"

나는 그 불길한 말을 듣고 놀랐다.

"심해지고, 있다고?"

이즈미는 손에 쥔 샤프를 쳐다보았다.

"히라바야시 양한테 들은 건데…… 샤프심이 부러져 있거나, 볼펜에 잉크가 남았는데 안 나온 적이 있대."

"그, 그건……."

이 상황에서 볼 때, 콘노 에리카가 한 짓이 틀림없다.

음습한 방법이다. 샤프의 심이 부러진 건 일전에 떨어졌을 때 부러진 거라고 말하면 끝이고, 볼펜 또한 우연히 그런 거라고 우기면 그뿐인 것이다. 그래서 그런 식으로 쪼잔하게 괴롭히고 있는 것이다.

하지만 지금까지와 다른 점은 물질적인 피해가 발생하고 있다는 점이다.

"남의 물건을 부수는 건 좀 심하네."

"……맞아."

그건 새로 살 필요가 있다는 것이며, 금전적인 피해를 입고 있는 것이다.

"하지만 여전히 증거가 없는 거구나."

내가 그렇게 말하자, 이즈미는 분하다는 듯이 고개를 끄덕였다.

"그리고 남자들은 모르겠지만…… 요즘 들어서 우리 반 여자애만의 새로운 LINE그룹이 생겼는데……."

"으, 응."

그런 것도 있는 거구나. 그럼 실은 우리 반 전체 그룹 같은 것도 있는 걸까. 나는 아직 못 들어갔는데 말이다.

"그 그룹에 히라바야시 양만 빠져 있어."

이즈미는 그렇게 말하면서 인상을 찡그렸다.

"으음, 그걸 만든 사람은……."

"우리 그룹의 유미인데, 아마 에리카가 만들라고 시킨 걸 거야."

"그렇구나……."

역시 음습한 방식이다. 하나하나만 따로 본다면 별일은 아니겠지만, 연이어 당한다면 심적 고통이 어마어마할 것이다. 이즈미와의 『평범한 잡담』이 히라바야시 양에게 있어 마음의 버팀목이 되어준다면 좋겠는데 말이다.

"하다못해…… 물질적 피해만이라도 어떻게든 해야 할 텐데……."

"응……."

그리고 지금 이 순간에도 괴롭힘은 계속되고 있었다. 히라바야시 양이 화장실에 가려고 자리를 비운 사이, 콘노 일당은 교실 창가가 아니라 히라바야시 양의 책상 주위에서 잡담을 하고 있었다. 하지만 일단 그 주위에 들러리 중 한 명의 자리가 있었다. 즉, 지적을 당한다면 그 애의 자리 쪽으로 갔을 뿐이라는 변명을 할 생각일 것이다.

바로 그때, 히라바야시 양이 교실에 돌아왔다. 하지만 히라바야시 양은 자리로 돌아갈 수 없었다. 자신의 자리를 점거한 콘노 일당에게 항의하지도 못했다.

몇 초 동안 입구 근처에 서있던 히라바야시 양은 숨을 들이마셨다가 내뱉은 후, 복도를 향해 걸음을 옮겼다.

"……윽."

나는 이 자리에서 분위기를 바꿀 방법을 생각하기 시작했다. 예를 들어 구교장실에서 콘노 에리카를 향해 고함을 질렀던 것처럼 나선다면, 뭔가를 바꿀 수 있을지도 모른다. 혹은 지금까지 관찰을 하면서 생각해왔던, 집단을 조종하기 위한 스킬을 쓰는 것이다. 그렇게 내가 가지고 있는 것들을 하나하나 음미하며, 어떤 행동을 취할지 생각하고 있던 바로 그때였다.

"──콘노!"

그런 야무진 목소리가 교실에 울려 퍼졌다.
콘노는 그 목소리의 주인을 힐끔 노려보았다.
교실 안에 있는 모든 이들의 시선이 그 목소리의 주인을 향했다. 나도 그쪽을 쳐다보았다.
그리고 나는 깜짝 놀라고 말았다.
그것도 그럴 것이······.

내 시선이 향한 곳에는── 타마 양이 있었다.

타마 양은 몸집은 작지만, 한 점 흔들림 없는 시선으로······.
"언제까지 이딴 짓을 할 건데! 이제 그만 한심한 짓 좀 작작해!"

콘노를 손가락으로 가리키면서 단호하게 규탄했다.

다들 눈치챘지만, 말해봤자 달라질게 없으니까, 혹은 그런 말을 하는 것 자체가 무서우니까, 방치해두고 있던 분위기에—— 타마양은…….

남들 앞에서, 한 점 꾸밈없는 올곧은 말을 본인에게 던진 것이다.

나는 그 광경에서 눈을 떼지 못했다.

콘노는 언짢다는 듯이, 마치 시선으로 상대를 죽일 듯한 눈길로 타마 양을 노려보며…….

"아앙? 무슨 소리야?"

……평소처럼 시치미를 뗐다.

하지만 타마 양은 물러서지 않았다.

"이딴 짓 작작해! 나카무라를 빼앗겼다고 남한테 화풀이하지 말란 말이야!"

타마 양은 악의에 감춰져 있던 핵심을 도려내는 듯한 말로, 콘노를 공격했다. 그 순간, 교실 안의 분위기가 얼어붙었다.

"흐음…….."

콘노는 값을 매기듯, 타마 양의 온몸을 핥듯이 쳐다보았다.

그리고…….

"그래? 알았어."

침이라도 뱉는 듯한 어조로 그렇게 말한 콘노는 히라바

야시 양의 책상에서 일어나더니, 타마 양을 향해 걸어왔다.

그런 그녀의 눈에는 명백한 적의, 악의, 그리고 상대를 해치려는 의지가 어려 있었다. 하지만 여유를 드러내듯 그 발걸음은 느릿느릿했다.

그리고 타마 양의 코앞에 서더니, 시선을 마주한 후——상대를 바보 취급하듯, 의기양양한 미소를 지었다.

콘노는 타마 양의 어깨에 손을 올려뒀다.

"하나비, 떨고 있잖아."

"시끄러워!"

타마 양은 초조한 목소리로 그렇게 외치면서 콘노의 팔을 쳐냈다.

그러자, 콘노는 자신의 손목을 움켜잡으며 「아야……」하고 과장스럽게 아픈 척을 하더니, 타마 양을 내려다보았다.

그런 그녀의 눈에는 분노가 어려 있었다.

"아, 아니, 그렇게 세게는……."

타마 양은 처음으로 동요한 모습을 보였다. 그러자 콘노는 조소를 머금으며 한숨을 내쉬었다.

"먼저 건드린 건 너야."

콘노는 그렇게 말하면서 교실 창가 앞쪽으로 자기 들러리들을 데리고 갔다.

불온한 웅성거림이 교실 안을 가득 채웠다.

나는 그 순간, 눈치챘다.

수많은 일들이 일렬로 줄선 후, 차례차례 쓰러지고 있던 도미노는, 아직 끝나지 않았던 거라는 사실을 말이다.

그리고── 지금 이 순간, 또 하나…….

그리고 가장 결정적인 도미노가, 조용히 쓰러지고 말았다는 사실을 말이다.

***

교실 안에서 좌르륵 하는 소리가 울려 퍼졌다.

"아, 미안~."

그 뒤를 이어, 지나칠 정도로 뻔뻔한 콘노 에리카의 조소어린 목소리가 들렸다.

그리고 떨어진 필통에는 눈길도 주지 않으면서, 자기 그룹과 합류했다.

교실의 분위기가 기묘한 색깔을 띠기 시작했다.

그것은 예전에 봤던, 최초의 악의가 재현된 것 같았다.

하지만 이 상황은 그때와 딱 하나, 명확하게 다른 점이 있었다.

소리가 들린 쪽을 향해 고개를 돌린 나는 입술을 세게 깨물었다.

나는 마음속으로 이렇게 될 것은 예상했고, 또한 두려워

하고 있었다.

　지금 떨어진 필통은, 히라바야시 양이 아니라 타마 양의
것이었다.

　이 안타까운 사태가 교실 안을 술렁이게 만들었다.
　그것은 명확하게 제시된, 콘노 에리카의 의지다.
　단 하나의 일에, 모든 불길함이 집약되어 있는 듯한, 잔
혹한 행위.
　즉, 바로 이 순간―― 표적이 바뀌었다.

　나는 그 날카로운 현실을 피부로 느끼면서, 떨어진 필기
도구를 줍는 걸 돕기 위해 타마 양의 자리로 향했다. 주위
를 쳐다보니, 히나미와 미미미도 걸음을 옮기고 있었다.
　바로 그때였다.

　"――콘노!"

　그 뒤를 이어, 또 단호한 규탄의 목소리가 들려왔다.
　시간이 멈춘 듯한 감각이 내 신경을 휘감았다.
　나도, 히나미도 미미미도, 걸음을 멈췄다.
　우리가 지켜보는 가운데, 타마 양은 콘노의 등을 똑바로
노려보며 고함을 질렀다.

"방금, 일부러 내 필통을 쳤지?!"

타마 양은 이번에도 핵심을 정확하게 찌르는 말로 콘노를 비난했다.

"뭐? 증거 있어? 멋대로 단정 짓지 말아줄래?"

"멋대로 단정 짓는 게 아냐!"

"그리고 사과했잖아? 필통 좀 엎질러졌다고 길길이 날 뛰지 말아줄래?"

"사과했다고 넘어갈 문제가 아니거든?"

"그래서 뭐? 또 폭력을 휘두르게?"

"아냐……! 나는 폭력을 휘두른 적 없어!"

하지만 콘노는 마지막 반박을 무시하더니, 들러리들과 이야기를 했다. 타마 양은 한동안 콘노를 노려봤지만, 결국 체념한 것처럼 고개를 돌렸다. 그리고 필기도구를 줍기 위해 몸을 웅크렸다. 그 모습을 본 나는 그녀에게 다가갔다.

종종걸음으로 타마 양에게 다가간 미미미의 뒤를 이어 나와 히나미도 그녀의 곁에 모였다. 그리고 넷이서 필기도구를 주웠다.

미미미는 진지한 표정으로 타마 양을 응시했다.

"타마는 아무 잘못 없어."

"……응."

미미미가 격려하듯 그렇게 말하자, 타마 양은 미소를 지으며 대답했다.

"으음…… 타마 양, 괜찮아?"

"……응. 괜찮아."

나는 이런 상황에서 무슨 말을 하면 좋을지 모르기에, 그저 애매하게 말을 걸기만 했다. 하지만 타마 양은 나를 향해 살며시 미소 지었다.

"하나비, 괜찮아."

"아오이……. 응, 고마워."

"내가…… 내가, 어떻게든 할게."

"……아오이?"

그리고 히나미가 뭔가를 결의한 것처럼 그렇게 중얼거리자, 타마 양은 고개를 끄덕이려다 멈췄다.

*　*　*

그 후로, 상황은 명확하게 변했다.

콘노가 이동하면서 걷어차는 책상은 히라바야시 양의 책상에서 타마 양의 책상으로 바뀌었다.

타마 양의 샤프의 심과 볼펜이 번번이 고장 났다.

콘노 그룹이 타마 양을 험담하는 목소리 또한 들렸다.

그것은 콘노 에리카의 기분에 따라 행해지는 잔혹한 행위다.

매일 꼭 한두 번은 그런 일이 타마 양에게 일어났다.

하지만―― 그런 와중에…….

히라바야시 양 때와는 다른 점이 딱 하나 있었다.

그것은…….

"──콘노! 또 내 책상을 걷어찼지?!"

타마 양은 자신이 해를 입을 때마다 주장했다.

결코 물러서지 않으며, 한결같이 항의했던 것이다.

히라바야시 양은 그저 조용히 당하고만 있었지만, 타마 양은 그런 괴롭힘에 굴하지 않으면, 매번 규탄했다.

그런 그녀는 극단적이라고 할 정도로 강했으며, 그와 동시에 언제 무너질지 알 수 없을 만큼 불안해 보였다.

그리고…….

콘노 에리카는 그런 규탄을 무시했다.

"뭐? 우연이야, 우연. 괜한 트집 잡지 말아줄래?"

"뭐가 트집이야! 어제도……!"

"그것보다 하나비? 얼마 전에 나한테 폭력을 휘두른 건 잊은 거야?"

"아니…… 그러니까 그건 우연…….

"뭐? 내가 한 짓은 우연이거든? 너는 일부러 폭력을 휘둘렀잖아."

증오가 서린 말로 타마 양을 찌른 콘노는 「하지만 그건……」 하고 항의하려 하는 타마 양을 무시하며 자신의 들러리들과 합류했다.

"기다려! 내 말은 아직…….

"에이, 하나비. 진정해."

"맞아, 맞아!"

물러서려 하지 않는 타마 양을, 히나미와 미미미가 끼어들어서 말렸다.

"하지만……."

타마 양은 분한지 입술을 깨물면서 콘노 에리카를 노려보았다.

하지만 콘노 에리카는 타마 양을 쳐다보지도 않으면 그룹 멤버들 사이에서 즐겁게 웃고 있었다——.

그런 광경을 최근 며칠 동안 몇 번이나 봤다.

혹은 타마 양의 샤프심이 전부 부러졌을 때…….

타마 양은 자기 샤프심을 보더니 콘노 에리카를 향해 걸어갔다.

"콘노! 남의 물건을 멋대로 만지지 마!"

"……뭐? 무슨 소리야?"

콘노는 귀찮다는 표정으로 그렇게 말했다.

"그렇게 시치미 떼지 말란 말이야!"

"그러는 너야말로 다가오지 말아줄래? 나, 폭행을 당하고 싶지 않거든. 폭력 반대~."

"……윽! 그러니까, 그건……!"

그런 식으로 타마 양은 한 걸음도 물러서지 않으며 계속 싸워나갔다.

하지만 콘노 에리카는 제대로 받아주지 않았다. 그리고 마치 자기가 정의롭다는 듯이, 타마 양을『폭력』이라는 단어로 비난했다.

"자아, 타마! 점심시간이야~!"

"창가 자리를 빼앗기기 전에 빨리 가자! 응? 하나비!"

그리고 히나미와 미미미가 중간에 끼어들어서 상황을 수습했다.

이런 일을 며칠 동안 몇 번이나 목격했다.

조금씩, 조금씩, 무언가가 벗겨지는 듯한 감각이 느껴졌다.

자신의 생각을 관철한다. 『분위기』 따위는 읽지 않는다.

그것은 타마 양이 원래 타고난 성격일 것이다.

그래서 미미미와 히나미는 그녀를 소중한 존재로 여기며, 지켜주고 있다.

그것은 타마 양의 힘이며, 마음속 한가운데에 존재하는 소중한 의지이기도 했다.

하지만, 그렇기 때문에…….

예전에 가정실습실에서 나카무라와 다툴 뻔 한 적도 있다.

또한 과거에 실제로 나카무라와 다툰 적이 있다는 이야기도 히나미에게서 들은 적이 있다.

분명 그런 것은 드문 일이 아닐 것이다.

타마 양은 자기 입으로 말했다. 『집단에 녹아드는 것을 잘 못한다』고 말이다.

그래서 자신을 집단에 녹아들게 해준 미미미에게 고마워하고 있다고 말했다.

즉, 그런 타마 양의 의지는 강한 힘일 뿐만 아니라, 자신을 해치는 양날의 검인 것이다.

그렇다. 콘노 에리카의 괴롭힘과, 그에 대한 타마 양의 저항.

그 하나하나로 인해 조금씩 벗겨져 나간 것은——.

"하나비, 왠지 힘들어 보이네……."

"맞아……. 히라바야시 양 다음은 하나비라니, 아무나 괴롭히려고 작정한 것 같아."

"맞아. 콘노 양이 있으면 항상 저렇게 된다니깐."

"아아~. 빨리 반 바꿨으면 좋겠어~!"

"나츠바야시, 정말 대단해……. 콘노도 나츠바야시가 저렇게 반항할 거라고는 생각도 못했을걸? 나라면 절대 무리야."

"응. 틀림없어. 저 애, 몸집은 작은데 근성이 장난 아니라니깐."

"그래. 하지만 저 정도면 아예 싸움이나 다름없어."

"응. 뭐, 나츠바야시가 이겼으면 좋겠지만 말이야~."

"왠지…… 콘노 양도 심하지만, 너무 화내는 것 같다고나 할까. 좀 그렇지 않아? 물론 나츠비야시 양은 잘못이 없지만 말이야!"

"뭐, 맞아. 뭐랄까, 좀 잘해줬으면 좋겠어. 그럼 더 응원할 텐데……."

"……뭐, 매일 저런 모습을 봐야하는 사람의 기분을 알아달라는 거지?"

"아, 맞아!"

"또 시작했네."

"응. 왠지 이제 관뒀으면 좋겠네. 하나비가 혼자 떠들어대고 있는 거나 다름없잖아."

"맞아. 콘노한테 무슨 말을 하든 먹힐 리가 없잖아."

"응. 완전 역효과야."

"대체 오늘로 몇 번째지?"

"글쎄? 나츠바야시는 왜 저렇게까지 화내는 거지?"

"뭐, 콘노가 심한 건 알겠지만, 교실에서 다툴 때마다 분위기가 나빠진다는 걸 알긴 하는 걸까?"

"어찌 보면 자업자득이네."

"뭐, 나츠바야시는 분위기 파악 같은 걸 못하잖아."

"──솔직히 말해, 과잉반응 아냐?"

분위기. 반의 분위기가 점점 이상해졌다.

그리고 그 후로 일주일이 지났을 즈음…….

우리 반의 남녀 일부가 타마 양을 피하기 시작했다.

*＊＊

수업 전의 교실.

"그래. 얼마 전에 산 거야. 귀엽지? 타마도 가질래?"

미미미가 타마 양에게 말을 걸고 있었다.

그것은 어찌 보면 평소와 다름없는 광경이며, 이야기 내용 또한 평범한 잡담이었다.

"어~? 그다지 귀엽지 않은데? 토모자키한테 물어보면 또 귀엽지 않다고 말할걸?"

"너무해! 지그시 살펴보면 이게 얼마나 귀여운지 알 수 있을 거야!"

"어~, 정말?"

"진짜라니깐!"

딱 하나 다른 점은── 두 사람의 목소리 크기다.

예전에는 두 사람 다 시끌벅적하게, 반의 분위기 전체를 휘젓듯 큰 목소리로 이야기를 나눴다.

하지만 지금은 반전체에 울려 퍼지지 않도록, 작은 목소리로 이야기를 나누고 있었다.

마치 타마 양에게 주어진 영토에서 목소리가 새어나가는 것을 두려워하듯, 신경 쓰며 대화를 나누는 것 같았다.

미미미가 큰 소리로 떠들고, 타마 양이 따끔하게 주의를 주던 예전 분위기와는 전혀 달랐다.

그리고 그렇게 된 이유는 간단했다.

──교실의 『분위기』가 타마 양이 큰 소리를 내는 것은 허락하고 있지 않은 것이다.

타마 양이, 혹은 타마 양이 포함된 집단이, 반에서 커다란 목소리를 내는 것을 선호하지 않는 것이다.

그런 『룰』이 느껴질 만큼, 반의 분위기는 악화되어 있었다.

미미미와 타마 양 주위의 수십 센티미터를 향하고 있는 희미한 악의가 섞인 시선.

직접적으로 배제하려는 것은 아니지만, 왠지 그녀를 성가시게 여기며 피하려 하는 듯한 걸음걸이.

그것들은 예전의 반에는 존재하지 않았으며, 집단이 자아낸 『분위기』가 자행되고 있는 미세한 박해였다.

하지만 집단 괴롭힘으로 악화되지는 않았다.

반의 분위기가 무너지는 것을, 히나미가 아슬아슬하게 막고 있는 것이다.

"에리카, 요즘 좀 심해……."

쉬는 시간에 히나미는 자신의 그룹에서 분위기를 조작하고 있었다.

최상위 그룹 중 하나인 히나미 그룹. 그곳에 소속되고 싶어서 모여든 이 반의 중간층 여자들을 향해, 콘노가 얼마나 심한 짓을 하고 있는지 어필했다.

"하나비도 저렇게 굳센 모습을 보이고 있지만, 실은 상처받고 있을 거야……."

목소리와 표정을 최대한 활용해서 상대방의 감정에 호소함으로서, 타마 양을 향한 동정 여론을 모은다. 콘노 에리카를 향한 나쁜 감정도 유발시킨다. 『분위기』에 휘둘리기 쉽고 강한 의지를 지니지 못한 중간층을 자기편으로 만들려고 온갖 수를 쓰고 있었다.

쉬는 시간마다 그런 이야기를 하는 게 아니라 강요처럼 느껴지지 않을 정도의 빈도로 이뤄졌지만, 그때마다 히나미의 말에는 날이 서있었다.

자신의 인망마저 이용하는 그 방식으로, 히나미는 교실의 분위기를 유지시키고 있었다.

미미미는 타마 양을 보듬어주며 그녀의 마음을 치유해줬고, 히나미는 교실 안 분위기를 어찌어찌 가라앉혔다.

그 두 사람의 활약 덕분에, 결정적인 무언가는 아직 일어나지 않았다.

***

그날 아침 회의는 히나미의 기나긴 침묵으로 시작됐다.

"타마 양…… 위험한 상황에 처한, 거지?"

"응……."

히나미는 초조한 듯이 입술을 깨물었으며, 시선 또한 흔들렸다. 목소리 톤에서도 힘이 느껴지지 않았으며, 뭔가를 두려워하고 있는 것처럼 보였다.

마치, 자신감이 없는 평범한 여자애 같은 그 모습은——그 완전무결한 게이머 히나미 아오이와는 동떨어진 모습처럼 보였다.

"……왜 그래?"

내가 그렇게 묻는데도 히나미는 「아무 것도 아냐」하고 짤막하게 말한 후, 다시 침묵했다.

그렇기에 나는 다시 입을 열었다.

"이대로 가다간…… 점점 고립될 거야. 지금은 너와 미미미가 지켜주고 있으니 어찌어찌 되지만…… 이대로 가다간……."

상황은 생각보다 나빴다.

콘노 에리카와 타마 양이 다투면, 매번 히나미와 미미미가 적절히 끼어들었다. 미미미는 타마 양과 가능한 한 같이 있으면서 버팀목이 되어줬고, 덕분에 타마 양은 매일 몇 번이나 즐겁게 웃을 수 있었다. 히나미는 가능한 한 소동이 커지지 않도록, 인상이 나빠지지 않도록, 온갖 수단을 동원해서 매일 같이 분위기라는 괴물과 싸우고 있었다.

수단과 방법을 가리지 않는 히나미 아오이의 힘은 어마어마했으며, 거의 불가능하다고 해도 과언이 아닌 수준까지 분위기를 억누르고 있었다.

하지만 —— 분위기는 결코 좋아지지 않았다.

타마 양은 철저항전의 자세를 풀지 않으며 계속 다투고 있으며, 그 탓에 생긴 나쁜 감정이 매일 축적되고 있었다. 그 축적은 언젠가 뒤집을 수 없는 전제가 되기 위해 클래스메이트의 마음속 밑바닥에 쌓여가고 있었다.

혹은 『막았는데도 또 같은 일이 반복된다』는 점 자체가 다툼이 벌어질 때마다 생기는 나쁜 인상을 더욱 심각하게 만들면서, 짜증을 더욱 증폭시켰다.

하지만 히나미는 그 부풀어 오르는 나쁜 감정과 나쁜 인상을 매번 철저하게 수습하고, 억누르며, 없애기 위해 싸우고 있었다.

확실히 그것은 히나미 아오이만이 할 수 있는 압도적인 행위다.

그리고 그것은 타마 양에게 분명 도움이 되고 있었다.

만약 히나미가 없었다면, 이미 타마 양은 돌이킬 수 없는 지경에 이르렀을 것이다. 작은 목소리로도 교실 안에서 미미미와 평범하게 이야기를 나누는 것조차 불가능해졌을지도 모른다.

"그래…… 이대로는 위험해. 어떻게든, 해야 해……."

"어떻게든……."

하지만 나는 위화감을 느꼈다.

그 압도적인 위화감은 히나미가 『이런 방식』을 선택했다는 사실 자체에서 비롯되고 있었다.

"저기…… 히나미."

"……왜?"

그것도 그럴 것이, 이 녀석은 평소와 너무 달랐다.

그 방식이 잘못되었다거나, 이렇게 해선 안 된다고 생각하는 것은 아니다. 오히려 나는 이게 올바른 방식이라고 생각한다.

하지만 명백하게 『달랐다』.

이것은 히나미의 방식이 아닌 것이다.

그래서 나는 가능한 한 오해를 사지 않도록 말을 골라가면서 입을 열었다.

"저기, 역시 지금은 타마 양을 도와주는 게 최우선이라고 생각해. ……다른 그 무엇보다도 말이야."

"……그래서, 뭐?"

히나미는 감정이 파악할 수 없는 눈동자로 나를 쳐다보고 있었다. 그 눈빛은 왠지 탁해 보였다.

나는 마음속의 위화감을 말로 바꿔서 토했다.

"그러니까 말이야. 우리가 타마 양에게 더는 콘노 에리카에게 맞서지 말라고 부탁한다거나——."

"그건, 안 돼."

나를 집어삼킬 듯한 깊은 눈동자와, 강한 의지가 담긴 목소리로, 히나미는 내 제안을 거절했다.

"……이유가 뭐야?"

나는 그 모습을 보며 평소와 다른 불온한 느낌을 받으면서도, 이유를 물었다.

히나미의 표정에서는 이 녀석 답지 않게 힘이 빠져 있지만, 그녀의 시선만은 나를 꾸짖는 것처럼 날카로웠다.

"하나비는 잘못하지 않았어. 전에도 이야기한 적 있지? 그 애는 자신이 생각한 것을 그대로 말하면서, 몸과 마음을 알몸으로 둬. 그러니까, 안 돼."

히나미는 앞뒤가 맞지 않다고나 할까, 전혀 매끄럽지 않은 표현으로 자신의 생각을 설명했다. 나는 이 녀석의 이런 모습을 본 적이 없기 때문에, 더 파고들어야할지 말지 고민했다.

아무튼 지금의 히나미는 그녀의 말을 부정해선 안 된다는 생각이 들 정도로 불안정해 보인 것이다.

"왜, 안 된다는 건데?"

내가 묻자, 히나미는 내가 아니라 다른 누군가에게 말하는 듯한 어조로 이렇게 말했다.

"하나비는 옳아. 잘못된 건 하나비를 둘러싼 상황이야. 그러니, 하나비가 바뀔 필요는 없어."

"그 말은······."

나는 곧 눈치챘다.

확실히 이 녀석의 말은 옳다. 올바른 쪽과 잘못된 쪽이
있다면, 잘못된 쪽이 바뀌어야 한다. 그것은 하나의 의견
으로 성립한다. 나 또한 같은 생각을 가지고 있다.

하지만, 역시 『달랐다』.

왜냐면, 이것은 히나미의 평소 주장과, 상반되는 것
이다.

"그러니까 하나비는 변하지 않고······ 문제만 해결하지
않는 한, 의미가 없어."

그런데 어찌된 건지, 히나미는 단호한 어조로 그렇게 말
했다.

"히나미······."

원래 히나미의 방식은 이런 게 아니다.

아무리 자신이 옳다는 확신이 있더라도, 그 의지를 세간
에서 관철할 수 없다면 아무 것도 하지 않은 거나 마찬
가지다. 그러니 상대의 무대 위에 올라가서라도, 그 무대
위에서 표면상의 자신을 왜곡시켜야 할지라도, 올바르다
고 확신한 의지를 관철해야만 한다.

즉, 상황이 잘못됐다면, 그 잘못된 상황에 맞춰서 싸
운다.

그것이 이 녀석의 신조이자, 지금까지 이겨온 방식이었
을 것이다.

그렇다면, 이번에는 이 문제를 해결하기 위해 타마 양을 바꾸는 것이 최선이다.

그런 결론을 내리는 것이 히나미의 방식이다.

하지만 어찌된 영문인지, 히나미는 지금 그것과 정반대되는 말을 하고 있다.

──상황이 잘못됐으니, 하나비가 바뀔 필요는 없다.

아니, 그것만이 아니다.

나카무라를 도울지 말지, 혹은 히라바야시 양을 도울지 말지 생각하던 히나미는, 자신과 똑같은 방식을 취하지 않는 두 사람을 도울 필요가 없다고 단언했다.

그것은 모순이라고 해도 과언이 아닐 만큼, 커다란 단절이었다.

"──걱정하지 마. 내가 반을 바꾸겠어."

히나미의 눈동자는 나를 보고 있지 않았다.

그리고 어째서일까.

히나미의 표정에 드러난 의지와 결의에서는 어마어마한 힘이 느껴졌지만── 그것은 이즈미에게서 느꼈던 유연한 힘이 아니라, 눈곱만큼도 휘어지지 않을 만큼 단단히 굳어버린, 일그러진 결의처럼 느껴졌다.

***

어느 날, 미미미는 부활동을 빼먹었다.

그것은 체육관 코트 숫자 때문에 타마 양이 소속된 배구부가 활동을 하지 않는 날이었다.

타마가 혼자 하교하게 할 수는 없다. 그렇게 말한 미미미는 그녀와 함께 하교하기로 했다.

그리고 미미미가 「토모자키도 같이 하교하자」고 말했기에, 나도 두 사람과 함께 하교했다.

그 자리에서 두 사람은 평소와 다름없는 타마 양과 미미미였다.

"아! 타마, 얼굴에 뭐 묻어 있네! 아까 먹은 파이 아냐?"

"어? 정말?"

"잠깐만! ……자, 뗐어. 냠~."

"어?! 왜 먹는 거야?!"

그런 식으로 여전히 사이가 좋다고나 할까, 진짜 불가사의한 관계인 두 사람이었다. 그리고 이렇게 하교할 때의 톤은 평소처럼 커서—— 역시 교실에서는 목소리를 낮추고 있다는 걸 실감할 수 있었다.

"미미미, 타마 양이 질렸어."

"뭐?! 정말?! 아니지?!"

"뭐가 아니라는 거야! 질리는 게 당연하잖아!"

"두둥~!"

"……하하하. 미미미는 요즘 툭하면 폭주하네."

"토, 토모자키까지 그런 소리를 하는 거야?!"

그래서 나도 가능한 한 평소처럼 행동하면서, 지금만이

라도 이 두 사람이 즐거울 수 있도록 내가 지닌 스킬을 총동원했다.

"그럼 잘 가, 타마!"

"내일 봐."

"응! 잘 가!"

역에 도착하자, 타마 양은 우리와 반대 방향 열차를 타기에 해산하게 됐다.

타마 양은 웃으면서 우리를 향해 손을 흔들더니, 열차에 탔다. 미미미는 팔을 힘차게 흔들면서 타마 양을 배웅했다. 타마 양은 그런 미미미를 쳐다보며 쓴웃음을 지었다.

문이 닫힌 열차는 플랫폼을 떠났다.

미미미는 그 후에도 열심히 팔을 흔들더니, 열차가 완전히 시야에서 사라진 후에야 팔을 천천히 내렸다. 미미미의 표정에 어려 있던 밝은 미소가 씻어낸 것처럼 사라졌다.

그와 동시에 한숨소리가 내 귀에 흘러들어왔다.

정적이 감도는 플랫폼에서, 미미미는 쓸쓸한 미소를 짓고 있었다.

"……왜, 이렇게 된 걸까?"

그 애매하게 가라앉은 목소리에는 그녀의 모든 감정이 어려 있는 것 같았다.

나는 플랫폼에서 보이는 시골의 풍경을 쳐다보면서 입

을 열었다.

"운과 타이밍이…… 나빴어."

"운과, 타이밍……."

미미미는 힘없이 중얼거렸다. 나는 그렇다고 생각하며,
히나미도 말했었다.

여러 일들이 최악의 형태로 줄지어 놓이더니, 차례차례
연쇄적으로 쓰러졌다.

그 결과, 소중한 것을 천천히 으스러뜨리고 마는 거대한
도미노에 도달하고 말았다.

주범은 콘노 에리카지만, 어째서 이 일이 시작되었으며,
왜 이렇게 악화된 것일까. 누군가가 그렇게 묻는다면 사소
한 일의 연쇄, 라고 대답할 수밖에 없다.

"그래……. 막을 수 없었다고 생각해."

내가 분통을 터뜨리며 그렇게 말하자, 미미미는 고개를
숙인 채 표정을 일그러뜨렸다.

"타마는 아무 잘못도 하지 않았는데, 다들 타마가 잘못
했대……. 나, 그런 모습을 더는 못 보겠어……!!"

미미미는 주먹을 말아 쥐더니, 허벅지를 꾹 눌렀다. 힘
이 실린 그 주먹은 부들부들 떨리고 있었으며, 분한 마음
이 흘러나오고 있는 것만 같았다.

"……맞아."

타마 양은 아무 잘못도 하지 않았다. 잘못된 짓을 한 이
를 규탄했을 뿐이다. 혹은 자신을 향해 쏟아진 악의라는

이름의 불씨를, 있는 힘껏 떨쳐냈을 뿐이다.

그런데 그녀에 대한 나쁜 인상이 쌓이고 쌓이면서 누가 올바른지 같은 것은 멀찍이 밀려났다. 그리고 지금은 악당 취급을 당하고 있다. 이것은 단적으로 말해 잘못됐다.

미미미의 팔이 희미하게 떨렸다. 고개를 돌려보니 그녀는 입술을 벌렸다가 다시 다물기를—— 몇 번이나 반복하고 있었다.

"저기, 토모자키."

"……응?"

미미미는 굳은 표정으로 나를 향해 고개를 돌리더니, 불안한 눈길로 나를 쳐다보았다.

그리고 희미하게 떨리는 입술에서는, 이런 말이 흘러나왔다.

"나—— 잘, 하고 있어?"

"……뭐?"

"기운을 북돋아, 주고 있는 거야?"

미미미는 불안에 찬 눈동자로 나를 쳐다보며 말을 이었다.

"나, 타마 앞에서 말이지. 평소처럼, 즐겁게, 이야기하고 있어?"

애절한 목소리로 나에게 그렇게 묻는 미미미의 눈에는 희미하게 눈물이 어려 있었다.

"와하하~ 하고, 평소처럼 즐겁게, 웃고 있는 거야……?"

그 절실한 질문은, 타마 양 앞에서 제대로 연기를 하고 있는지에 대한 불안의 폭로이기도 했다.

그것은 미미미의 마음 뒤편을 그대로 드러내는 말이었다.

나는 그 말을 진지하게 받아들인 후, 최대한 진지한 톤으로 대답했다.

"응. ……잘 하고 있다고 생각해."

"정말? 무리하고 있는 느낌은, 안 들어?"

"……그래. 괜찮아."

"그렇구나……."

미미미는 작게 숨을 내쉬더니, 뭔가를 결의한 것처럼 앞을 바라보았다.

"나, 예전에 타마에게 도움을 받았으니까…… 타마를, 정말 좋아하니까……. 그래서…… 뭐든 해주고 싶어서, 조금이라도 도와주고 싶어서……."

"……그렇구나."

"하지만 나는 아오이처럼 재주가 좋지도 않고, 토모자키처럼 머리가 잘 돌아가지도 않아……. 그런 내가 할 수 있는 건 두 사람이 싸움을 멈출 때까지, 타마의 버팀목이 되어주는 것뿐이야."

"그렇지는……."

내가 작은 목소리로 부정하자, 미미미는 마음을 다잡으면서 표정을 바꿨다.

"내가 할 수 있는 건 그런 것뿐이야! 하지만 그걸로 충분해!"

불안이 묻어나는 표정이지만, 그래도 미미미는 희미하게 웃었다.

"내 힘으로 타마를 조금이라도 도와줄 수 있다면…… 나는 그걸로 충분해."

"……그렇구나."

미미미는 억지로 밝은 목소리를 내며 그렇게 말했다.

"……조금은 타마의 마음이 가벼워질까?"

미미미는 양손을 등 뒤로 돌리면서 앞쪽으로 몸을 숙이더니 내 얼굴을 쳐다보았다. 나는 그런 그녀를 향해 가능한 한 힘차게 고개를 끄덕였다.

"응. 분명 도움이 되고 있을 거야."

내가 그렇게 대답하자 미미미는 몸을 펴면서 입을 다물더니, 살며시 고개를 끄덕였다.

"그래. 그렇구나. ……응."

미미미는 그렇게 말하면서 반대쪽으로 고개를 돌리더니, 눈가를 비비는 듯한 동작을 취했다. 이윽고 손을 내린 그녀는 다시 나를 향해 고개를 돌렸다. 그리고 어험, 하고 헛기침을 했다.

그런 미미미의 얼굴에는 평소처럼 긍정적인 빛이 아주 조금이지만 어려 있는 것 같은 느낌이 들었다.

"역시…… 내가 타마의 버팀목이 되어줘야 해!"

그렇게 말하며 말아 쥔 주먹은──── 희미하게, 떨리고
있었다.

*****

다음날. 콘노의 괴롭힘, 그리고 타마 양의 맹렬한 반발
은 여전히 계속됐다.

"또 허락 없이 내 필통을 만졌지?"

"뭐? 또 누명을 씌우는 거야?"

그리고 클래스메이트들은 성가시다는 듯이 쳐다보았다.
그들 중 대부분의 시선은 명백하게 타마 양을 향하고 있
었다. 그리고 또 히나미와 미미미가 타마 양을 말렸다. 이
미 몇 번이나 본 광경이지만, 그래도 전혀 익숙해지지 않
았다. 몇 번을 봐도 익숙해지지 않는 광경이다.

하지만 나는 그 광경을 그냥 보고 있지는 않았다.

내가 할 수 있는 일을 찾기 위해, 이 상황을 유심히 관찰
하며 분석했다.

왜냐하면, 타마 양이 괴롭힘을 당하고 있으니까 말이다.

그것은 내가 원하는 현실이 아닌 것이다.

약캐가 뭘 할 수 있겠냐고 생각하며 고개를 돌려봤자,
아무 소용없다.

나는 히나미에게 『주어진 상황을 분석하는 능력이 탁월
하다』는 말을 들었다.

그리고 나는 어패에선 히나미보다 상위 플레이어인 nanashi다.

그러니 나도 히나미가 할 수 없는 무언가를 할 수 있다. 할 수 있을 것이다.

나는 그렇게 나 자신을 북돋으면서, 우선 이 상황에 어떤 종착점, 즉『엔딩』이 존재할지 생각해봤다.

아마 미미미가 바라는 엔딩은 콘노 에리카가 타마 양의 항전에 굴복하는 엔딩일 것이다.

즉, 항상 곁에서 달래주면서 타마 양이 완전히 무너지는 것을 막으며 시간을 번다. 그 시간 동안, 콘노가 타마 양을 괴롭힐 기력과 체력이 바닥나기만 기다리고 있다. 그래서 이 괴롭힘이 끝난다면 굿 엔딩을 맞이한다.

혹은, 타마 양이 반항을 관두는 것을 바라고 있을지도 모른다. 그러면 적어도 타마 양의 반항 때문에 교실의 분위기가 악화되지 않을 테니, 반 학생들의 타마 양에 대한 이미지가 좋아질 것이다. 콘노는 계속 괴롭힐지도 모르지만, 상황은 호전된다. 그 후에는 미미미가 타마 양의 멘탈을 치유해주면서, 콘노가 더는 괴롭히지 않게 될 때까지 기다리면 된다. 반의 날선 분위기만 사라진다면 충분히 사태는 호전될 것이다.

하지만 이 두 방식으로는 타마 양이 미미미가 치유해줄 수 없을 정도로 큰 대미지를 입었을 때, 돌이킬 수 없는 사태가 벌어진다. 그 점을 어떻게 생각하느냐가 큰 문제일 것이다.

한편 히나미의 목적은 아마 두 가지일 것이다. 하나는 미미미와 마찬가지로 콘노 에리카가 타마 양의 항전에 굴복하는 패턴이다. 하지만, 미미미와 다르게 히나미가 치유하고 있는 것은 타마 양의 멘탈이 아니라 반 전체의 분위기다. 분위기를 가라앉혀서 시간을 버는 사이, 콘노의 체력이 바닥난다면 미미미의 패턴처럼 굿 엔딩을 맞이할 수 있다.

하지만, 히나미의 진짜 목적은 그게 아니다.

그 녀석이 진짜로 노리고 있는 것은 분명—— 반의 분위기를 **반대 방향으로 붕괴시키는 것**이다.

타마 양이 『악당』이 되고 있는 이 분위기를 억지로 뒤집어서, 콘노 쪽이 『악당』이라는 분위기를 만든다. 그리고 분위기라는 괴물의 탁류를 일으켜서 콘노를 밀어붙인 후, 집단과 분위기의 폭력으로 결판을 낸다. 현재 나쁜 쪽으로 흐르는 분위기는 다시 반대 방향으로 뒤집는다. 그게 히나미가 그리고 있는 결말일 것이다.

『내가 반을 바꾸겠어.』

히나미가 했던 그 말은 아마 이런 의미일 것이다.

이 경우, 히나미가 반의 분위기를 뒤집는 것에 성공한다면 굿 엔딩이다. 분위기를 완전히 조종하기 전에 타마 양이 한계에 도달한다면 배드 엔딩이다.

하지만 솔직히 말해, 아무리 히나미라도 이 분위기를 뒤집는 것은 불가능하다고 생각한다.

자아, 그렇다면 이 문제를 해결할 방법은 크게 세 가지라고 할 수 있다.

첫 번째는, 콘노 에리카가 타마 양의 항전에 굴복하는 패턴.

두 번째는, 타마 양이 반항을 관둬서, 분위기가 호전되는 패턴.

세 번째는, 반의 분위기를 정반대 방향으로 뒤집어서 붕괴시키는 패턴.

아마 이것이 저 두 사람이 목표로 삼고 있는 각종 『엔딩』일 것이다.

그럼 내가── nanashi가 추구할 패턴은 뭘까.

그것은 처음부터 정해져 있다.

네 번째 패턴이다.

＊＊＊

그 날 방과 후. 나는 도서실에 있었다.

하지만 키쿠치 양을 만나기 위해서가 아니다. 애초에 키쿠치 양은 방과 후에 도서실에 오지 않는다.

내가 이곳에 있는 것은—— 배구부가 끝날 때까지 기다리기 위해서다.

나는 그때까지, 책을 읽는 척도 하지 않으면서 홀로 생각에 잠겨 있었다.

지금 내가 『하고 싶은 것』—— 네 번째 패턴.

즉, 이 문제에 있어서 내가 추구해야할 최종적인 도달 목표.

진짜로 중요한 것은 타마 양을 바꾸지 않으면서 전력을 다하는 게 아니다.

그렇다고 해서, 상대의 무대 위에서 전력으로 싸울 필요도 없다.

그것은 둘 다 어디까지 수단일 뿐, 목적이 아닌 것이다.

이 상황에서 목표로 삼아야 할 것은 단 하나다.

『타마 양을 상처 입히지 않고, 이 상황을 극복하는 것』.

그게 전부다.

그러니 나는 가장 안전하고 성공률이 높은 작전을 고안해서, 실행에 옮기면 된다.

그것 이외에 우선할 것은 없다. 쓸데없는 룰 같은 건 신경 쓸 필요도 없다.

목적을 위해 수단을 가리지 않는다. 불리한 룰 같은 것은 무시한다.

더럽고 올바르지 않은 방법을 쓰더라도, 목적을 달성하기 위해 나아간다.

그것이 바로 NO NAME은 할 수 없지만 나는 할 수 있는, nanashi의 방식이다.

그리고 지금 그러기 위해서 필요한 전법.

그것은 바로──『도주』라고 생각한다.

전선 이탈.『도주』커맨드.

게임에서 흔히 쓰이는 문제 해결방법.

즉. 나는 지금, 타마 양에게…….

상황이 잠잠해질 때까지『학교를 쉰다』라는 선택지를 권하려는 것이다.

그런 부정적인 행동을 권하는 것은 타마 양의 의지를 꺾는 걸지도 모른다. 어쩌면 영원히 상황이 잠잠해지지 않을지도 모른다. 하지만 그래도, 타마 양이 치명적인 상처를 입는 것보다는 훨씬 낫다.

그게 나쁘다거나, 패배라거나, 비겁하다거나, 꼴사납다고 생각하든 말든, 아무래도 상관없다. 그런 것은 전혀 중요하지 않은 것이다.

지금 생각해야 하는 것은 그저『상처입지 않는 것』뿐

이다.

게다가 콘노와 타마 양이 말다툼을 하지 않는다면, 타마 양에 대한 나쁜 감정이 축적되지 않을 것이다. 그 사이, 히나미와 미미미가 반의 분위기를 조금씩 회복시킬 수 있을 것이다. 이즈미가 콘노에게 잘 말해서 타마 양에 대한 짜증을 가라앉힐 수 있을지도 모른다. 나도 약캐 나름대로 할 수 있는 일을 한다. 그러면 이 문제는 높은 확률로 해결될 것이다.

그러니 도망치는 것이야말로 상황이 악화된 지금도 가능할 뿐만 아니라, 가장 위험부담이 적으면서 해결 가능성이 높은, 그야말로 현실적인 해결책인 것이다.

이것이 내가 고안한 네 번째 엔딩이다.

방과 후, 여섯 시. 도서실에서 교실로 돌아가 보니, 타마 양이 창가에서 연습 중인 육상부를 쳐다보고 있었다.

히나미와 미미미의 학생회 선거가 끝난 후, 나는 한동안 이곳에서 타마 양과 몇 번 이야기를 나눴다. 미미미에 관해, 히나미에 관해, 자신에 관해, 여러 중요한 이야기를 타마 양에게서 들었다.

그러니 나는 다시 한 번, 타마 양과 이야기를 나누고 싶었다.

"……타마 양."

내가 말을 걸자, 타마 양은 어깨를 부르르 떨면서 겁먹은 듯이 나를 향해 고개를 돌렸다. 그 표정은 공포와 분노에 의해 딱딱하게 굳어 있었지만, 내 얼굴을 보자마자 표정에서 힘이 빠졌다.

　나는 그것이 가리키는 의미—— 즉, 타마 양이 자기 이름이 불린 것만으로 무조건적으로 그 안에 『악의』가 담겨 있다고 느꼈다는 사실에, 서글프게 느껴졌다.

　"토모자키. 무슨 일이야?"

　타마 양은 예전에 이야기를 나눴을 때와 같은 톤으로 내 이름을 입에 담았다.

　"으음, 딱히 무슨 일이 있는 건 아냐."

　나는 가능한 한 자연스러운 미소를 지었다.

　"응?"

　"그냥 좀 이야기를 나누고 싶어."

　"……흐음?"

　타마 양은 약간 납득이 안 된다는 표정을 지었지만, 곧 옅은 미소를 지었다. 그런 그녀에게서는 나를 거부하는 듯한 느낌은 존재하지 않았다.

　"저기, 콘노 에리카나, 다른 애들에 관한 건데 말이야."

　나는 느닷없이 본론에 들어갔다.

　그러자 타마 양은 약간 놀란 것처럼 눈을 동그랗게 뜨더니, 곧 웃음을 터뜨렸다.

　"저기, 얼마 전에 아오이에게 들은 건데 말이야."

"뭐?"

타마 양이 내가 한 말과는 전혀 상관없는 발언을 하자, 나는 한순간 당황했다.

"나, 아오이한테서 「토모자키 군은 하나비와 아주 약간 닮았어」라는 말을 들은 적이 있어."

"……어."

나는 약간 놀랐다. 나도 비슷한 말을 히나미한테서 들은 적이 있지만, 타마 양도 들은 적이 있구나.

타마 양은 내 눈을 똑바로 쳐다보며 말을 이었다.

"그때는 무슨 뜻인지 이해 못했지만, 일전에 이야기를 나눴을 때나 방금 느닷없이 본론을 꺼내는 걸 보니 알 것 같아."

타마 양은 그렇게 말하면서 쓴웃음을 지었다.

"알 것, 같다니?"

내가 묻자, 타마 양은 내 눈을 똑바로 쳐다보며 말했다.

"토모자키는 자기 생각을 있는 그대로 말하는 사람이야."

"아……."

나는 고개를 끄덕였다.

맞는 말이다. 아니, 히나미는 그것만이 내 특기라고 말했을 지경이니, 타마 양과 내가 닮았다고 그녀가 말한 것도 납득이 됐다.

"그런데 콘노나 다른 애들과 관한 무슨 이야기가 하고 싶은 건데?"

그리고 타마 양도 딱 잘라서 본론에 들어갔다. 보통은 언급조차 하고 싶지 않은 일일 텐데도, 태연하게 본론에 들어가는 느낌이 타마 양다웠다. 그리고 그런 면이 나와 닮은 것이리라.

그래서 나는 괜히 말을 돌리지 않으며, 내 생각을 있는 그대로 전하듯 말했다.

"콘노에게 공격을 당하거나, 남들에게 따돌림을 당해서 괴롭지 않나 싶어서 말이야. 괴롭다면 그냥 도망치는 편이 낫다는 생각이 들어."

나는 솔직하게 내 생각을 말했다. 그러자 타마 양은 딱히 표정을 바꾸지 않았지만, 그렇다고 불쾌해 하는 것 같지 않은 눈길로 나를 똑바로 쳐다보며 말했다.

"으음, 괴롭긴 해. 하지만 말이야."

"……응."

내가 되묻자, 타마 양은 빙긋 웃었다.

"나는, 괜찮아."

그 미소에는 투지나 정의감, 신념, 그런 것에 근거한 자신감이 어려 있는 것 같았기에── 내 마음에 쏙 들었다.

그리고 그것은, 내가 일본제일의 『게이머』로서, 혹은 자기 자신에게 거짓말을 하지 못하는 『캐릭터』로서, 자기 자신을 자랑스럽게 여기는 점과도 비슷하다는 생각이 들었다.

"그건…… 네 안에 확신이 있기 때문이야?"

"응."

타마 양은 심플하게 고개를 끄덕였다. 내가 한 말은 추상적이지만, 그녀에게 내 진의가 전해진 것 같은 느낌이 들었다.

"내가 틀리지 않았다고 생각하니까—— 나는 괜찮아."

그리고 나 또한 타마 양의 추상적인 마음을 왠지 이해할 수 있었다.

그래서 나는 힘차게 고개를 끄덕였다.

"……그렇구나."

"잘못하고 있는 사람은 상대방이고, 올바른 건 나야. 그러니까 무슨 짓을 당하든 절대 지지 않아. 내가 올바르다고 믿는 내 방식을 관두는 거야말로, 나는 싫어."

"……응."

나는 그 가치관에 공감했다.

확실히 나는 현재 『인생』의 약캐로써, 자기 자신의 행동에 자신감을 가질 수 없는 하루하루를 살고 있다. 하지만 그건 어디까지나 내가 이 『인생』이라는 게임의 룰에서 아직 약하기 때문이며, 『자신』이라는 존재에 대한 근본적인 자신감이 없는 것은 결코 아니다.

오히려 나는 히나미의 말을 들을 때까지, 인생을 『망겜』이라고 단정 지으면서도 그것을 아무에게도 말하지 않았다. 그리고 마음속으로 그게 올바르다고 여기고, 그렇게 믿으며, 그 가치관을 준수하며 생활해왔다.

내 마음속에 확신이 있으니, 그게 올바르다는 것을 다른 누군가가 보장해줄 필요가 없었던 것이다.

그러니 나는 지금 『갓겜』이라고 믿는 어패를 열심히 해서, 랭킹 1위가 되었다. 그리고 그 과정에서 단 한 번도 고민하지 않았다. 그것이 내 인생이며, 모든 가치관이다. 지금도 인생이 굿겜이라고 『스스로 생각하기 때문에』, 그 생각을 기준으로 삼아 행동하고 있을 뿐이다.

자기가 그렇게 생각하며, 그런 생각을 하는 이가 바로 나 자신이다, 라는 근본적인 감각.

나는 타마 양에게서 자신과 똑같은 감각을 느꼈다.

"그럼…… 괜찮겠네."

그렇기에, 나는 준비해왔던 제안을 입에 담지 않았다.

타마 양이 하고 싶은 말이 뭔지 이해했기 때문이다.

그리고 그것이 무엇보다 존중받아야만 하는 감각이라는 것을, 진심으로 공감했다.

타마 양은, 콘노 에리카에게 매일 공격을 당하는 것보다, 남들이 자신을 피하는 것보다…….

자신이 납득할 수 없는 가치관에 따라 자기 자신을 뜯어고치는 것이, 훨씬 더 싫은 것이다.

그러니, 이대로도 괜찮다. 아니, 이대로여야만 하는 것이다.

타마 양은 또 힘차게, 고개를 끄덕였다.

"내가 나인 채로 있을 수 있다면, 나는 뭐든 참을 수 있어."

그 말에 담긴 『자기 자신』이라는 심플한 힘을 느끼며, 나는 감탄했다.

"──그러니까, 나는 괜찮아."

그 시선에는 망설임이 어려 있지 않았으며, 그저 자신이 생각하는 바를 있는 그대로 나에게 전하는 듯한 성실함마저 존재했다.

그래서 나도 타마 양의 눈을 쳐다보며 고개를 끄덕였다.

"응. ……그럼 나는 아무 말도 하지 않겠어."

나는, 믿기로 했다.

타마 양의 행동은, 옳다.

그것을 스스로도 확신하고 있으며, 그것에 근거하여 행동하고 있다.

그리고 자기 자신을 뜯어고치는 게, 지금 자신이 당하고 있는 일보다 힘들다.

그렇다면, 지금 타마 양이 취해야 할 행동은 『이대로 콘노를 계속 규탄한다』는 것이다.

왜냐하면, 그녀가 자기 책상을 걷어차는 것보다도, 자기 물건이 부서지는 것보다도, 남들이 자기를 피하는 것보다도, 훨씬, 훨씬, 몇 십 배, 몇 백 배…….

『자기 자신』을 믿는 것이, 소중한 것이다.

"──그럼, 응원할게."

나는 그렇게 말하면서 진지한 눈길로 타마 양을 다시 한 번 쳐다보았다. 제멋대로나 다름없는 상상이지만, 타마 양은 이 시선만으로도 내 마음을 알아줄 것 같은 느낌이 들었다.

그러자 타마 양은 내 마음을 전부 이해한 것처럼 상냥하게 미소 짓더니——.

천천히, 입을 열었다.

"하지만, 토모자키."

입을 연 타마 양은 예전에 미미미를 안아줬을 때처럼 상냥한 표정을 지었다. 하지만 그런 그녀의 내면에 존재하는 어마어마한 결의가 어렴풋이 느껴졌다.

저 조그마한 몸에서는 차분하면서도 압도적인 각오가 뿜어져 나오고 있었다.

나는 말문이 막혔다.

타마 양은 한 번 더, 말을 이었다.

"밈미가, 슬퍼하고 있어."

모든 것을 꿰뚫어보는 듯한 타마 양의 눈, 그리고 그 안에 감춰져 있는 크나큰 억울함과 슬픔과 분노를 온몸으로 느끼면서, 나는 그저 그녀의 말을 듣고 있었다.

"그러니까, 나는 나 자신을 바꾸고 싶어."

그것은 말로 표현할 수 없을 만큼, 상냥한 결의였다.

자기 자신을 절대적으로 믿을 수 있는 타마 양이…….

자기 자신을 믿기에, 그 어떤 고통이든 견딜 수 있다고 단언한 타마 양이…….

그래도 그 모든 것을 제쳐놓고, 내팽개치며, 주저 없이 버린 후, 단 하나만을 우선하기 위해 결의를 다진 것이다.

나는 그저, 압도당하고 있었다.

"지금 이야기를 나누면서도 느낀 건데, 역시 나는 토모자키를 닮은 것 같아. 자기 생각을 숨김없이 말하고, 연기를 잘 못하는 그런 점이 말이야. 하지만——."

타마 양은 나를 향해 한 걸음 다가왔다.

몸집이 작은 타마 양답게 보폭은 좁았지만, 그녀가 넘어선 교실 바닥에는 뭔가 결정적인 선이 존재하는 것 같은 느낌이 들었다.

"토모자키는 요즘 들어 엄청 변했다고 생각해. 분위기도 파악할 줄 알고, 웃기도 하는데다, 다른 사람들 사이에 잘 녹아들고 있잖아. 나와 비슷한데도, 실은 그런 걸 잘 못하는데도, 도전을 거듭하며 변해가고 있어. 용케도 그런 게 가능하다는 생각이 들었어."

진지한 눈길이 나에게 꽂혔다. 그 시선은 너무나도 강렬했지만, 나는 결코 그 시선을 피하지 않았다.

타마 양은 고개를 한 번 끄덕이더니, 힘차게, 그리고, 평소처럼…….

"그러니까, 그 방법을——."

내 얼굴을 손가락으로 가리켰다.

나를 가리키고 있는 그 손가락은 여전히 꼿꼿했으며, 나는 그런 타마 양의 변함없는 심지 같은 것에, 마음속 밑바닥에 닿은 듯한 느낌이 들었다.

타마 양은 그대로 천천히, 주먹을 꼭 말아 쥐었다.

"싸우는 법을, 나에게 가르쳐 줘."

그 순간, 타마 양의 눈에 깃든 투지는 자기 자신이 옳다고 믿으면서도 소중한 이가 슬퍼하는 걸 막기 위해, 소중한 이를 상처 입히지 않기 위해――.

――**올바른 자기 자신을 바꾸고 싶다.** 그런 떨리는 각오로 가득 찬, 차분한 불꽃이었다.

후기

오래간만입니다. 야쿠 유우키입니다.

『약캐 토모자키 군』시리즈도 벌써 4권에 접어들었습니다. 그러고 보니 1권이 발매된 건 작년 5월이었습니다. 이번 권은 올해 6월에 발매되었으니, 데뷔후로 벌써 1년 이상 지났습니다.

시간이 지나면서, 저를 둘러싼 환경도 변해갔습니다. 예를 들어, 나 개인의 생활 스타일이 달라졌습니다. 혹은 작품을 더욱 재미있게 만들기 위해 활동하는 이들이 생겨났습니다. 그리고 응원해주는 팬 분들도 계십니다.

분명 이런 변화는 주위의 외적 환경만이 아니라, 저의 내적 심경 또한 조금씩 바뀌가고 있을 거라 생각합니다. 매일같이 그런 것을 실감하고 있죠.

하지만 어느 날, 그런 변화로 넘쳐나는 나날 속에서 변함없는 것이 딱 하나 존재한다는 사실을 문뜩 눈치챘습니다.

그것은 바로 플라이 씨가 그린 허벅지의 『조신하면서도 탄력이 넘치는 색기』입니다.

이번에 살펴볼 곳은 이번 권 표지의 띠지 뒤편에 존재하는 유즈의 다리입니다. 띠지를 벗기고 일러스트를 봤을 때 가장 먼저 눈이 가는 곳은 당연히 그 관능적인 허벅지라고 생각합니다.

하지만 커다란 모순이 존재한다는 것은 눈치채셨으려나요. 이 자리에서 벌어지고 있는 커다란 모순, 그 중 하나는 『허벅지에 눈이 간다는 사실』. 그 사실과 모순을 이루고 있는 점은——『허벅지가 그려진 면적이 좁다』입니다.

이 허벅지의 빨려 들어갈 듯한 매력을 칭송하기는 했습니다만, 실은 그 면적이 매우 좁습니다. 하지만 그 독특한 생동감을 내포한 색기가 분명 존재하죠.

일러스트에 있어서 일부분의 존재감을 높이기 위한 가장 단순한 수단이란 그 부분을 크게 그리는 겁니다. 하지만 여기서는 그 수단이 사용되지 않았습니다. 크게 그리지는 않지만 그 선과 구도에 집착한다는 방법을 취하고 있는 겁니다.

여성적인 곡선과 피부에 따른 치마 라인, 그리고 무릎으로 가린 허벅지, 그런 미세한 리얼리티를 복합적으로 더함으로서, 그림에서 작위적인 분위기를 없애고, 『과시하고 있는 게 아니라, 눈앞에 있는 광경을 그저 보고 있을 뿐』이라는 정감 넘치는 표지가 완성됐습니다.

그럼 감사 인사를 드릴까 합니다.

일러스트를 맡아주신 플라이 씨. 이번에도 바쁘신 와중에 특전까지 준비해주셔서 감사합니다. 플라이 씨의 일러스트를 잔뜩 볼 수 있어서 기쁩니다. 사실 저도 플라이 씨의 팬입니다.

담당 편집자이신 이와아사 씨. 연말 스케줄에 이어 골든

위크 스케줄 때문에 고생 많으셨습니다. 익숙해진다는 것은 무시무시하군요.

그리고 독자 여러분. 여러분께서 응원해주신 덕분에 코미컬라이즈까지 이뤄지게 됐습니다. 앞으로도 좋은 뉴스를 전달해드릴 수 있을 것 같습니다. 감사합니다.

그럼 다음 권도 독자 여러분께서 읽어주시기를 진심으로 바라고 있습니다.

야쿠 유우키

역자 후기

안녕하십니까. 근로청년 번역가 이승원입니다.

『약캐 토모자키 군』 Lv.4을 구매해주셔서 진심으로 감사드립니다.

어느새 2017년도 막바지를 향해 흘러가고 있습니다.

독자 여러분께서는 올해를 즐겁게 보내셨는지요.

저는 결국 마감에 쫓기다보니 벌써 시간이 이렇게 되었습니다.

저도 새해를 맞이해 여러 가지 목표를 세웠습니다만, 몇 개나 이뤘는지 모르겠네요.

그러고 보니 올해는 클리어한 게임도 거의 없는 것 같은 느낌이……. 일본 가서도 마감에 쫓겨 호텔이나 카페에 틀어박혀 일만 했던 것 같습니다.

진짜 마음 편히 며칠만 쉬어보고 싶군요.

독자 여러분은 2017년이 많은 결실을 이룬 해가 되었기를 진심으로 빌겠습니다!

이번 권에서는 작품에 관한 이야기를 생략할까 합니다.

이번 4권에서는 많은 일과 사건이 다뤄진 만큼, 독자 여러분들께서도 여러모로 생각하는 바가 있으실 거라고 봅니다.

저 또한 마찬가지이며, 그 생각이 아직도 마음속으로 명확하게 정리되지 않았습니다.

이번 권의 사건들이 5권에서 정리된다면, 그때 가서 제 생각을 이야기해볼까 합니다.

그럼 이만 줄이겠습니다.

이 작품을 저에게 맡겨주신 소미미디어 편집부 여러분. 항상 폐를 끼쳐 죄송합니다. 앞으로도 잘 부탁드립니다.

취업 선물을 위로 선물(?)로 받아간 악우여. 선물을 잘 써주는 건 고맙지만, 그걸로 너무 게임만 하는 거 아냐?! 지휘관 인생에 너무 몰입하지 말라고~!!!

마지막으로 언제나 제게 버팀목이 되어주시는 어머니와 『약캐 토모자키 군』을 읽어주신 모든 분들에게 진심으로 감사드립니다.

토모자키가 뜻밖의 제자(?)와 뜻밖의 아군(?)과 함께 인생 공략을 이어가는 5권 역자 후기 코너에서 다시 뵙겠습니다!

2017년 10월 말
역자 이승원 올림

JAKU CHARA TOMOZAKI-KUN Lv.4
by Yuki YAKU
ⓒ2016 Yuki YAKU Illustrated by FLY
All rights reserved.
Original Japanese edition published by SHOGAKUKAN.
Korean translation rights in Korea arranged with SHOGAKUKAN
through Shinwon Agency Co.

약캐 토모자키 군 Lv.4

2021년 4월 1일 1판 3쇄 발행

저   자 야쿠 유우키
일러스트 플라이
옮 긴 이 이승원
발 행 인 유재옥
본 부 장 조병권
담당편집자 정영길
편 집 부 김민지 김혜주 이성호 정영길 조찬희 오준영 곽혜민
미   술 김보라 서정원
라이츠담당 김슬비 한주원
디 지 털 박상섭 이성호 최서윤
발 행 처 ㈜소미미디어
제 작 처 코리아피앤피
등   록 제2012-000365호
주   소 서울시 마포구 토정로 222, 403호(신수동, 한국출판콘텐츠센터)
판   매 ㈜소미미디어
마 케 팅 한민지 이주희
전   화 편집부 (070)4164-3962, 3963 기획실 (02)567-3388
          판매 및 마케팅 (070)4165-6688, Fax (02)322-7665

ISBN 979-11-6190-247-0 04830
     979-11-5710-883-1 (세트)